꽃보다
붉은 단풍

금 장 태

지식과교양

머리말

  늙어서 원주 산골에 들어와 살다보니, 별다른 할 일이 없어서, 허구한 날 하늘과 산을 바라보며 공상에 잠겨서, 시간을 물 흐르듯 흘려보내고 있다. 그러다가 정말 심심해서 못 견딜 때에는 이런 글이라도 써서, 나 자신이 아직 숨쉬고 있음을 확인하고 싶었는지도 모르겠다. 아무 생각 없이 하늘과 산을 바라보고 있노라면, 옛 추억에 사로잡혀 꿈을 꾸듯이 허공에 빠져들기도 한다. 이렇게 추억을 되새기고 있다 보면 언제나 회한(悔恨)이 물밀듯이 다가온다.

  추억을 더듬다보면 그래도 옛날이 좋았다. 그 시절 완행열차를 타고 서울과 부산을 오르내리려면, 사람들이 스스럼없이 말을 건넨다. 어디까지 가느냐로 시작하여, 가족상황까지 자세하게 묻고, 자기 이야기도 한다. 또 보따리에서 먹을 것을 주섬주섬 꺼내어 같이 먹기도 한다. 그러나 오늘에 내가 원주에서 무궁화호 기차를 타고 서울을 오르내리는데, 옆에 앉은 사람이 말을 붙이는 경우를 본 적이 없다. 이제 코로나19 때문에 거리두기까지 해야 하니, 인간관계는 점점 멀어지고 있는 것 같아 서글퍼지기도 한다.

하늘은 젊은 날의 나에게 참으로 많은 기회를 내려주셨는데, 길을 잃고 방황하던 내 모습을 돌아보고 있으면 측은한 생각이 들기도 한다. 어떤 날은 나의 어리석음이 내 인생을 망쳤다는 회한에 빠져들어 괴로워하는데, 이런 때는 머리를 흔들어 번뇌의 바다에서 헤쳐 나오려고 안간힘을 쓰기도 한다. 나의 박약한 의지와 어리석음이 어디 나 자신만 망가뜨리고 말았던 것인가. 나의 가장 가까이 있는 아내와 자식들에게도 깊은 상처를 주었다는 생각을 하면 괴롭기 짝이 없다.

이제 늙고 보니, 책을 읽기도 힘들어 졌고, 연구논문을 집필하기는 완전히 불가능해졌다. 겨우 할 수 있는 일이라야, 우리 시나 한시(漢詩)를 한두 수(首) 골라서 읽거나, 예전에 읽어서 친숙했던 고전의 글들을 다시 찾아보는 정도이다. 그래서 심심파적(深深破寂)으로 적어보았던 수필(隨筆)류의 글들 31편이 '제1부'에 모여있다. 또 옛날에 써 두었던 글로, 대부분 유교경전의 구절을 풀이하여, 뜻을 음미하는 수상(隨想)류의 글들 24편을 모아서 '제2부'로 붙여놓았다.

성격이 다른 글들을 실어놓은 산만한 수필집의 꼴이지만, 표제를

‘꽃보다 붉은 단풍’이라 붙여놓은 것은 멋을 부리자는 것이 아니요, 특별한 뜻이 있어서도 아니다. 글을 쓴 순서대로 모으다 보니, 당나라 시인 두목(杜牧)의 「산행」(山行)이라는 시에서 “서리 맞은 나뭇잎이 봄날의 꽃보다도 더 붉구나.”(霜葉紅於二月花.)라고 읊은 한 구절을 따서 썼던 글이 첫머리에 실려 있기 때문에, 그 제목을 그대로 책의 표제로 삼은 것일 뿐이다.

단지 나 자신이 살아온 발자국이거나 생각의 그림자들이라, 세상에 내 놓으려는 것이 아니다. 그저 책으로 묶어두고 심심할 때 뒤적여 보려는 뜻이었는데, 도서출판 ‘지식과교양’의 윤석산사장님께서 출판을 해주시니, 깊이 감사할 뿐이다. 늘 나의 어수선한 원고를 읽고 교정해주는 아내(素汀)에게 고마운 마음을 간직하고 있다.

2020년 8월 20일
淸香堂에서 雲海散人 적음.

목차

제1부 꽃보다 붉은 단풍

제2부 공자에게 배움의 길을 묻다

제1부

꽃보다 붉은 단풍

01

꽃보다
붉은 단풍

원주 산골 내가 살고 있는 집의 뜰에는 봄부터 가을까지 철따라 온 갖 꽃이 피어난다. 그 색깔도 형형색색이라 눈길을 사로잡는다. 온갖 꽃들의 빛깔도 아름답지만, 몇 포기의 꽃보다 한 가지 꽃이 넓은 꽃밭 이나 길가에 펼쳐져 활짝 핀 모습이 훨씬 더 찬란함을 느낀다. 봄날 철 쭉이 큰 덤불을 이루며 붉게 타오르는 모습이 화려하고, 여름날 금계 국(金鷄菊)이나 가을날 코스모스가 줄지어 피어있는 시골 길을 걸어 갈 때 그 상쾌한 기분을 누구나 즐길 것이다.

내가 사는 집 뜰에도 가을이면 하얀 국화 수천송이가 넓게 펼쳐져 벌들이 잉잉거리며 모여들고 나비가 떼 지어 날아다니는 광경은 참 아름답다. 매화나 벚꽃이나 목련이나 배꽃도 여러 그루 모여서 피어 꽃구름을 이루면 황홀경에 빠지게 된다. 긴 울타리를 따라 죽 심어놓 은 덩굴장미 빨간 꽃이 여름부터 초가을까지 꽃 덤불을 이룬 모습은 제법 장관이다. 산촌에 살다보니 앞산에 산벚꽃이 온 산 가득 핀 모습은 눈부시다.

그래서 나는 꽃가지 하나에서 핀 한 송이 꽃의 아름다움을 즐기기
보다는 많은 꽃들이 단일한 색깔로 넓게 가득 피어있는 모습을 더 사
랑한다. 벚나무가 줄지어 있어서 온 거리가 꽃동산을 이룬 모습은 정
말 화려하다. 언젠가 나주 배밭 언덕을 버스를 타고 지나가다가 차창
밖으로 한 골짜기의 양쪽 언덕 모두가 배꽃으로 하얗게 덮여있는 광
경을 보고 감탄했는데, 그 광경이 지금도 눈 앞에 선하게 떠오른다.
이렇게 화사한 배꽃 천지에 밝은 달이 뜨면 그야말로 이조년(李兆年,
1269-1343)이 읊은 시조, "이화(梨花)에 월백(月白)하고 은한(銀漢)
이 삼경(三更)인제/ 일지춘심(一枝春心)을 자규(子規)야 알랴마는,
다정(多情)도 병(病)인양 하여 잠못들어 하노라."를 절로 읊조리게 되
지 않겠는가.

이렇게 온갖 꽃의 화려함이 있기에 지루하고 팍팍한 일상생활 속에
서도 즐거워지고 행복감에 젖을 수 있게 된다. 더구나 꽃은 쉽게 지고,
꽃잎이 속절없이 떨어져 흩날린다고 슬퍼할 필요는 없을 것 같다. 벚
꽃이 지면서 바람에 날려 꽃비가 내리는 거리를 걸을 때는 황홀경에
빠지게 된다. 꽃잎이 떨어져 쌓인 꽃길(花徑)은 쓸어내지 않고 그대로
두면서 거닐어 보는 것이 더 즐겁지 않은가. 떨어진 꽃잎이 물에 떠내
려 가는 '낙화유수'(落花流水)를 허무하게 여길 필요도 없다. 멀리 멀
리 떠내려가 넓은 세상을 구경할 수 있으니, 이 또한 좋은 일이 아니
랴.

꽃이 아니지만 꽃보다 아름다운 꽃이 있다. 가을에 나뭇잎이 단풍
으로 물들면 그 화려함이 꽃보다 더 아름다움을 느낄 때가 있다. 가을
에 감나무가 잎이 다 져버리고 빨갛게 익은 감이 가지마다 주렁주렁

매달려 있는 광경은 꽃을 보는 듯한 착각에 빠지게 한다. 겨울에도 아름다운 꽃을 볼 수 있다. 나뭇가지마다 눈이 하얗게 쌓여 만발한 설화(雪花)를 바라보고 있노라면 어느 꽃에도 빠지지 않는 화사함에 감탄하게 된다. 우리 가슴 속에 지혜가 환하게 피어나는 것을 불교에서는 '심화'(心花)라 하여, 그 아름다움을 예찬하기도 한다.

봄에는 많은 사람들이 몰려다니며 화사한 꽃동산을 찾아서 꽃구경을 다니고, 가을이면 단풍이 화려한 산을 찾아서 단풍놀이를 다니는 행렬이 길기도 하다. 어느 해인지 큰 딸을 데리고 진해 군항제에 벚꽃 구경을 갔다가 사람에 밀려 몹시 고생했던 기억이 남는다. 단풍철이면 설악산이나 내장산에 인파가 밀물처럼 밀려드는 것을 볼 수 있다. 봄날 꽃이 만발한 꽃동네 보다 가을날 단풍으로 물든 가을산이 더 화려하게 느껴지기도 한다. 그래서 만당(晚唐)시인 두목(樊川 杜牧)은 "서리 맞은 나뭇잎이 봄날의 꽃보다도 더 붉구나."(霜葉紅於二月花.〈「山行」〉)라 읊었었나 보다.

꽃구경과 단풍구경에는 각각의 특징이 있는 것 같다. 꽃구경은 꽃을 가까이서 보는데, 단풍구경은 멀리서 단풍을 보아야 제 맛이 난다. 그래서 꽃구경은 꽃만 보게 되지만, 단풍구경은 단풍과 산과 하늘까지 넓게 보게 된다. 꽃동산이나 꽃동네에 들어서면 눈부시게 화사하여, 그 화사함에 온통 사로잡히게 하는 매력이 있다. 이에 비해 가을산의 단풍은 화려하면서도 은은하여, 시선을 사로잡지만 동시에 자신과 살아온 평생을 돌아보며 생각에 잠기게 하며, 깊은 여운을 남겨준다.

꽃구경은 나이와 상관없이 누구나 즐길 수 있지만, 단풍구경은 노년이 되어야 그 맛이 깊어지는 것 같다. 단풍에 물든 산을 바라보면 서

정주(徐廷柱, 1915-2000)시인의 시 「푸르른 날」이 생각난다. "눈이 부시게 푸르른 날은/ 그리운 사람을 그리워하자/ 저기 저기 저 가을 꽃 자리/ 초록이 지쳐 단풍 드는데/ 눈이 내리면 어이하리야/ 봄이 또 오면 어이하리야/ 내가 죽고서 네가 산다면/ 네가 죽고서 내가 산다면/ 눈이 부시게 푸르른 날은/ 그리운 사람을 그리워하자."를 읊다보면, 하늘에 구름 한 점 없이 파아란 가을날 단풍으로 곱게 물든 가을산을 바라보며 온갖 상념에 사로잡힌 노인의 모습이 떠오른다.

'눈이 부시게 푸르른 날'은 분명 가을날이요 단풍이 고운 가을날이다. 맑은 가을날이라고 누구에게나 그리운 사람이 떠오르는 것은 젊은이도 중년도 아니라 노인이 분명하다. '초록이 지쳐 단풍 드는데'는 여름날 짙푸른 녹음의 계절이 지나 가을이 와서 단풍이 든다는 사실을 말하자는 것이 아니다. 젊음이 가고 이제 노쇠해진 노년과 단풍이 겹쳐서 떠오른다.

이 단풍의 계절에 노인의 가슴 속에는 온갖 상념이 구름처럼 일어난다. '눈이 내리면 어이하리야/ 봄이 또 오면 어이하리야'라 했으니, 노인의 눈빛에는 단풍을 바라보면서도 가슴 속에 온갖 상념이 떠올라, 가을하늘과 단풍의 아름다움을 그대로 즐기기만 할 수가 없다. 남은 세월 추운 시련이 닥쳐와도 걱정이요, 사방에 꽃이 피는 봄을 다시 만나도 어찌해야 할지 걱정스럽기만 하다.

노인은 죽음을 생각하는 계절을 살아가는 존재다. 그래서 이렇게 화려한 단풍을 바라보면서도 지워지지 않는 생각이 '내가 죽고서 네가 산다면/ 네가 죽고서 내가 산다면'이 아니랴. 가까웠던 친구가 하나 둘 죽어서 가슴 한편이 텅 비는 허전함을 절실히 느껴왔으니, 이제 내가 죽고 나면 친구와 사랑하는 사람의 가슴에 어떤 아픔과 외로움이 남을까? 그대가 죽으면 내 가슴에 어떤 슬픔과 쓰라림이 남을까? 그래서 살아있는 동안 그리운 사람을 찾아가 만나거나, 그리워하는 마음을 잘 간직해야 하지 않겠는가.

단풍이 꽃보다 붉다는 것은 아기단풍(당단풍)나무의 온 잎새가 선홍색으로 물들면 꽃보다 붉게 보일 수 있다. 그러나 꽃을 바라보는 젊은이의 마음보다 단풍을 바라보는 노인의 마음이 더 착잡하고 절실하기 때문에 더 붉다고 할 수 있는 것이 아닐까. 마치 석양의 노을이 붉게 물드는 것을 바라보면서도 젊은이는 아름다움에 감탄하겠지만, 노인은 아름다움의 뒤에 인생의 회한과 현재의 걱정과 닥아올 죽음을 함께 느끼게 되는 것과 같은 것이리라.

02

즐거움의
두 방향

 4월 28일 원주 대안리(大安里)의 이웃마을에 사는 곽병은(靑眼 郭
炳恩)박사께서 점심을 하자고 전화를 주셔서 기쁜 마음으로 시간에
맞추어 집 앞 큰길가에 나갔다. 곽박사 내외분이 차를 몰고 오셔서 가
까운 명봉산(鳴鳳山) 중턱 터득골에 있는 북 카페 '터득골'로 올라갔
다. 내가 사는 집도 명봉산 자락에 있는데 앞집 복사꽃은 이미 져가고
있지만 이 산중턱 복숭아밭에는 복사꽃이 한창이라 고왔다.
 나는 전부터 이 산골 이름인 '터득'(攄得)이라는 말이 심상치 않다
고 생각이 들어서, 곽박사께 '터득'이라는 명칭이 본래 있던 것인지,
이 북 카페 주인이 붙인 이름인지를 물었더니, 원래 있던 이름으로 이
골짜기에 절이 있었던 것 같다고 알려주었다. 나는 지난번 이메일로
곽박사께 남아메리카 여행을 하셨던 이야기를 듣고 싶고, 곽박사께서
평생 봉사활동을 하시며 겪었던 이야기를 듣고 싶다고 말씀을 드렸기
때문에, 오늘은 그 이야기를 들으려 했다. 그런데 자리를 잡고 앉자 곽

박사는 자신의 이야기를 하지 않고, 나에게 이것저것 질문을 하셨다. 나는 그 질문에 휘말려 내가 질문할 기회를 놓치고 장황하게 말을 늘어놓고 말았다.

점심을 먹는 동안 이 카페 대표인 나무선 사장도 참석하여 화제가 사방으로 퍼져나갔다. 그때 화제의 하나가 곽박사는 댁에 다락방을 새로 만드는데, 이 다락방 이름을 '독락당'(獨樂堂)이라 지었다고 하였다. 귀가 나빠서 얼른 알아듣지 못하고, '독락'인지 '동락'(同樂)인지 다시 물어야 했다. 나의 소견으로 『맹자』(梁惠王下)에 따르면 '독락'(獨樂) 보다 '동락'(同樂)을 권장했고, 곽박사는 많은 사람을 위해 봉사하며 살았던 분이니, '동락'이 더 잘 어울리지 않겠는가 하는 즉흥적 생각을 말했다. 곽박사도 흔쾌히 '동락당'이라 하겠다고 대답했다.

점심을 잘 얻어먹고 커피까지 잘 마신 뒤, 돌아와 곰곰이 생각하니, 맹자의 말에도 특정한 상황에서 하였던 말이라 홀로 즐거워하는 '독락'이 꼭 나쁘다고 탓할 일이 아니라는 생각이 들었다. 원래 맹자의 말은 군주의 덕을 제시하려는 것이었으니, 개인의 취미나 정서를 이야기한 것은 아니었다..

제(齊)나라 선왕(宣王)이 정원을 아름답게 꾸며놓은 설궁(雪宮)에서 맹자를 만나보면서, 현명한 사람도 아름다운 정원을 즐기는 즐거움이 있는지를 물었는데, 맹자의 대답은, "있습니다.…이런 즐거움을 얻지 못하였다고 윗사람을 비난하는 것은 잘못이나, 백성의 윗사람이 되어서 백성들과 함께 즐거워하지 않는 것 역시 잘못입니다."(有.…不得而非其上者, 非也, 爲民上而不與民同樂者, 亦非也.〈『맹자』2-4〉)라 하였다. 또한 "옛 사람은 백성들과 함께 즐거워했으니, 그래서 즐거워할 수 있었다."(古之人與民偕樂, 故能樂也.〈『맹자』1-2:3〉)이라고도 했다.

여기서 맹자도 통치자가 '백성들과 함께 즐거워한다.'는 뜻으로 '여민동락'(與民同樂) 혹은 '여민해락'(與民偕樂)을 하지 않고 '홀로 즐거워함'(獨樂)이 잘못되었다는 것이지, '함께 즐거워함'(同樂)을 행한다면 '홀로 즐거워함'(獨樂)이 잘못될 까닭이 없음을 분명하게 밝히고 있다. 그렇다면 '동락'(同樂)을 하는 사람은 '독락'(獨樂)을 하는데 아무 문제가 없으며, 더구나 곽박사는 통치자는 아니지만 우리 사회의 지도층으로 평생 동안 가난하고 병든 대중을 위해 봉사하였으니, 당연히 '독락'할 자격이 필요하고도 충분하다 하겠다.

소강절(康節 邵雍)이 읊은, "달은 맑은 하늘 한 가운데 이르고/ 바람은 잔잔한 수면 위로 불어오는 때/ 떠오르는 한 가닥 맑은 생각이야/ 아는 이 드물리라."(月到天心處, 風來水面時, 一般清意味, 料得小人知.〈「清夜吟」〉)라는 시에서는 고요한 달밤 부드러운 바람에 일어나는 잔잔한 물결을 바라보며 떠오르는 그 맑은 생각의 묘미를 혼자만이 즐기고 있음을 보여준다. 사실 즐거움의 지극한 경지인 환희(歡喜)나 법열(法悅)은 누구와 함께 나눌 수 없는 것이니, 자기만의 기쁨이요 즐거움일 수 밖에 없다. 그렇다면 곽박사의 다락방을 '독락당'이라 하는 것도 좋을 것이다.

홀로 즐거워함(獨樂)이란 아름답고 소중한 것을 자기 혼자 가지고 남몰래 혼자서 즐거워하는 것이 아닐 수 있다. 기도는 골방에서 혼자 할 때, 더 깊은 울림이 있지 않은가. 자신의 마음속에서 순수하고 아름다운 생각을 찾아낼 때의 희열을 남과 함께 하기는 어려운 일이다. 자신의 마음속은 자기 혼자만 만날 수 있고, 자기 마음속에 지극한 즐거움이 있지 않은가. 어쩌면 천상의 지극한 즐거움도 죽은 다음의 하늘나라에서 얻을 수 있는 것이 아니라, 바로 지금 홀로 자신의 마음속에 있는 것이니, 그것이 바로 '내심낙원'(內心樂園)이 아니랴.

　밖으로 나가서는 사람들 속에서 '함께 즐거워'(同樂)하고, 자신의
내면으로 돌아와서는 '홀로 즐거워하는'(獨樂) 즐거움의 두 방향을
아우를 수 있다면, 온전한 즐거움을 이루는 것이 아니랴. 그래서 나
는 곽박사의 다락방을 처음 생각하신대로 '독락당'(獨樂堂)이나 '독락
재'(獨樂齋)라 이름붙이는 것이 더 좋을 것 같다는 생각을 했다. 곽박
사께 그 날 '터득골'에서 드린 나의 말이 경솔했음을 나무라시고, 다시
생각해 보시기를 당부 드린다. (2019.4.30)

03

사랑은
이기심을 벗어나야

　가정은 한 사람이 태어나서 성장하는 동안 자기존재를 형성하는 바탕이다. 가정이 없이 정상적인 삶과 인격형성을 하기는 참으로 어려운 일이다. 참새도 둥지가 없이는 알에서 깨어나고 자랄 수 없는 것과 같다. 새들이야 충분히 자라면 부모의 둥지를 떠날 것이고, 한번 둥지를 떠나면 부모의 둥지를 잊어버리겠지만, 인간은 성장하여 제 둥지를 만들더라도 부모의 둥지를 잊지 않는다는 점에서, 새나 짐승들과 인간 사이에 가장 큰 차이가 있는 것이라 하겠다.

　사랑은 인간의 타고난 성품이다. 그러나 사랑은 가정에서 가장 잘 배양된다. 자식이 부모를 잊지 못하는 것은 부모에게서 받은 사랑을 잊지 못하기 때문일 것이다. 설령 부모의 사랑을 받지 못하였다 하더라도, 자신의 생명이 유래하는 근원인 부모에 대한 사랑과 관심이 가슴 깊이 남아 지워지지 않는다. 그러니 태어나면서 고아원에서 자라다가 외국에 입양된 아이도 성장한 뒤에는 자신을 낳아준 부모에 대한 그리움을 절실하게 간직하고 있으니, 그 때문에 부모를 찾아 나서는 경우도 가끔 보게 된다.

부모와 자식 사이의 사랑이 가정을 튼튼하게 지켜주고, 아무리 멀리 떠나 있어도 가족의 유대를 끈끈하게 이어주고 있다. 어릴 때 놀고 살았던 고향도 그리운 법인데, 자신의 생명이 태어나고 길러진 부모의 품을 어찌 잊을 수 있겠는가. 형제와 친척들에 대한 유대감도 부모와 조부모와 증조부모에서 이어오는 핏줄의 유대감에서 오는 사랑이 있기에 만나면 반갑고, 멀리 있어도 생각을 하게 된다.

그런데 살다보면 부모에 대해서도 원망을 하거나, 자식들에 대해서도 실망을 하는 경우가 생긴다. 그래서 부모 자식이라는 질긴 인연(因緣)도 끊어지는 경우가 있고, 형제 사이의 두터운 정(情)도 희미해지는 수가 있다. 이런 일이 발생하게 되는 이유야 여러가지가 있겠지만, 이런 가족관계에서는 모두에게는 마음 깊은 곳에 상처를 남기게 되고, 이 상처는 평생토록 아물지 않아서 심한 고통을 느끼게 할 위험이 따른다.

옛 사람의 말에 "처자는 의복과 같고 형제는 수족과 같다."고 했는데, 중국의 삼국시대 유비(劉備)가 이런 말을 했다고 한다. 아내는 버려도 재혼할 수 있고, 자식은 버려도 다시 낳을 수 있지만, 형제 사이는 부모에 의해 주어진 것이요 자신이 결정할 수 없는 인연이라는 뜻일 것이다. 그런데 내 생각에 형제를 소중히 여기는 이 말의 의도는 이해되지만, 현실에서는 크게 어긋나는 말이라 해야 할 것 같다. 차라리 "부모와 자식의 유대는 수족과 같고, 부부의 유대는 심장과 같다."고 말해야 현실에 더 잘맞는 말이라 하겠다.

가슴 속에 사랑이 없으면 부모도 자식도 형제도 부부도 모두 공허한 인연이 되고 만다. 그렇지만 사랑이 있으면 친구가 형제보다 더 소중할 수 있고, 애착이 있으면 재물이 부모나 자식 보다 더 소중할 수 있다. 기르는 개에 대해서도 사랑이 깊으니 '반려견'(伴侶犬)이라는 말이 쓰여지고 있는 것이 아니겠는가. 그래서 사랑과 믿음이 있으면 친구와도 죽음의 길을 망설임 없이 함께 가는 경우가 있지만, 사랑이 없으면 쉽게 원망을 풀지 못하고, 재물 때문에 형제가 등지는 경우도 있다. 심하면 부모를 죽이는 패륜아가 나오기도 하지 않는가.

사실 전통적 가치관에서는 가족의 유대가 지극히 중시되어 왔다. "가정이 화목하면 모든 일이 순조롭게 이루어진다."는 뜻으로, '가화만사성'(家和萬事成)이라는 말이 가훈(家訓)으로도 널리 쓰여지고 있는 사실을 볼 수 있다. 부모가 자식을 위해서 자신을 희생하는 일은 허다하고, 자식이 부모를 돌보기 위해 자신을 희생하는 어느정도 자주 볼 수 있었다. 반세기 전만 해도 우리사회에서는 동생을 학교에 보내기 위해 누나가 모든 기회를 포기하고 거친 노동을 마다하지 않는 경우가 허다했다.

세월이 변해 핵가족화가 확산되면서 친척이 아득히 멀어졌고, 개인주의화가 심화되면서 형제는 물론이요 부모도 갈수록 가벼워지고 있는 것으로 보인다. 오직 '처자'(妻子)만 남아 있는 가정도 적지 않은 듯하다. 더구나 배우자를 잃고 나자, 아무도 돌보는 사람이 없이 홀로 살아가는 '독거노인'(獨居老人)도 상당수 있는 것으로 알고 있다. 젊은 이들 가운데 결혼을 않는 독신자들이 늘어가고, 결혼을 해도 자식을 낳지 않는 가정도 심심찮게 많아졌다. 가족이 부담스럽고, 자식이 부담스럽게 느껴지면, 자신 만이 홀로 남게 되는 길을 갈 수 밖에 없다. 이렇게 되면 가족은 저절로 해체되는 길을 가지 않을 수 없다.

가정의 뜨겁고 깊은 유대가 식어가고 희미해져가는 시대를 살아가는 사람들이 과연 어디서 사랑을 배우며, 누구를 사랑하고 살아갈 수 있을 것인가. 종교적 신앙을 가진 사람도 자신의 성공과 건강을 기원하기만 하고, 믿음만 강조하지 이웃을 사랑하고 남을 위해 봉사하는 마음이 아득히 멀어지고 있으면 종교도 해체기에 들어서게 될 수 밖에 없지 않겠는가.

우리 선조들은 튼튼한 가정이 있어야, 그 위에서 나라도 잘 다스려지고, 나아가 세계도 평화로워질 수 있다고 생각했었던 것 같다. 곧 가정이란 자신을 중심에 두고, 위로 부모에 대한 효도(孝)와, 아래로 자식들에 대한 자애(慈)와, 옆으로 형제간의 우애(悌)라는 사랑의 힘으로 결합되고 있는 것이라 했다. 곧 상하·좌우로 사랑(孝·悌·慈)의 유대가 튼튼해지면, 이러한 가정의 유대가 사회로 국가로 천하로 번져가는 질서를 꿈꾸었다. 마치 잔잔한 물 위에 돌을 하나 던지면, 파문이 동심원을 그리며 넓게 또 멀리 퍼져나가는 듯이 자신의 가슴 속에서 일어나는 사랑을 넓혀가고 채워가기를 소망했던 것이다.

이런 가르침을 받들고 살았던 우리 선조들도, 막상 그 삶의 모습을 들여다보면, 가문을 지키고 당파를 지키기 위해, 상대방을 누르고 올라서려는 이기심으로 살았다는 사실을 역사가 증명해주고 있다. 말과 행동, 생각과 실천의 차이가 이렇게 머니, 가족간의 사랑도 이기적 욕심으로 병들었던 것이 아닐까 하는 의심이 일어나는 것을 억누를 수가 없다.

그런데 어찌하여 가족 사이에도 사랑이 흘러넘치지 못하고, 자신 속에 갇힌 이기심만 가득한 존재가 되었다는 말인가. 이기심에 빠져 있는 것은 진정으로 자신을 사랑하는 길은 아니다. 오히려 이기심은 자기만의 탐욕에 빠져 희생적인 사랑에 족쇄가 되고 있는 것이 아니겠는가.

나 자신, 내 가정, 내 고장, 내 나라, 내 종교를 위한다는 이기심이 남을 포용하고, 남과 어울리며 밖으로 퍼져나가려는 사랑을 질식시키고 있는 것이 아닌지 의심을 하게 된다. 온 나라를 시끄럽게 하는 내 집단만의 이익을 위한 외침의 갈라진 목소리가 잠시도 그치지 않는다. 이런 집단적 이기심으로 제 부모를 사랑하고 제 자식을 사랑하고 제 형제를 사랑하는 것은 가족의 유대를 건강하게 키워가는 방법이 아니다. 오히려 이기심을 극복하고 상대방을 이해하고 포용하는 '사랑'의 실천에서 건강한 나의 존재도 숨쉴 수 있지 않겠는가.

04

온화한 얼굴
다정한 말(和顏愛語)

사람과 사람이 만나면 우선 얼굴부터 보는 사람도 있고, 옷차림부터 보는 사람이 있다. 얼굴은 잘생겼는지 못생겼는지를 살필 것이요, 옷차림은 단정하고 기품이 있는지 허술하고 누추한지를 살필 것은 당연하다. 우리나라 사람들은 옛날부터 옷차림을 중시해왔다. "겉볼안"이라는 말이 있는 것처럼, 의관(衣冠)을 단정하게 해야 대접을 받을 수 있었다. 그러다보니 오늘날에도 사치스러운 의복을 차려입으려 마음 쓰는 사람들이나, 외제차를 몰고다니며 자신을 과시하려는 사람들이 많은 것 같다. 고급스런 옷차림뿐만 아니라 값비싼 외제자동차를 타고다녀야 대접을 받는 사회라면, 그 사회는 이미 깊이 병이 든 것으로 보인다.

옷차림이 단정하면 그 인품도 반듯하게 보이고, 옷맵시가 우아하면 그 사람됨도 고상하게 보이는 것이야 누구나 느끼는 사실이다. 그러나 옷차림은 세련되어 보이는데, 그 사람됨이 탐욕스럽고 방탕하면

"비단보자기에 개똥"이라 비난을 받을 수 밖에 없다. 차림이 수수하거나 남루하더라도 그 인품이 고상하면 오랜 세월 만나는 사이에서는 남들의 존경을 받기 마련이다. 『삼국유사』의 「진신공양」(眞身供養) 조를 보면, 옷차림으로 사람을 가볍게 평가하려들지 말라는 가르침을 잘 보여주고 있다.

신라의 효소왕(孝昭王)은 망덕사(望德寺)를 짓고 낙성축하연회를 열었던 자리에서 번쩍이는 가사장삼을 입은 고승대덕들이 줄지어 참여했는데, 그 가운데 남루한 차림의 중이 하나 끼어 있는 것을 보자, 효소왕은 그 남루한 차림의 중에게 "밖에 나가서는 국왕이 친히 베푼 재공(齋供)에 참석하였다는 말을 하지 말라."고 말했다. 이에 그 중의 대답은 "임금님께서도 진짜 부처님께 재공을 드렸다는 말을 하지 마십시오."라 하고는, 구름을 타고 날아갔다는 이야기다. 부처를 섬겨 부처모습에 금칠을 하고 무수히 절을 하면서 막상 진짜 부처님을 만나서는 차림새가 남루하다고 무시하고 모욕하려 들었던 어리석음을 질타하고 있다.

그렇다면 옷차림보다 더 중요한 것은 얼굴의 모습이다. 그래서 여자들은 얼굴을 아름답게 보일 수 있도록 화장을 하고, 정형수술도 하지 않는가. 그런데 얼굴보다 더 중요한 것은 아름다운 마음이 아닐 수 없다. 사람들은 누구나 얼굴보다 더 중요한 것은 사람의 마음이라는 사실을 인정한다. 그러면서도 옷차림이 남루하거나 얼굴이 추루하면, 그 사람의 마음은 살펴보지도 않고, 무시하거나 모욕하려들기 쉽다. 물론 그 사람의 마음이 야비하거나 비굴하다면 혐오할 것이지만, 속마음을 알기는 어렵고, 겉모습은 쉽게 알아차리니 어찌하겠는가.

그런데 얼굴 생김새를 뜯어보고 그 사람의 운명까지 예측하려드는 관상술(觀相術)이 있다. 한 인간이 살아온 과정과 기개와 품성 등 여러 요소들이 얼굴에 나타난다고 생각하고 있음을 보여준다. 옛날에는 이 관상술을 믿는 사람들이 많았던 것 같다. 사실 어느 정도는 겪은 풍상이나 생활환경을 얼굴에서 비슷하게 읽을 수 있는 점이 있을 수 있다. 그렇지만 신체적 조건인 타고난 얼굴의 모습이 한 인간의 의지와 노력으로 개척되는 운명을 결정할 수는 없음이 분명하다.

백범 김구(白凡 金九, 1876-1949)는 젊어서 한때『마의상서』(麻衣相書)라는 관상서(觀相書)로 관상법을 공부했던 일이 있었다고 한다. 그런데 관상법으로 자신의 얼굴 모습을 보니, 복상(福相)은 아무데도 없고 모두가 흉상(凶相)이라는 사실에 크게 실망했었나 보다. 그러다가『마의상서』마지막 장에서 "얼굴(相)이 좋은 것이 신체(身)가 좋음만 못하고, 신체가 좋은 것이 마음(心)이 좋음만 못하며, 마음이 좋은 것이 덕(德)이 좋음만 못하다."(相好不如身好, 身好不如心好, 心好不如德好.)라는 구절을 발견하고, 관상법에서 얼굴모습이 흉하다는 실망에서 벗어나 마음을 다스리고 덕을 닦는데 힘썼다는 이야기가『백범일지』(白凡逸志)에 나온다. 관상서에서 관상법의 한계를 스스로 인정했다는 말이다.

그래도 얼굴에는 신체의 건강여부도 드러나고, 마음이 편안한지 불안한지도 드러나고, 덕이 높은지 덕이 없는지도 드러나니, 마음과 덕의 여러 가지 모습을 희미하게나마 종합적으로 볼 수 있는 것이 바로 얼굴이 아니냐. 마음에 분노가 일어나면 얼굴이 일그러지고, 마음에 근심이 있으면 얼굴이 찌푸려진다. 마음에 즐거움이 있으면 얼굴에 웃음이 떠오르고, 마음에 사랑이 일어나면 얼굴이 꽃처럼 활짝 피어난다. 덕이 높으면 얼굴에 광채가 나고 덕이 없으면 얼굴에 그림자가 드리운다.

물론 얼굴과 마음은 다르다. 그래서 "열길 물속은 알아도 한길 마음속은 모른다."는 말이 있지 않은가. 그래도 얼굴에서 마음을 어느 정도는 읽을 수 있기 때문에 "얼굴은 마음의 거울"이라 말하는 것이 아니랴. 그만큼 얼굴이 한 사람에서 소중하다는 말이다. 에이브러험 링컨(1809-1865)은 "사람은 나이 40이 되면 자기 얼굴에 대해서 책임을 져야 한다."고 말했다 한다. 한 인간이 살아온 삶과 경륜과 인격이 얼굴에 드러난다는 뜻이 아니랴. 얼굴만 보아도 욕심이 뚝뚝 떨어지는 사람, 간사한 사람이 구별되고, 방탕한 삶이나 덕스러운 삶의 흔적이 그대로 드러나며, 야심이 넘치거나 지성이 넘치는 사람이 있기 마련이다.

그렇다면 얼굴을 어떤 모습으로 보일 것인지는 바로 어떻게 살아야 할 것인지와 바로 연결되어 있는 것이라 하겠다. 오래전에 거리에서 내가 만났던 어느 평범한 중년남자는 자신이 젊은 날 폭력배로 살았다는 사실을 말하면서 얼굴표정을 바꾸니 섬뜩하게 느껴지는 사나운 얼굴로 변했다. 집에 돌아오자 거울에서 나 자신의 얼굴을 다시 들여다 보게 되었다. 나 자신도 화가나면 얼굴이 악귀처럼 변하는 것이 아닐까 생각하지 않을 수 없었다.

가장 아름다운 얼굴은 서시(西施)나 양귀비(楊貴妃)처럼 아름답게 타고난 얼굴이 이 아니다. 나 자신도 젊은 날 어여쁜 여인에게 마음이 흔들렸던 적이 있지만, 나이가 들어보니 진정한 아름다움은 타고난 아름다움이 아니라, 가슴 속에 넘치는 사랑이 드러나는 온화한 얼굴임을 깨달았다. 사랑이 담긴 얼굴에는 광채가 나고 사람을 감동시키는 힘이 있다는 말이다. 잘생겼지만 자만심에 가득하면 가까이 가기가 싫어지고, 못생겼지만 겸손하면 다른 사람의 마음을 편안하게 해주는 것이 사실이다.

불교의 『화엄경』(華嚴經) 「이세간품」(離世間品)이나 『무량수경』(無量壽經) 「필성정각」(必成正覺)편에서는, 보살이 수행하는 방법의 하나로 '온화한 얼굴 다정한 말' 곧 '화안애어'(和顏愛語, priya-alapa)를 들고 있다. 가슴 속에 평화와 사랑이 간직되어 있을 때, 그 얼굴은 온화하고 그 말에는 사랑이 담겨 있다는 뜻이다. 마음이 너그럽고 정다운 사람은 누가 무슨 말을 하거나 깊이 이해하니, 결코 쉽게 노여워하거나 속상해 하는 일이 없을 것이요, 가슴 속에 사랑이 넘치는 사람은 아무리 비천한 사람도 무시하거나 경멸하는 일이 없고 가련하게 여기거나 따뜻하게 보살펴주려 하지 않겠는가.

오늘의 우리 사회에서는 비난하고 비판하는 거친 목소리가 너무 높다. 나름대로 견디기 어려운 사정이 있을 터이고, 침묵하기 어려운 자기주장이 있을 터이지만, 노조의 주장도 정치문제에 대한 의견도 핏발선 눈빛에 쉰 목소리가 넘쳐나고 있으니, 보기도 괴롭고 듣기도 괴롭다. 같은 문제를 풀기 위해 부드러운 눈빛이나 윤기있는 목소리는 불가능한 것이란 말인가.

이채(정순희)의 시 「마음이 아름다우니 세상이 아름다워라」에서 "겸손은 사람을 머물게 하고/ 칭찬은 사람을 가깝게 하고/ 넓음은 사람을 따르게 하고/ 깊음은 사람을 감동케 하나니/ 마음이 아름다운 자여/ 그대 그 향기에 세상이 아름다워라."를 읽을 때마다, 나 자신의 흐트러진 마음을 다시 가다듬게 되고, 굳어진 얼굴을 다시 펴게 된다. 한 사람의 '온화한 얼굴 다정한 말'은 그 사람을 아름답게 하고, 나아가 세상을 아름답게 하리라 믿는다.

05

겸손함을
가르쳐주신 스승

사람은 누구나 살아가면서 끊임없이 다른 사람을 만나게 된다. 만나는 상대방이 나이 많은 노인일 수도 있고, 비슷한 연배일 수도 있고, 어린 아이일 수도 있다. 또 지위가 높은 사람이나 부유한 사람을 만날 수도 있고, 가난하고 비천한 사람을 만날 수도 있다. 때로는 부드럽고 온화한 성품의 사람을 만날 때도 있고, 화를 잘 내거나 난폭한 사람을 만날 때도 있다.

이렇게 다양한 사람을 만나다 보면 사람들은 얼굴만 제각각 다른 것이 아니라, 성격도 다르고, 환경도 다르고, 교육정도나 직업도 서로 다르다는 사실을 쉽게 알 수 있다. 그래서 사람과 만남에서 긴장하거나 심하면 사소한 일로 충돌하기도 한다. 그런데 세상에서 만나게 되는 무수한 사람들 가운데, 자신을 편안하게 해주고, 마음으로 깊이 호감을 느끼거나 감동하게 하는 사람은 겸손한 사람이라 믿는다. 겸손한 사람과 마주하면 긴장을 풀게 되고, 방어태도가 필요 없어지며, 저절로 마음의 문을 열게 된다.

  나 자신 살아오면서 영리한 사람, 예리한 사람, 오만한 사람, 위압적인 사람 등을 많이 만났지만, 겸손한 사람을 만난 경우는 아주 드물었던 것 같다. 대학시절 만나 뵈었던 야인 김익진(也人 金益鎭)선생은 내가 만났던 분들 가운데 가장 겸손한 어른으로 내 기억 속에 남아있다. 또한 선생이 지니신 겸손의 덕은 내 마음에 깊은 감동으로 새겨져 간직되어 왔다.

  야인 선생은 내가 23세이던 대학 4학년 때, 60세 이셨으니, 내 아버지 보다도 훨씬 연세가 높은 분이셨다. 만나 뵐 때 마다 선생은 나를 "금형"하고 부르셨다. 여러 차례 이름을 불러주시기를 말씀드렸지만, 선생께서는 '노소동락'(老少同樂)을 하려면 나이를 잊어야 한다고 나를 타일러주셨다. 지금도 그 시절 학교교정에서 선생을 뵈웠을 때, 선생께서 정답게 나의 손을 끌며, "금형. 술 한 잔 하러갑시다."라 하시던, 선생의 다정한 음성이 귓가에 생생하게 남아있다.

  생각하면 내 평생에 야인선생처럼 후생(後生)에게 자신을 낮추시는 겸손한 분은 못 보았다. 자신의 체면을 소중히 여기고 권위를 내세우는 분이라면 결코 자신을 낮추기가 쉽지 않았을 터이다. 겸손하게 자신을 낮출 수 있기에 선생은 방황하고 있는 젊은 나를 따스하게 품어주고, 친절하게 길을 열어 보여주었던 것 같다. 솔직히 말하면 나는 조부나 부친에게서도 선생에게서처럼 따스한 정을 받아본 적이 없었다.

  '겸손'(謙遜)은 자신을 낮추는 것이요 비우는 것이다. 자신을 먼저 내세우는 것이 아니라 남을 먼저 내세우는 것이요, 자신을 높이려는 것이 아니라 남을 소중하게 여기는 것이라 하겠다. 그래서 너와 내가 만나는 곳에 겸손이 자리 잡고 있으면, 언제나 온갖 다툼이 없어지고 서로를 배려하는 예의가 살아나게 되고, 서로 화합하는 조화로움이 일어난다.

'겸손'은 서로 마음을 열게 하기에 서로에 대한 이해가 깊어지고, 서로에 대한 사랑과 존경의 마음이 싹트게 된다. 나를 내세우지 않고 너를 소중하게 여기니, 어찌 서로에 대한 이해가 깊어지지 않을 수 있겠는가. 또 서로에 대한 이해가 깊어지면서 상대방을 소중히 여기면 서로에 대한 우정과 사랑이 저절로 일어나며, 서로를 이해하고 사랑하게 되면 서로에 대해 존경하는 마음이 튼튼하게 뿌리내리게 된다.

내가 실제로 선생을 뵙기는 대학 3학년 때 남기영(潁棲 南基英) 선배의 소개를 받아 대구로 선생 댁을 찾아가 처음 뵈었다. 그 후로 생전에 열 번 정도 만나 뵈었고, 두세번 편지를 주고받았을 뿐이다. 그러니 선생과의 교유가 깊었다고 말할 수는 없지만, 그 몇 번의 만남을 통해 선생은 나에게 '겸손'이라는 삶의 도리를 가르쳐주셨고, 서로 다른 종교 사이의 조화라는 학문의 길을 열어주셨다.

야인 선생은 나에게 자신을 낮추시어, 노선생이 철없는 젊은이를 친구처럼 대해주셨지만, 나로서는 언제나 선생을 어느 스승보다 진심으로 존경하였으며, 선생을 생각할 때 마다 한 순간도 내 마음에 나태하거나 방자함이 일어나지 않았다. 나는 늙어가면서 내 평생을 돌아볼 때마다, 선생이 내게 보여주신 겸손의 덕이 내 삶 속에 얼마나 깊이 파고들어 영향을 미쳤는지를 더욱 선명하게 깨닫고 있다.

내가 학교를 다니기 시작한 이후로 나에게 지식을 가르쳐주신 스승은 많이 있었다. 그러나 내가 야인선생을 평생의 스승으로 존경하는 까닭은 선생으로부터 겸손의 덕을 가슴 깊이 받았고, 나의 삶에 가장 큰 가르침이 되었기 때문이다. 그런데 나는 선생에게서 겸손의 덕에 감동하여 깊은 가르침을 받았지만, 나 자신이 선생에게서 배운 겸손의 덕을 내 인격과 내 삶 속에 얼마나 실현했었는지를 돌아보면, 부끄러울 뿐이다.

나는 가정에서 내 자식들에게 겸손의 모범을 보여주지도 못하고 가르쳐주지도 못했으며, 친구들과 사귀면서 겸손의 덕을 제대로 실행하지도 못했다. 더구나 평생을 교단에 서 있었지만 제자들에게 학문과 삶에서 겸손이 얼마나 소중한지 보여주지를 못했다. 겸손은 내 머릿속에서는 소중한 덕목으로 기억되어 왔지만, 내 삶 속에서는 자꾸만 잊어버려졌다. 그래서 나는 옛 스승 앞에 한없는 부끄러움을 고백하지 않을 수 없다.

문명은 고도로 발달해가고 있으며, 인간의 삶은 갈수록 편리하고 풍요해가고 있는데, 우리에게 감동하고 존경하는 마음은 갈수록 줄어들고 있는 것이나 아닌지 걱정스럽다. 나는 그 까닭이 너에 앞서 나를 내세우려하는데 있다고 생각한다. 그래서 나와 너의 사이에는 장벽이 생기고, 개인이 고립된 섬으로 바뀌어가는 것이 아닌지 걱정스럽다. 나로서는 그 치료방법은 종교적 신앙에 있는 것이 아니라 우리 마음에 '겸손'을 기르는데 있을 것으로 믿는다.

'겸손'은 남에게로 열린 덕이다. 혼자 살아간다면 겸손이 소중한 덕목이 되지 않는다. 남과 어울려 살면서 남을 향한 자신의 마음가짐이 겸손해야 한다는 것이다. 겸손하면 남의 말을 잘 들어주고, 호의를 가지고 남을 깊이 이해할 수 있다. 그래서 겸손한 사람은 자기 마음의 문을 열 뿐만 아니라, 남의 마음도 문을 열게 해준다. 나아가, 사람과 사람 사이에 서로 깊은 이해가 가능하고, 서로 따뜻한 우정을 나눌 수 있게 된다. 자신을 낮추면 높은 곳의 물이 낮은 곳으로 흘러가듯 소통이 일어나고, 마침내 서로의 마음이 같은 높이에서 출렁이며 어울릴 수 있음을 새삼 소중하게 확인하게 되리라 믿는다.

06

우리시대를 흐르는
역사의 물굽이

역사는 강물처럼 소용돌이 치기도 하고 잔잔히 흐르기도 하며, 굽이굽이 물결치면서 흘러내려 간다. 우리 시대는 어떤 물굽이를 돌아 흐르고 있는가? 조선시대는 선비정신으로 물길을 열어갔는데, 시작할 때는 그 물결이 투명하고 맑았지만, 흘러가는 도중에 변질되어 당파싸움이 벌어지면서 때로 피비린내 나고, 때로 도도한 흙탕물이 되고 말았다. 마침내 나라가 망하여 식민지 지배를 받고나서 다시 해방을 맞았지만, 그 흙탕물이 아직까지 맑아지지를 않고 있는 것으로 보인다.

조선시대 선비들이 의리를 내걸고 이권을 탐하는 훈구(勳舊)세력이나 척족(戚族)세력과 맞서다가 사화(士禍)로 희생되어 붉은 피를 뿌릴 때는 순수하고 맑은 물결이었다. 그러나 선비가 한 번 권력을 잡기 시작하자, 겉으로는 그럴듯하게 의리를 내걸었지만, 실상은 당파싸움의 어지러운 권력투쟁으로 타락하면서, 탐관오리가 백성을 착취하고, 백성은 도탄에 빠져 허덕이면서, 온 나라는 악취를 풍기며 썩어가기 시작했고, 결국 나라가 망하고서야 사대부(士大夫)집단도 무너지고 말았다. 어찌 유교를 공부한 선비들의 책임이 아니라 하겠는가.

300년 넘게 피를 뿌리며 당파싸움을 하다 보니, 남은 것은 사대부들의 위선적인 명분뿐이요, 군자는 산속으로 깊이 숨어들고, 국력은 소진되어 허울만 남았다. 이때 태풍이 한번 불어 닥치자, 썩은 고목 넘어지듯이 나라가 무너지고 말았다. 이렇게 참혹한 역사의 굽이를 살아갔던 뜻있는 선비들이 목 놓아 울었던 통곡소리가 지금도 귀에 쟁쟁하게 들리는 듯하다.

일제(日帝)에 저항하여 독립운동을 하면서도 주적(主敵)은 일제였으나, 독립운동의 세력은 민주주의 신봉자들과 사회주의 신봉자들, 무정부주의자들로 사분오열(四分五裂) 되어, 통합의 길이 보이지 않는 답답하고 안타까운 상황이었다. 당파싸움으로 한번 갈라졌던 분열의 생리는 DNA로 우리 핏줄에 흐르고 있는 것이나 아닌지, 틈만 있으면 갈라지고 또 갈라져, 이제는 봉합할 길이 아득하게 멀어져만 가는 것 같다.

해방이후 남북이 분단되자, 삼팔선을 베고 죽겠다는 백범(白凡 金九)의 목소리는 거센 파도소리와 폭풍우소리 속에 외로운 물새의 울음소리처럼 희미해지고 말았다. 서울 거리는 좌파와 우파의 대모대열이 깃발을 흔들고 밀려다니다가 폭력을 빚기 일쑤였다. 최근에도 촛불의 대열과 태극기의 대열이 밀려다니는 꼴을 보면서, 왜 조선시대 사대부의 당파싸움이 생각나는 것일까. 우리는 적을 바깥에 두고 싸워본 경험이 매우 드물다. 언제나 온 나라가 단합하여 외적에 엄중한 철퇴를 내리치는 것이 아니라, 우리 자신이 갈라져 서로에 대해 피비

린내 나는 잔혹한 투쟁의 역사를 열어갔다.

남한 단독정부 대한민국이 수립되고 나서도 숨 돌릴 틈도 없이, 6·25 남침으로 동족상잔의 전쟁이 터져 괴뢰군과 국방군이 총성과 포성 속에 서로 살상을 계속하고, 거리와 마을에서는 반동을 찾아 학살하거나 부역자를 찾아 학살하는 민간학살의 참극이 벌어졌다. 여기에 같은 민족이라는 의식은 사라지고, 피로 물든 강물의 양쪽에 오직 빨강과 파랑의 색깔만 극명하게 대립되고 있었을 뿐이다.

태극기의 파랑과 빨강은 음양이 상생(相生)하는 생명의 순환을 상징하는데, 어이하여 우리는 태극기를 내걸고도 빨강과 파랑이 대립하여 피터지게 싸우는 상극(相克)의 역사를 연출하고 있는 것인가. 이렇게 심하게 갈라진 역사가 쉽게 봉합될 수 있는 가능성은 과연 있기나 할까. 가족간에 불화하여 서로 증오하면, 남들과 불화한 것 보다 더 심하게 상처를 주고 상처를 입는 법이다. 같은 민족끼리 이렇게 잔혹한 역사는 어떻게 귀결될 것인가.

전쟁이 끝나고 독재에 맞서 용감하게 싸우던 젊은 민주투사들이 한 번 변질되니 노동운동으로 분배의 이념을 내걸고서 투쟁을 이어가더니, 정치판이 진보와 보수로 대립하고, 마침내 정치권력까지 쥐고서 좌파의 판을 짜고 말았다. 나라를 지키는 것은 뒷전이 되고, 젊은이들의 촛불과 늙은이들의 태극기가 맞서 거리에서 시위하니, 마치 해방 직후 서울거리에서 좌파와 우파의 시위행렬을 보는듯하여, 혹시 충돌하지나 않을까 마음을 졸이게 된다.

이제 대한민국은 국민이 세 번째로 뽑은 좌파정권 아래서 좌우대립이 어디로 번져갈지 걱정스럽기만 하다. 또다시 전쟁이 일어난다면 한반도는 북한의 새로 만든 핵폭탄 시험장이 되고, 미국의 시효가 넘은 핵폭탄 처리장이 될 터이니, 남북이 모두 절단이 나서, 한반도는 황무지가 되어, 원시상태로 돌아가야 할지도 모를 일이다. 남북화해가 중요하나, 현재로서는 북한의 책략에 말려들 것이 뻔하다지 않은가.

과연 좌파 정권이 어디까지 가려는지 두려울 뿐이다. 그동안 방심하는 사이에 좌파가 얼마나 조직적으로 세력을 확장시켜놓았는지도 알 수 없으니, 더욱 걱정스럽다. 역사의 흐름이 우리시대에 이루어놓은 물굽이의 광경은 분명 위기의 장면이다. 이 물굽이가 어디로 흐를까? 격심하게 요동치지나 않을까? 정확한 정보도 지식도 없고, 대세를 읽거나 역사를 내다보는 안목도 없으니, 어찌 답답하지 않겠는가.

어쩌면 부처가 『법화경』(法華經)에서 비유로 말씀한 것처럼, '불타고 있는 집'(火宅)에 편안하게 앉아있는 꼴이거나, 장자(莊子)가 「산목」(山木)편에서 비유한 것처럼, 매미는 노래 부르는데 빠져 뒤에서 사마귀가 노리는 줄을 모르고, 사마귀는 매미를 노리다가 뒤에서 까치가 노리는 줄을 모른다는 꼴이나 아닐까. 그러나 사람들은 "오늘도 먹고 마시며 즐기고 사는데 무슨 걱정이 있으랴. 모두 기우(杞憂)일 뿐이다."라고 하지 않는가.

너무 부풀어 오른 풍선은 조금 건드리기만 해도 터질 것이다. 1914년 1월28일 사라예보에서 울리는 권총 소리 한방에 일차세계대전이 일어날 줄을 누가 알았으랴. 당(唐)나라 이자경(李子卿)의 「청추충부」(聽秋蟲賦)에서 "낙엽 하나 떨어지나니, 천지가 가을이로다."(一葉落兮, 天地秋)라는 말은 천시(天時)가 변하는 기미를 빨리 알아차린 안목을 보여주고 있지 않은가. 과연 우리에게 이런 예리한 안목이 있기나 한가.

정부가 부자의 재물을 덜어다가 가난한 자에게 나누어주면 백성들은 환호할 줄만 알지, 나라의 경제기반이 무너지는 것이야 상관하지 않는다. 노동자고 농민이고 도시서민이고, 제각기 자기 몫을 더 달라고 외치기만 하지, 나라를 위해 걱정하거나 할 일을 찾는다는 생각은 애초에 아무도 하지 않는 것이 아닌가. 우리 시대 역사의 물굽이는 모두가 개인이익을 위해 몰입하는 큰 병통에 빠져 격류를 이루고 흘러가다가 폭포로 떨어져 물안개 속에 사라지는 것이 아닌지 걱정스럽다.

IMF때 금반지를 내놓으며 나라를 걱정하던 시민정신은 벌써 사라지고 만 것인가. 우리사회에 지도층, 교육자, 성직자들이 나라를 걱정하는 시민정신을 일깨워줄 생각이나 의지가 있기는 한가. 누가 우리 사회의 좌경화가 대한민국을 파탄의 위험에 빠뜨릴 수 있다는 경계심을 일깨워줄 수 있을까. 그러나 폭력으로는 진정한 해결이 얻어지지 않는다. 대립을 부드럽게 풀어가고 하나로 결속시켜가는 길이라야, 나라를 강건하게 하고 국민의 힘을 기르는 길임을 각성하는 일이 무엇보다 시급한 일이라 생각한다.

07

덕을 감추고 기르는 삶

한 사람이 살아가는데 소중한 요소에는 양면이 있다. 하나는 나와 너의 문제이고, 다른 하나는 안과 밖의 문제라 하겠다. 언제나 나는 너를 전제로 인정해야 한다. 너를 거부하면 나의 존재도 유지할 수 없게 된다. 너는 상대방 개인일 수도 있고, 가족이나 이웃이나 국가, 인류 등 세상에서 사람으로 살아가는 다양한 대상을 의미하고 있다. 그만큼 나를 아는 길은 동시에 너를 아는 길이기도 하다.

이에 비해 안은 내 마음의 덕성이라면 밖은 내 말과 행동으로 드러나는 나 자신의 양상을 가리키고 있다. 안과 밖도 서로 떠날 수 없다. 안이 허전하면 밖이 당당할 수 없고, 밖이 부실하면 안을 반듯하게 지킬 수가 없다. 나무나 풀이 땅 속에 감추어진 뿌리와 밖으로 드러나는 줄기와 잎이나, 꽃과 열매가 하나의 생명으로 이어져 있듯이, 나의 마음과 언행은 서로 연결되어 있다. 곧 언행을 보면 마음을 알 수 있고 마음을 이해하면 언행도 이해된다.

　퇴계(退溪 李滉)가 이담(靜存齋 李湛, 字 仲久)에게 보낸 답장에서, "나의 기(記: 陶山記)와 시(詩: 陶山雜詠)가 그대에게까지 알려졌다 하니, 깊이 송구스럽소이다. 우스개삼아 한 말이라 반드시 이치에 맞는 것이 아닙니다. 경솔하고 천박함의 허물은 후회해도 소용이 없구려."〈『퇴계집』, 권10, 答李仲久〉 이 편지에서 퇴계가 얼마나 자신의 내면적 인격을 닦는 일과 밖으로 드러낸 표현으로서 자신의 글이 일치하는지 여부를 진지하게 성찰하고 있다는 사실을 엿볼 수 있게 한다.

　다산(茶山 丁若鏞)은 퇴계의 편지 가운데서 이 대목을 읽고 깊은 충격을 받았던 것 같다. 그는 자신을 돌아보며 그동안 자신이 속마음과 겉으로 드러낸 글 사이에 상응관계를 돌아보지 않았던 사실을 깊이 성찰하는 모습을 보여주고 있다. 곧 안으로 마음을 심화하여 밖으로 글을 다듬지 못했고, 밖으로 표현한 글을 통해 자신의 마음을 성찰하지 못했던 사실을 깊이 뉘우치고 있었다.

　"내 평생에는 큰 병통이 있다. 무릇 생각하는 것이 있으면 저술함이 없을 수 없고, 저술함이 있으면 남에게 보이지 않을 수 없었다. 한 생각이 이르자마자 붓을 잡고 종이를 펴서 잠시도 머뭇거리지 않고 글을 썼다. 글을 짓고 나서는 스스로 사랑하고 스스로 좋아하여, 조금만 글을 아는 사람을 만나기만 하면, 미처 내 말이 온전한지 치우쳤는지, 그 사람이 친밀한지 소원한지를 헤아리지 않고, 급히 전하여 보이려 했다.(余平生有大病, 凡有所思想, 不能無述作, 有述作, 不能不示人, 方其意之所到, 援筆展紙, 未或暫留晷刻, 旣而自愛自悅, 卽遇稍解文字之人, 未暇商量吾說之完偏與其人之親疎, 急欲傳宣.)

　그래서 남들과 한바탕 말하고 나면, 마음속과 상자 속에는 한 가지도 남아 있는 것이 없었다. 그 때문에 정신과 혈기가 다 흩어지고 새어나가 쌓이고 길러지는 의미가 없어져 버렸다. 이러고서 어찌 성령(性靈)을 가르고 정신을 펼쳐낼 수 있겠는가."(故與人語一場, 覺吾肚皮間與箱篋中, 都無一物留守者, 因之精神氣血, 皆若消散發洩, 全無蘊蓄亭毒底意, 如此而安能涵養性靈, 發舒精神.〈『與猶堂全書』詩文集, 권22, 陶山私淑錄〉

다산이 자신의 병통이라 토로하고 있는 것은 실제로 모든 사람이 가진 병통이라 해도 무방할 것 같다. 그러나 내면의 성령(性靈)을 기르고자 하는 사람이라면, 밖으로 드러내기를 힘쓰기 보다는 안으로 심성을 심화하는데 힘을 기울일 것이니, 어찌 돌아보며 반성하지 않을 수 있겠는가. '성령을 기른다'는 것이 바로 마음을 수양하는 기본자세라 할 수 있다.

여기서 다산은 자신의 병통을 점검한 결론으로, 병통의 원인이 바로 퇴계가 말하는 '경솔하고 천박함'(輕淺)에 들어 있음을 확인하고 있다. 따라서 그는 자신의 이러한 병통에 대해, "덕을 숨기고 수명을 기르는 공부'(韜晦壽養之工)에 크게 해로울 뿐만 아니다. 비록 말과 글이 어지럽게 화려해도, 점점 천박하고 비루해져서 남들에게 존중받지 못하게 된다. 지금 선생의 말씀을 살피니 더욱 느끼는 바가 있다."(此不但於韜晦壽養之工, 大有害也, 雖其言論文采, 皆狼藉離披, 漸漸賤陋, 不足取重於人也, 今觀先生之言, 益有感焉.〈같은 곳〉)고 하였다.

글이 내면의 깊은 깨달음과 인격의 수양 위에서 나오지 않고, 재주와 기교로 쏟아내면, 아무리 화려하게 보여도 '경솔하고 천박함'(輕淺)을 벗어날 수 없다는 것은 지극히 당연한 사실이다. 퇴계나 다산은 큰 학자들이니, 결코 그 말이나 글이 '경솔하고 천박할' 까닭이 없을 것이다. 그럼에도 불구하고 '경솔하고 천박함'을 자신의 병통이라 밝히고 있는 것은, 더 깊은 내면의 수양과 연마를 하겠다는 마음가짐을 보여주고 있는 것이 분명하다.

솔직하게 나 자신을 돌아보면 이에 비해 배움은 얕고 깨달음이 없으니, 말하고 글쓰는 것이 모두 귀로 들은 것을 입으로 전하는 '구이지학'(口耳之學)을 벗어나지 못한다. 이러하고서도 남들 앞에서 말을 하고 또 글을 써서 발표하여, 남들의 관심을 끌고 칭찬이라도 받기를 바라니 어찌 한심하고 부끄럽지 않을 수 있겠는가.

십여년전 교토대학에 한 학기 동안 머물렀던 일이 있었다. 그때 주로 인문학연구소 도서관에 고정된 구석자리 하나를 차지하고, 다산과 오규소라이(荻生徂徠)의 『논어』해석에 관한 집필을 하였다. 그러다가 우연히 공자가 "알지도 못하면서 글을 짓는 사람이 있지만, 나는 이런 일이 없노라."(蓋有不知而作之者, 我無是也.〈『논어』7-28〉)라는 구절이 눈에 들어왔는데, 그 순간 문득 자신을 돌아보며, 한없는 부끄러움이 뼛속까지 엄습하는 경험을 했던 일이 있었다.

나 자신은 글쓰기를 업으로 삼아, 평생동안 전공분야 학술서로 62권, 번역서 1권, 수필 · 수상 · 여행기로 9권의 저술을 간행했던 일이 있다. 그러나 지금 내 심경은 다산의 말씀처럼 "마음속과 상자 속에는 한 가지도 남아 있는 것이 없었다. 그 때문에 정신과 혈기가 다 흩어지고 새어나가 쌓이고 길러지는 의미가 없어져 버렸다."는 바로 그 상태에 놓여있음을 고백하지 않을 수 없었다.

다산은 말을 그렇게 해도 실지는 깊은 통찰과 창의적 안목이 그의 저술 페이지 마다 찬란하게 빛나고 있음을 내 눈으로 직접 보았지만,

다산이 자신을 성찰하면서 언급한 이 말은 바로 나를 위해 내 머리를 내려치는 방망이 곧 '방'(棒)이요, 벼락치듯한 꾸짖음 곧 '할'(喝)임을 알겠다. 그릇된 줄 알면서, 고치지 못하고 평생을 살아왔으니, 그야말로 '평생을 그르쳤다'(誤平生)고 통회하지 않을 수 없다.

이제 노년에 이르러 돌아보니 내 평생은 속으로 덕을 감추고 기르며 살았던 일이 없으니, 어찌 공허하지 않을 수 있겠는가. 이제 더 이상 저술을 할 기력을 잃었으니, 지금부터라도 죽기 전까지 속으로 덕을 감추고 기르는 삶을 살아보고싶다. 결코 쉬운 일이 아닌 줄을 잘 알고 있다. 그래도 조금이라도 속에 덕을 길러놓고 죽어야 내 인생에 약간의 보람이 있지 않겠는가.

08 　　　　　　　　　　　　　　　사람을
　　　　　　　　　　　　　　　쓰과 쓰임

　사람을 잘못 쓴 결과로 한 조직이나 한 나라에 큰 손실을 끼치는 경우가 허다하다. 한 사람도 그 자신의 분수에 넘치는 자리를 얻었다가 제대로 일을 처리 못해서 쫓겨나거나 망신을 당하기도 한다. 우리나라에도 행정부의 요직에 올랐던 지도층 인사 가운데, 제 역할을 감당하지 못하고, 뇌물만 탐내다가 쫓겨난 인물들이 여럿 있었던 것으로 기억한다. 그래서 무슨 일에나 사람 쓰는 것이 중요함을 강조하여, "인사(人事)가 만사(萬事)다."라는 말을 흔히 한다.

　퇴계(退溪 李滉)선생도 "사람 쓰는데 성공하는가 실패하는가에 다스려지는지 혼란에 빠지는지가 달려 있다."(用人得失, 治亂所係.〈『퇴계집』, 권6, 答權相國〉)고 말했던 일이 있다. 그 인물됨이나 역량으로 사람을 쓰는 것이 아니라, 자신의 지연(地緣)이나 학연(學緣)으로 인물을 요직에 앉혀서는, 그 정치를 성공적으로 이끌어가기는 애초에 어려운 일이다. 그러나 지도자가 안목이 없으니 자신과의 사사로운 친분으로 사람을 쓰는 일을 흔히 볼 수 있다.

사실 나라를 다스리는데서나 사업을 경영하는데서 사람을 잘 써서 융성하게 일어나기도 하고, 사람을 잘못 쓰다가 허무하게 무너지기도 한다. 무슨 일을 실행하거나 사람의 판단과 행위에 따라 결정이 이루어지기 때문이다. 한 나라의 군주나 한 기업의 경영주는 혼자서 모든 일을 처리할 수 없으니, 유능하고 성실한 인재를 가려 뽑아 적재적소(適材適所)에 배치한다면 그 경영에 가장 큰 성과를 이룰 수 있을 것은 당연하다.

퇴계는 옛 임금이 사람을 쓰는 법도에 대해 언급하면서, "재능을 헤아려 임무를 맡기므로, 재능이 큰 사람에게는 큰일을 맡기고, 작은 사람에게는 작은 일을 맡기며, 크고 작은 일에 다 합당하지 않은 사람은 물리쳤다. 불행하게도 윗사람이 잘못 알고 등용한 경우에는, 선비된 자라면 반드시 자기 재능으로는 감당할 수 없음을 스스로 헤아려야 하고, 사퇴하기를 청하면 들어주었다."(昔先王之用人也, 量才而授任, 大以任大, 小以任小, 大小俱不合者則退之. 一有不幸, 上之人不知而誤用之, 爲士者又必自量其才之不堪, 辭而乞退則聽之.〈『퇴계집』, 戊午辭職疏〉)라 하였다.

곧 윗사람으로는 인재의 능력에 따라 적재적소에 일을 맡겨야 하며, 쓰임을 당한 선비로서 그 임무가 자신의 능력에 맞지 않으면 스스로 물러날 줄 알아야 함을 지적하고 있다. 여기서 사람을 쓰는 윗사람이 있고, 사람에게 쓰이는 아랫사람이 있어서, 각각의 역할이 있음을 잘 보여주고 있다. 그것은 윗사람이 사람을 쓰는 법도와 아랫사람이 쓰이는 절도가 양면으로 갖추어져야 한다는 것임을 주목한 말이다.

사람을 쓰는데는 재능만 보아서는 안 된다는 것을 누구나 알고 있다. 그 재능과 더불어 정직성·성실성·안화(人和)능력 등 인물됨을 두루 잘 살펴야 하는 것이니, 여기서 말한 '재능'이란 물론 이런 여러 요소를 두루 포함하여 말한 것으로 보인다. 그만큼 사람을 쓰는 윗사람은 사람됨의 여러 면모를 정밀하게 알아보는 안목 곧 '지인지감'(知人之鑑)이 있어야 한다. 그 재능과 인품이 크고 작음에 따라 그에 맞는 크고 작은 임무를 맡겨야 한다고 하였으니, 이것이 바로 '적재적소'(適材適所)에 두는 용인술(用人術)의 기본이다.

그런데 쓰임을 받은 '선비된 자'는 자기 재능으로 그 임무를 감당할 수 있는지 없는지를 반드시 스스로 헤아려, 감당할 수 없다면 물러나야 한다는 지적은 지극히 당연하고 옳은 말이다. 그러나 현실에서는 참으로 어렵고 드문 일이 아닐 수 없다. 쓰이는 사람들은 누구든지 좋은 자리나 높은 자리를 얻고 싶어 하고, 얻기 위해서라면 연줄을 찾거나 뇌물을 바치거나 온갖 방법을 다 동원할 것은 불을 보듯 뻔한 일이다.

옛날에는 자신이 감당할 능력이 없는 자리라면 아무리 좋은 자리도 사양할 줄 아는 '선비'가 더러 있었을 것이다. 그러나 지금은 이런 인물을 찾기도 어렵고 바라기도 어려운 것이 현실이다. 혹시 요즈음에 자신이 감당하기에 너무 어렵다고 자리를 사양하는 인물이 있다면, 모두가 그를 바보취급하기 마련이다. 그만큼 인재를 쓰는 사람이 잘 살피지 않으면 인사(人事)는 혼란에 빠질 수 밖에 없는 것이 현실이다.

사람을 쓰는 데는 사람을 알아보는 안목이 있어야 할뿐더러, 이미 쓰고 있는 사람에 대한 믿음이 있어야 한다. 사람을 안다(知)는 것과 사람을 믿는다(信)는 것은 함께 가는 것으로 보인다. 사람을 알아보는 안목이 없으니 쓰고 있는 사람에 대해 끝없이 의심이 일어나게 된다. 사람을 알아볼 줄도 모르고 의심하지도 않는다면 이런 윗사람은 지극히 어리석은 사람일 뿐이다.

임진왜란이 일어났을 때, 임금 선조(宣祖)는 믿었던 장수들이 잇달아 패배하여 전국토가 초토화되고, 나라 끝 의주(義州)까지 피난했던 상황에서, 그래도 바다에서 연전전승(連戰連勝)하는 장수 이순신(李舜臣)의 역량을 알아볼 줄도 모르고 끝없이 의심하다가 지휘권을 빼앗고 죽이려들기까지 하였다. 그 결과 원균(元均)에게 지휘권을 맡겼다가 함대가 전몰당하는 참혹한 결과를 초래하고 말았다. 이런 군주는 바로 인재를 알아보지도 못하고 믿지도 못하니, 사람을 쓸 줄 모르는 지극히 어리석은 군주라 하지 않을 수 없다.

아랫사람에게 믿음을 보여주면 역량이 있는 인재라면 큰 성과를 이룰 수 있지만, 윗사람이 의심하고 있으면, 아랫사람이 자신의 행동에 심한 제약이 따르게 되어, 자신의 역량을 제대로 발휘하기가 어려워질 수밖에 없다. 부모가 자식을 믿어주면 자식도 큰 용기를 얻어 좋은 성과를 거둘 수 있는데, 하물며 지도자가 아랫사람을 믿지 못하고서 큰 업적을 이루기를 바란다는 것은 어찌 어렵지 않겠는가. 윗사람은 자신이 아랫사람에 대해 믿음을 가져야 할뿐더러, 윗 사람과 아랫사람은 서로에 대해 믿음을 가질 수 있어야 무슨 일이나 순조롭게 이루어질 수 있다.

그래서 공자의 제자 자하(子夏)는 "군자는 믿게 한 다음에 그 백성을 수고롭게 해야 하니, (윗사람을) 믿지 못하면 (윗사람이) 자기를 괴롭힌다고 여긴다. (윗사람을) 믿게 한 다음에 간언해야 하니, 믿지 못하면 (아랫사람이) 자기를 헐뜯는다고 여긴다."(君子信而後勞其民,

未信, 則以爲厲己也. 信而後諫, 未信, 則以爲謗己也.(『논어』19-10)라 말했다. 어떤 인간사회에서도 서로에 대한 믿음이 없으면, 아랫사람을 부리기도 어렵고, 윗사람을 섬기기도 어려운 것이 사실이다.

인간사회에서 사람을 쓰고 쓰이는 도리는, 윗사람이 아랫사람의 재능과 인물을 알아보아야 하고, 윗사람과 아랫사람 사이에 믿음이 있어야 하는 것이 두 축을 이룬다고 할 수 있다. 그래서 "선비는 자기를 알아주는 사람을 위해서 죽는다."(士爲知己者死.(『戰國策』, 晉策1))라고 까지 말하지 않았던가. 사람은 누구나 자기를 알아주고 믿어주는 사람을 위해 최선을 다해 역량을 발휘할 수 있음을 알면, 사람을 쓰고 쓰여지는 도리란 여기서 벗어나지 않는 것임을 알 수 있다.

09

무질서와
사치

한 나라나 한 가정이나 융성하게 일어날 때는 검소하고 질서가 확립되어 있어야 하며, 미래를 위한 희망을 가지고 더욱 크게 성장할 수 있는 동력을 기르고 있어야 한다. 이에 반해 한 나라나 한 가정이나 무너질 때는 질서가 없고 제각기 제 주장만 하며, 현재의 쾌락에 탐닉하여 사치와 방탕에 젖어 있을 때이다. 그렇다면 우리시대 우리사회의 현실은 융성할 때의 모습인가 무너질 때의 모습인가. 심각하게 둘러볼 필요가 있다.

무엇보다 우리 자신이 그동안 무시하거나 가볍게 여겨왔던 우리 사회의 말기적 병폐가 어디에 있는지를 구체적으로 짚어줄 필요가 있다. 그렇게 하는 것이 우리 자신과 우리 사회가 반성할 수 있는 기회를 얻게 해주는 매우 소중한 일이라 생각한다. 병이 있더라도 올바르게 진단하여 고치기만 하면 건강할 수 있는데, 병이 어디에 있는지 모르고 지나면 치명적인 피해를 입게 되는 것이 아니겠는가.

도시의 거리에 나가면 광고가 얼마나 넘쳐흐르는지, 간판이 얼마나 어지럽게 내걸려 있는지, 어느 것 하나 절제된 간결함이나 질서 있게 가지런함을 찾아 볼 길이 없다. 거리가 미관상 어지럽던 말던 내 상품을 팔아야겠다는 욕심이 어지럽게 춤추고 있는 것이 우리의 현실이다. 사방에 먹자골목이요 술집이 없는 곳이 없으니, 먹고 마시는 일차원적 향락에 온 나라가 빠져들어있는 것으로 보이지나 않을까.

내가 사는 동네만 해도 35평형 이하의 서민 아파트인데, 왠 외제 자동차가 그리 많은지, 이해가 되지 않는다. 해마다 해외여행을 나서는 사람들이 넘쳐나 외화가 물흐르듯 빠져나가지만, 자제되지 않는다. 고가의 해외명품을 구입하거나 양주를 소비하는 데 세계에서 손꼽히는 나라이니, 사치와 향락이 이미 도를 넘어서도 한참 넘어선 것으로 보인다. 분수를 넘어 사치와 낭비에 빠진 과시적 허영심과 덩달아 따라가는 체면의식이 사회를 병들게 하고, 결국 자신의 앞날도 무너뜨리고 말 것이다.

사람들의 행동도 떼를 지어 주먹을 휘저으며 큰 목소리로 난폭하게 자기주장을 하는데 익숙해졌나 보다. 떼쓰면 이익이 생긴다는 인식이 만연하고 있는 것이나 아닐까. 어린 아기가 젖 달라고 보채는 수준의 유치함을 벗어나지 못하였으니, 성숙한 사회풍조를 어느 세월에 이루어갈 것인가. 말없이 세금내고 법을 지키며 사는 사람들은 바보 취급되고, 뒷전에 밀려나 아무도 돌아봐 주지 않는 것이 현실이 아닌가.

교사들이 촌지나 바라고, 사립학교재단은 학교를 돈벌이로 생각하더니, 어린 학생들까지 서로 친구를 학대하는 학교폭력에 시달리고 있다. 그런데도 전교조는 학교를 이념교육의 마당으로 생각하니, 백년대계라는 교육이 무너져가고 있는 형편이 아닌가.

종교단체는 신자들에게 복을 팔아 성전을 더욱 크게 지어가고, 교세확장에만 열을 올리니, 이미 사회구원기능은 사라지고 사회악으로 부담만 가중시키고 있는 형편이다. 정치판은 대중에 영합하여 권력을 잡으면 상대방의 비리를 캐어 때려잡는데 열중하니, 미래를 내다보며 사회통합을 실현하기 위한 노력에는 관심조차 없는 실정이 아닌가.

세상의 풍속은 나날이 퇴폐하여 무너지고, 사람의 도리는 잊혀지고 사라져 찾을 길이 없다. 어디를 둘러보아도 온갖 음험하고 간교한 말들이 쏟아져 나오고, 난폭한 행동들이 사방에서 일어나는 시대를 만났다. 참으로 두려워해야 할 일이 아니겠는가. 지금 우리 시대와 우리 사회를 돌아보며 말기적 몸살을 앓고 있는 현실상황이 두렵고 두렵기만 할 뿐이다.

임진왜란은 풍신수길(豊臣秀吉)의 침략적 야욕 때문에 일어난 것만은 아니다. 선조(宣祖)때 선비들의 당파싸움으로 이미 내부가 썩어 문드러져 악취를 풍기고 있었으니, 멀리 있는 늑대까지 불러들였던 것으로 볼 수도 있을 것 같다. 이순신과 권율 등 충성스러운 장수와 의병들이 겨우 나라를 구해놓았지만, 이미 나라의 기강이 썩어 무너졌으니, 그 참혹한 전란을 겪고나서도 정신을 차리지 못하고 당파싸움만 계속하다가 병자호란에 임금이 항복하는 굴욕을 당하고 말았다.

그리고 나서도 정조(正祖)같은 현군(賢君)이 나왔으나 끝내 개혁을 성공시키지 못하고 노론 세력의 권신과 외척들 손에 나라가 썩어들어가다가 20세기에 들어서자 일본의 침략 앞에 나라가 멸망하는 치욕을 당하고 말았던 것이 아닌가. 일본의 침략성만 탓하고 자신의 허물과 죄를 반성할 줄 모른다면, 어찌 또다시 멸망의 치욕을 당하는 일이 없을 것이라 장담할 수 있겠는가.

자식을 사랑하는 부모라면 누구나 자식 걱정을 많이 하게 되고, 자식을 잘 가르쳐보려고 노력할 것은 당연하다. 그러나 가르치는 방향이 건전한 시민정신이 아니라, 출세와 부유함만 추구한다면 부모의 노력이 극진할수록 자식들은 잘못된 방향으로 빠져들 수밖에 없다. 법과대학이나 의과대학에 보내도 사회정의나 국민건강은 마음에 없고, 단지 출세와 부유함만 추구한다면, 돈벌이만 혈안이 된 변호사와 의사만 양산하게 될 것은 필연이다.

나라를 사랑하는 백성이라면 누구나 나라 걱정을 많이 하게 되는 것은 지극히 자연스럽고 당연한 일이다. 그러나 향락과 사치에 빠지고 이기적 탐욕에 급급하다보면, 자신의 미래도 어두워 보이지 않을 터인데, 어찌 나라의 앞날을 걱정할 수 있겠는가. 어쩌면 우리 사회는 극심한 빈곤의 긴 터널에서 빠져나오자마자, 풍요로움에 현혹되어 현재의 향락에 눈이 멀어 미래를 모두 잊어버리고 만 것 같다. 현재에 사회의 기강이 무너지고 미래에 대한 목표도 의식도 사라졌다면, 이런 사회 이런 나라는 반드시 무너지고 말지 않겠는가.

'망하고 만다'는 것은 망하기를 바란다는 말이 아니다. 망할까 걱정한다는 말이다. 『주역』 비괘(否卦) 구오효(九五爻)에서는 "'멸망하지나 않을까. 멸망하지나 않을까'하는 걱정스러운 마음으로 뽕나무 뿌리에 단단히 매어둔다."(其亡其亡, 繫于苞桑)고, 하였으니, 경계하고 두려워하자는 말이다.

10

살륙과 테러를
그치려면

주경철교수의 『문명과 바다』(2002, 산처럼)에는 유럽의 주도로 바다에서 근대세계가 형성되어가는 과정을 모험과 폭력으로 엮어지는 한 편의 드라마로 펼쳐 보여주고 있다. 에스파니아인들이 아메리카 대륙을 정복해 가는 과정의 폭력은 참혹함의 극치를 이루었던가 보다.

쿠바의 어느 추장은 도망 다니다가 붙잡혀 사형을 당하게 되었는데, 말뚝에 묶인 그 추장에게 프란치스코회 수사가 다가가서 처형되기 전에 기독교 교리를 강론하였다 한다. 이 때 "기독교 신앙을 갖지 않고 죽으면 지옥에 가서 영원한 고통을 당하게 된다."는 수사의 말을 듣고서, 추장은 "기독교도들은 모두 천국으로 가느냐?"고 물었다 한다. 그 수사가 "그렇다."고 대답하자, 추장은 "그렇다면 나는 차라리 지옥으로 가겠다."고 말했다는 것이다. 이 대목을 읽다가, 가슴에 충격이 와서 책을 내려놓고 눈을 감은 채 한동안 멍하게 있었던 일이 있다.

신의 이름을 내걸고 신의 축복과 의로움에 대한 확신 속에서 얼마나 혹독한 파괴와 잔혹한 살륙이 이루어져 왔는지 가해자에게는 아무런 기억도 남아 있지 않는가 보다. 피해자로서 이 추장은 기독교도들의 공격을 받는 고통보다는 기독교도들이 없는 세상이라면 차라리 지옥의 어떤 고통이라도 달게 받겠다고 선언했던 것이다.

이런 갈등은 16세기에만 있었던 일이 아니라, 21세기에도 지속되고 있는 것 같다. 빈 라덴이 저지른 9.11 테러의 만행을 가슴 아프게 새겨두지만, 그동안 이슬람인들이 어떤 고통을 받았던지는 전혀 기억조차 없다면, 어떻게 그 테러와 저항이 그치기를 바랄 수 있겠는가. 빈 라덴을 죽였다고 워싱턴 광장에 모여 환호하는 군중들을 보면서, 예수의 사형판결을 듣고 환호하던 빌라도 법정의 유태인 군중들을 떠올리지 않을 수 없었다. 이 두 군중들 사이에 무엇이 다른지 묻지 않을 수 없었다.

인간은 누구나 자기중심적으로 생각하기 마련이다. 그러나 자기중심적 본능을 극복할 수 있을 때에 비로소 인간다운 품격을 확보할 수 있게 된다. 우리는 일상생활 속에서 "입장을 바꿔놓고 생각해보라."(易地思之)는 격언을 흔히 끌어다 쓴다. 자기 입장에만 사로잡혀 있는 것이 아니라, 자신이 상대방의 처지에 서서 생각해보는 발상의 전환을 요구하는 것이다. 이렇게 서로의 입장을 이해할 수 있다면, 나와 네가 대립하고 갈등을 일으킬 일이 대부분 해소될 수 있을 것이다.

나만 옳다는 독선은 상대방을 무시하고 해치는 악(惡)의 원천이다. 이러한 독선이 가장 심한 경우가 바로 종교일 것이다. 나는 진리요 정의요 선이라 확신하는 순간, 상대방은 거짓이고 불의고 악이라 판단하여 증오하고 배척하기 십상이다.

조선시대 유학자들이 독선에 빠져 불교를 배척하였던 사실이나, 근래에 한국의 기독교도들이 독선에 빠져 다른 종교들을 배척하였던 태도는 모두 자신만이 옳다는 확신의 굳은 껍질에 갇혀서, 서로 소통하고 화합할 수 있는 길을 잃은 소아병적 행태일 뿐이다. 독선의 껍질에 갇히면 자기가 전체를 지배해야 한다는 공격성만 키우게 되어, 남과 어울리거나 화합하려는 포용의 마음을 상실하고 만다. 그 결과는 대립과 갈등에 따라 일어나는 온갖 폭력과 비극만 초래할 뿐이다.

　그런데 금년 봄에 불어오는 봄바람은 한결 따스하고 향기로운 바람인 것 같아 반갑다. 5월 10일(4월 초파일)을 앞두고 서울 성북동 성당과 대전 선화동 빈들 감리교회 등 몇 곳에서 부처님 오신 날을 축하하는 플래카드를 내걸었다고 한다. 지난 4월19일 조계종 총무원은 조계사 대웅전에서 김수환 추기경의 추모영화 〈바보야〉를 상영하였고, 5월9일 천주교 서울대교구는 명동성당 문화관에서 법정스님의 추모 다큐영화 〈법정스님의 의자〉 시사회를 가졌다고 한다. 부디 바라노니 일회적 행사로 끝나지 말고, 이렇게 열린 마음을 더욱 넓게 열어가기를 간절히 기원한다.

　마음을 닫고 서로 상대방을 미워하는 곳에서 지옥이 열리고, 마음을 열어 상대방을 받아들이는 곳에서 천국이 열리는 것이 아니겠는가. 온 국민을 복음화하고 온 세계를 복음화 하겠다는 팽창의 논리는 제국주의적 사고방법과 다를 것이 없다. 다른 종교들 사이에 서로 이해하고 화합하는 열린 세상이 실현된다면, 그것이 바로 진정한 복음의 세상이 아니랴. 공자는 "자기가 원하지 않는 것은 남에게 베풀지 말라"(己所不欲, 勿施於人.〈『논어』12-2〉)고 충고했던 일이 있다. 다른 종교가 나의 신도들을 빼앗아가는 것은 원하지 않으면서, 나는 다른 종교의 신도들을 빼앗아 와야 한다는 것으로 사명감을 갖는 것은 열린 마음에 상반되고 화합의 정신에 어긋나는 것이다.

　이제 한국의 종교도 교세확장의 경쟁에서 벗어나, 서로 화합하는 성숙한 모습을 보여야 할 시기에 이른 것으로 보인다. 봄이 왔으면 겨우내 추위를 막기 위해 입고 있었던 갑옷 같은 두꺼운 외투를 벗어버리고 경쾌한 차림을 하며 얼굴도 환한 웃음으로 활짝 펴야 할 때가 왔다는 말이다. 마음을 한 번 열면 세상이 새롭게 보일 것이다. 그렇다면 남북문제도 끝없는 의심과 대결을 넘어서 좀 더 넓게 열린 마음으로 대화와 화합의 길을 찾을 수는 없을까. 역사적으로 가장 폐쇄적이고 독선적 사유 집단인 종교도 서로 문을 연다는데 세상에 서로 대화할 수 없는 집단이 어디에 있다는 말인가.

11

나라의 병을
고쳐줄 의사

몸이 아프면 유능한 의사를 만나고 싶으며, 나라가 혼란하면 탁월한 통치자를 생각하게 되는 것은 누구나 같은 마음이다. 후한(後漢)의 왕부(王符)가 지은 『잠부론』(潛夫論)에는 "상등 의원은 나라를 치료하고, 그 다음 하등 의원은 질병을 치료한다. 사람이 나라를 다스리는 것은 바로 몸을 다스리는 형상이다"(上醫醫國, 其次下醫醫疾, 夫人治國, 固治身之象)라고 말한 일이 있다. 육신의 병을 치료하는 의사의 일이나 나라를 다스리는 통치자의 일은 그 규모에서 크고 작은 차이가 있더라도 그 이치는 같다는 말로 이해된다. 한 개인이 원기 왕성하여 건강하기를 바라는 것처럼 한 나라도 기강이 바로잡혀 강성하기를 바라는 것이야 지극히 당연한 일이다.

그런데 현실에서는 자신이 건강하기를 바라면서도 건강을 해치는 온갖 어리석은 짓을 태연하게 하면서 살아가고 있으며, 통치자도 나라를 잘 다스려 보고 싶은 생각이야 간절한데 시행하는 정책마다 새로운 혼란을 일으키는 일이 흔히 있다. 왜 그렇게 되는 것인가? 무엇이 병인지를 확실하게 모르기 때문에 병을 키우고 혼란을 불러오는 어리석음을 저지르는 것으로 보인다. 그래서 노자도 "병을 병으로 여길 수 있기 때문에 병에 걸리지 않는다"(夫唯病病, 是以不病)고 말했던 것이다.

과연 내 몸의 병은 어디에 있는 것인지 정확히 찾아주는 의사를 만난다면, 그가 바로 내 병을 치료해 줄 수 있는 의사요, 우리 사회의 병이 어디에 있는 것인지 분명하게 제시해주는 정치인이 있다면 그가 우리 사회를 건강하게 이끌어 갈 수 있는 정치가일 것이다. 그런데 의사가 내 병을 제대로 진단하여 찾지 못하고, 통치자가 우리 사회의 병을 분명하게 짚어서 드러내지 못하는 이유가 무엇일까?

나 자신 40대 초에 몹시 아파서 장안에 유명하다는 의사 다섯 분을 소개받아 차례로 찾아갔던 일이 있었다. 진료실에서 몇 분 동안 나의 증세를 물어보고는 병명을 알려주고 처방을 해주었는데, 그 다섯 분의 고명한 의사는 제각기 다른 병명을 알려주고 처방도 각각 달랐다. 그 병을 제대로 알지 못허니, 잘못된 진단과 처방을 할 수 밖에 없었을 것이다. 이 몸의 병이나 이 나라의 병을 제대로 진단하고, 그에 맞는 적합한 처방을 하기가 쉬운 일이 아닌가 보다.

율곡은 『성학집요』(聖學輯要)에서 역량(力量: 德量)을 키워야 할 것을 강조하면서, 역량을 키우지 못한 현상으로, 기질의 병통이 '치우치고 왜곡됨'(偏曲)과 '스스로 잘난 체함'(自矜)과 '이기기를 좋아함'(好勝)의 세 가지로 제시한 일이 있다. 치우치고 왜곡되면 막혀서 두루 통하지 못하니 공정하게 판단할 수 없을 것이고, 스스로 잘난 체하면 자기도취에 빠져 허물을 반성할 줄 모를 것이고, 이기기를 좋아하면 자기변명이나 하며 남의 견해를 받아들일 수 없을 것이다. 이렇게 되면 의사나 정치가가 병이 무엇인지 제대로 찾아낼 수 없을 것은 당연하다. 노자의 말을 뒤집어 말해보면 "병을 병으로 여길 수 없기 때문에 큰 병에 걸리게 된다"(夫唯病不病, 是以大病)고 할 수 있을 것 같다.

율곡의 예리한 통찰은 이 병증의 현상을 한 꺼풀 더 벗겨 병의 뿌리를 깊이 파고들어 찾아내는 사실이 돋보인다. 곧 이 세 가지 병은 "모두가 하나의 사사로움일 뿐이다"(都是一箇私而已)라 진단하였다. 내 몸에 병이 왜 생기는지, 우리 사회가 왜 혼란에 빠져들어 헤어나지 못하는지 그 병의 뿌리를 찾아들면 모두가 '사사로움'(私)에 귀결된다는 것이다. 내가 내 몸을 돌보지 않고 사사로운 욕망에 이끌려 과음하거나 과식하거나 나태하거나 무리하게 몸을 함부로 굴리다가 병이 생기며, 우리 사회도 개인이나 집단이 사사로운 이익을 추구하면서 부정과 부패가 만연하게 되고 집단이기주의가 갈등을 일으키면서 병이 드는 것이 사실이다.

그래도 개인이 자신의 욕망을 절제하여 섭생과 운동의 온갖 건강법을 실행하는 사람들을 많이 볼 수 있다. 그러나 나라가 사사로운 이기심으로 병이 깊어져도 치료를 하겠다고 나서는 사람을 찾기는 쉽지 않다. 한 기업에서도 기업가나 근로자나 제각기 자기 이익을 내세우면서 대립하면 기업이 건강하게 성장할 수가 없다. 한 나라 안에서도 공직자는 권력을 이용해 이권을 챙기는데 급급하고, 국회는 자기 정당의 이익을 위해 서로 원수처럼 싸우기만 하고, 종교인은 자기 종파의 교세를 확장하는데 몰두하고, 국민들은 자기 지역의 이익을 위해 목청을 높이기만 하니, 우리 사회의 병은 이미 깊어진 것으로 보인다.

그렇다면 이 나라의 병을 치료해줄 의사는 과연 어디서 찾아야 할 것인가. 하기야 정치인은 말할 것도 없고 의사도 법률가도 학자도 종교인도 모두 '사사로움'의 이기심에 깊이 병들어 있으니 '사사로움'을 치료할 의사는 아마 밖에서 찾기는 어려울 것 같다. 국민이 스스로 나라의 병을 치료하는 의사로 나서는 길 밖에 없을 것 같이 보인다. 그런데 '아무개를 사랑하는 모임'은 있어도 '나라를 사랑하는 모임'은 과연 있는지 모르겠다. 그러나 자신의 건강을 염려하지 않는 사람이 없듯이 나라의 건강을 염원하지 않는 사람은 없을 것이다. 문제는 모든 국민의 가슴 속에 간직되어 있는 나라의 건강을 생각하는 공정한 마음(公心)의 불을 붙여 사사로운 이기심(私心)이 부끄러운 줄 알게 될 계기를 어디서 어떻게 찾아야 할지 철인(哲人)을 찾아가 묻고 싶다.

12

외국군대로
나라를 지킨다

　우리 역사에서 외국군대를 끌어들여 나라를 지키려한 경우가 몇 번
이나 있었던가? 가장 먼저 신라(태종무열왕-문무왕)가 삼국통일을
이루던 시기(660-668)에 당(唐)나라 군대를 끌어들였다. 당나라 군
대는 백제를 정벌하고 나서, 연합국인 신라까지 정벌하려 하였으나
이루지 못했다. 이때 당 고종(高宗)의 문책을 받자 장군 소정방(蘇定
方)은 "신라는 그 임금이 어질고 백성을 사랑하며, 그 신하는 충성으
로 나라를 섬기고, 아랫사람이 그 윗사람을 섬기기를 마치 아버지나
형을 섬기 듯하니, 비록 작지만 도모할 수가 없었습니다."(『三國史記』,
권42, 列傳, 金庾信)라 하였다 한다. 삼국을 통일하기 위해 외국군대
를 끌어들였지만, 안으로 상하가 단합하고 사회가 안정하여 강대국
당나라도 넘볼 수가 없었음을 보여준다. 그렇다고 당나라 군대를 끌
어들인 일이 결코 역사의 올바른 길이라 볼 수는 없을 것이다.

두 번째로 조선중기 선조때 일본의 침략으로 임진왜란(1592-1598)이 일어났을 때, 명(明)나라 군대를 끌어들였었다. 선조는 명나라 원병이 망할 뻔한 변두리 나라 조선을 다시 살려주셨다고 '재조번방'(再造藩邦)이라 그 은혜에 감읍하였지만, 명나라 원병의 횡포로 백성의 고통이 가중되고 우리 땅의 일부를 잘라줄 협상까지 하였으니, 한심스러운 일이 아닐 수 없다.

세 번째로 조선말기 고종때 임오군란(1882)의 정변이 일어났을 때도 민씨(閔氏)척족들이 청(淸)나라 군대를 끌어들였으며, 동학농민혁명(1894)을 막기 위해 청나라 군대를 끌어들이면서 일본군대가 들어와 마침내 조선 땅에서 청일전쟁(1894-1895)이 벌어졌고, 드디어 조선왕조는 일본에 멸망당하기에 이르렀다.

우리는 역사 속에서 신라나 조선시대에 외국군대를 끌어들였던 사실을 한없이 부끄러워한다. 그러나 우리가 불러들인 것은 아니나 외국군대가 우리 땅에 주둔하여 지배했던 일이 있었다. 일제의 식민지배에서 해방을 우리가 쟁취하지 못하고 연합국의 손으로 얻게 되자, 연합국은 협상 테이블에서 우리나라를 두 동강으로 갈라놓고 말았다. 그래서 남쪽은 미국 군대가 점령하여 군정(軍政)시대를 열었고, 북쪽은 쏘련 군대가 주둔하여 공산정권을 세워놓았다. 북쪽은 쏘련 군대 아래서 조선인민공화국이, 남쪽은 미군의 군정(軍政) 아래서 1948년 대한민국이 세워졌다.

네 번째로 외국군대를 불러들인 것은 북한의 남침을 받아 벌어진 동족상잔(同族相殘)의 전쟁인 6.25동란(1950-1953)에서도 우리는 미국을 주축으로 하는 유엔군을 끌어들였고, 북한은 뒤에 중공군을 끌어들였으며, 우리의 의사와 상관없이 미국군과 중공군 사이에 휴전

협정(1953)이 이루어졌던 일이다.

문제는 1950년 6.25동란으로 미국군대가 한국에 들어온 이후로, 2018년 현재까지 계속 주둔하고 있다는 사실이다. 지금까지 미국군대가 68년 동안을 한국에 주둔해왔고, 앞으로도 얼마나 더 많은 세월을 계속 주둔하게 될지 알 수 없는 형편이다. 이러한 상황을 어떻게 생각해야 한단 말인가.

사실 나는 정치도 모르고 군사도 모르니, 실지의 상황은 모른다는 사실을 전제로 해야 하겠다. 다만 1966-1970년에 공군의 초급장교로서 군복무를 했던 경험이 있을 뿐이다. 공군에서 요격관제사로 근무했던 얄팍한 경험을 가진 내 소견은 원칙론으로 한 나라가 진정한 자주국가이기 위해서는 외국군대로 나라를 지키고 있어서는 안된다는 생각이다.

외국군대가 주둔하고 있는 한, 대한민국은 완전한 자주국가가 안된 상태라 하지 않을 수 없다. 정부에서도 '자주국방'을 오랫동안 외쳐왔고, 엄청난 국방비를 들여 무기를 비롯한 군사장비를 갖추고 있는 것으로 안다. 그런데 왜 외국군대에 의존해야 국가를 방위할 수 있다는 말인가. 북한의 호전적 군대에 맞서 나라를 지킬 능력도 없고, 의지도 자신감도 없다는 말인가.

요즈음 북한은 핵무기와 대륙간탄도미사일까지 만들어, 남한은 물론 멀리 미국까지 위협하고 있으니, 심각한 문제가 아닐 수 없다. 그러나 공군이나 해군의 장비와 전투력은 북한보다 훨씬 우세하고, 육군도 군사의 숫자는 적지만 화력은 훨씬 우세할 것이라 생각한다. 그런데도 자주국방을 못하는 까닭은 무엇보다 먼저 국민의 전쟁공포심 때문이 아닐까 생각한다. 또 하나의 요인으로 미국군대가 오랜 기간 주둔하면서 한국군의 체계를 의존적 구조로 만들어놓았기 때문이 아닐까 하는 생각도 든다.

　요즈음의 형편은 전혀 모르지만, 60년대 후반 공군의 경우에서 보면, 북한은 폭격기와 같은 공격무기를 가지고 있지만, 우리는 요격기와 같은 방어무기만 가졌고, 공격무기는 전부 미국군대에 의존하고 있었다. 옛날처럼 공성전(攻城戰)에서는 공격이 어렵고 방어는 쉽지만, 오늘날에는 선제공격이 방어능력을 치명적으로 무력화시킬 수 있다. 그러니 공격적인 북한에 상대하여 방어적인 남한은 언제나 위협을 받고 불안에 떨 수밖에 없지 않은가.

　분명 미국은 한국군이 공격무기를 보유하는 것을 달가워하지 않을 것이요, 계속해서 미국에 의존하기를 원할 것으로 보인다. 그러나 미국의 보호아래 안정을 누리는 동안 우리는 '자주국방'이 불가능할 것이다. 더구나 미국군대에 의존하는 한 우리는 군사력을 아무리 보강한다 한들, 정신력에서 자주성을 확보하기가 더욱 어려워질 수 밖에 없다. 요즈음 국내에 좌파가 번성하는 것도 자주정신을 잃어 썩어가는 늪에서 피어나는 독초들 같은 것이 아닐는지 모르겠다.

　'자주국방'이란 말이 구호에 그치거나 희망사항일 뿐이라면, 그야말로 '백년하청'(百年河淸)이다. 구체적인 성취계획과 단계적 목표가 분명하게 제시되고 실행되어야 가능할 것이다. 나라가 크고 경제적으로 풍족해도 강건한 정신력이 없으면 걷잡을 수 없이 허망하게 무너질 수밖에 없다. 어쩌면 북한의 무력위협보다 더 시급한 과제가 국민의 강건한 자주적 정신력을 확보하는 일일 수도 있다. 향락적이고 이기적이고 끝없이 분열과 분쟁에 휘말려 있는 동안, 이 나라의 생명력이란 '속빈 강정'꼴이라, 언제 주저앉을지 알 수가 없다. 청일전쟁 때

거대한 대륙의 청나라가 작은 섬나라 일본에 허망하게 무너지는 꼴을 역사는 생생하게 보여주지 않았던가.

군사에서 무기는 육신이라면 투지는 정신이다. 투지가 없이 들고 있는 무기는 자칫 자신에게 화를 불러 올 수도 있다. 현재 우리의 무기나 투지가 얼마나 튼튼한지를 짚어보면, 과연 우리가 '자주국방'을 할 수 있는 나라인지, 앞으로도 계속해서 외국군대에 매달려 의지하지 않으면 안 될 것인지를 알 수 있을 것이다.

조선중기 임진왜란은 일본의 야만적 침략이라 성토하지만, 우리나라가 스스로 설 수 없고, 남에게 기대어야 설 수 있는 허약성이 불러온 것이라 할 수도 있다. 마찬가지로 조선말 식민지 지배를 당했던 것은 밖으로 일본의 제국주의적 침략에 원인이 있지만, 안으로 조선왕조의 썩어버린 정신력이 멸망의 가장 큰 조건이었다고 해야겠다. 조선왕조는 몇 백 년 동안을 중국에 매달려 살다가 결국 멸망하고 말았는데, 과연 대한민국은 얼마나 오랜 세월 미국군대에 의존하여 나라를 지켜갈 수 있을까. 걱정스럽기만 하다.

13

우리시대를 흐르는
역사의 물굽이

역사는 굽이굽이 물결치며 흘러내려 간다. 우리 시대는 어떤 물굽이를 흐르고 있는 것일까? 조선시대는 선비정신으로 물길을 열어갔는데, 시작할 때는 맑은 물길을 찾아갔지만, 흘러가는 과정에 변질하여 탁류가 되고 말았다.

조선시대 선비들이 의리(義理)를 이념으로 내걸고서 이권(利權)을 탐하는 훈구(勳舊)·척족(戚族)세력과 맞서다가 사화(士禍)로 희생되어 붉은 피를 뿌릴 때는 순수하고 맑은 물결이었지만, 선비가 한 번 권력을 잡기 시작하니, 겉으로는 그럴듯한 의리를 명분으로 내걸고서 실상은 당파싸움의 권력투쟁으로 타락하면서 악취를 풍기며 썩어가기 시작하였다. 300년 넘게 피를 뿌리며 당파싸움을 하다 보니, 남은 것은 거짓된 명분뿐이요, 백성은 도탄에 빠지고 국력은 소진되고 말았다. 이때 태풍이 한번 불어 닥치자 썩은 고목이 넘어지듯이 나라가 무너지고 말았던 것이 아닌가. 그 역사의 굽이마다 뜻있는 선비들이

목 놓아 울었던 통곡소리가 지금도 귀에 쟁쟁하게 들리는 듯하다.

일제(日帝)에 저항하여 독립운동을 하면서도 주적(主敵)은 일제였으나 독립운동의 세력은 민주주의 신봉자들과 사회주의 신봉자들, 무정부주의자들로 사분오열(四分五裂)되어, 통합의 길이 보이지 않는 답답하고 안타까운 상황이었다. 당파싸움으로 한번 갈라진 핏줄은 이제 분열이 생리가 되어 봉합할 길이 아득하게 멀어져만 갔다.

해방이후 남북이 분단되자, 삼팔선을 베고 죽겠다는 백범(白凡 金九)의 목소리는 거센 파도소리와 폭풍의 바람소리 속에 외로운 물새의 울음소리처럼 희미할 뿐이었다. 마치 동인과 서인이 갈라지자 율곡(栗谷)이 양쪽에 모두 옳은 점이 있고 그른 점이 있다고 지적하여 양시양비론(兩是兩非論)을 내걸고 조정하려 하였으나, 결국 그도 거센 물결에 휩쓸려 표류하고 말았던 것과 같은 형편이다. 서울 거리는 좌파와 우파의 대모대열이 깃발을 흔들고 밀려다니다가 동족끼리 폭력을 빚기 일쑤였다. 분열이 이미 생리가 되었는지, 분열의 끝은 어디까지 이어갈 것인지 알 길이 없다.

남한 단독정부 대한민국이 수립되고 나서도 숨 돌릴 틈도 없이, 6·25 남침으로 동족상잔(同族相殘)의 전쟁이 터져 괴뢰군과 국방군이 총성과 포성 속에 서로 살상을 계속하고, 거리와 마을에서는 반동을 찾아 학살하고 부역자를 찾아 학살하는 민간학살의 참극이 벌어졌다. 여기에 같은 민족이라는 의식은 사라지고, 오직 피로 물든 강물의 양쪽 언덕에 걸려있는 빨강색과 파랑색의 깃발만 극명하게 대조되고 있었을 뿐이다. 태극기의 파랑과 빨강은 음양이 상생(相生)하는 조화와 생명의 순환을 상징하는데, 어이하여 빨강과 파랑이 대립하여 피 터지게 싸우는 상극(相克)의 역사를 연출하고 있는 것인가.

전쟁이 끝나고 독재에 맞서 용감하게 싸우던 젊은 민주투사들이 한 번 변질되니 노동운동으로 분배의 이념을 내걸고서 투쟁을 이어가더니, 정치판으로 번져가서 진보와 보수로 대립하고, 마침내 정치권력까지 쥐고서 좌파의 판을 짜고 말았다. 나라를 지키는 것은 뒷전이 되고, 젊은이들의 촛불과 늙은이들의 태극기가 맞서 거리에서 시위하니, 마치 해방직후 서울거리에서 좌파와 우파의 시위행렬을 보는듯하여, 혹시 충돌하지나 않을까 마음을 졸이게 된다. 이제 대한민국은 국민이 세 번째로 뽑은 좌파정권 아래서 좌우대립이 어디로 번져갈지 걱정스럽기만 하다.

또다시 전쟁이 일어난다면 한반도는 북한의 새로 만든 핵폭탄 시험장이 되고, 미국의 시효가 넘은 핵폭탄 처리장이 될 터이니, 남북이 모두 절단이 나서, 한반도는 황무지가 되어, 원시상태로 돌아가야 할지도 모를 일이다. 남북화해가 중요하지만, 현재로서는 북한의 책략에 말려들 것이 뻔하다 하지 않은가. 과연 좌파 정권이 어디까지 가려는지 두려울 뿐이다. 그동안 방심하는 사이에 좌파가 얼마나 조직적으로 세력을 확장시켜놓았는지도 알 수 없으니, 더욱 걱정스럽다.

역사의 흐름이 우리시대에 이루어놓은 물굽이의 광경은 분명 위기의 장면이다. 이 물굽이가 어디로 흐를까? 격심하게 요동치다가 모두 휩쓸고 지나가지나 않을까? 나 자신은 정확한 정보도 지식도 없고, 대세를 읽거나 역사를 내다보는 안목도 없으니, 부처가 『법화경』(法華經)에서 비유로 말씀한 것처럼, 불타고 있는 집(火宅) 안에서 편안하게 앉아있는 꼴이거나, 장자가 「산목」(山木)편에서 비유한 것처럼, 매미는 노래 부르는데 빠져 뒤에서 사마귀가 노리는 줄을 모르고, 사마귀는 매미를 노리다가 뒤에서 까치가 노리는 줄을 모른다는 꼴이다.

그러나 사람들은 "오늘도 먹고 마시며 즐기고 사는데, 무슨 걱정이 있으랴. 모두 기우(杞憂)일 뿐이다."라고 하지 않는가.

너무 부풀어 오른 풍선은 조금 건드리기만 해도 터질 것이다. 1914년 1월28일 사라예보에서 울리는 권총 소리 한방에 일차대전이 일어날 줄을 누가 알았으랴. 이자경(唐 李子卿)의 「추충부」(秋蟲賦)에서 "낙엽 하나 떨어지니 천하에 가을이 온 줄을 알겠다."(一葉落兮, 天地秋)라는 말은 천시(天時)가 변하는 기미를 빨리 알아차린 안목을 보여주는 것이 아니랴.

정부가 부자의 재물을 덜어다가 가난한 자에게 나누어주면 백성들은 환호할 줄만 알지, 나라의 경제기반이 무너지는 것이야 상관하지 않는다. 노동자거나 농민이거나 도시서민이거나, 제각기 몫을 더 달라고 외치기만 하지, 나라를 위해 할 일을 찾는다는 생각은 애초에 하지 않는다. 이것이 우리 사회의 큰 병통이 아니겠는가. IMF때 금반지를 내놓던 나라를 걱정하는 시민정신은 벌써 사라지고 만 것인가.

우리사회에 지도층, 교육자, 성직자들이 나라를 걱정하는 시민정신을 일깨워주고, 좌경화가 대한민국을 파탄의 위험에 빠뜨릴 수 있다는 경계심을 일깨워주어야 하지 않을까. 그러나 폭력적 집단행위를 경계하고, 대립을 잘 진정시키는 것이 고양이 목에 방울을 다는 것만큼 어렵지만, 또 중요한 과제일 것이다. 맹자는 "백성이 귀중하고, 사직은 그 다음이다."(民爲貴, 社稷次之.〈『맹자』14-14:1〉)라 하여, 나라보다 백성이 근본이 됨을 강조했다. 백성이 없는 나라는 의미가 없다. 그러나 나라가 있어야 백성도 있는 것이요, 나라를 지키고 발전시켜야 백성의 힘도 커지는 것임을 알아야 할 때라는 생각이 든다.

14

선비의
의리

1) 선비의 의리

원주 산골에 살면서 서울에 볼일이 있을 때는 즐겨 기차를 타고 다닌다. 그 이유는 양수리를 지나며 창밖으로 북한강의 도도한 흐름을 바라보는 즐거움이 있고, 지평(砥平)역과 · 용문(龍門)역을 지나며 황하를 오르내리는 상상에 젖는 즐거움이 있기 때문이다.

용문(龍門)은 황하가 산서성(山西省 河津)과 섬서성(陝西省 韓城) 사이를 흐르는 지점에서 강 양쪽의 벼랑 사이로 거대한 폭포를 이룬 지점의 명칭이다. 용문에 가본 적은 없으나, 중국영화 「진송」(秦頌)에서 황하가 한꺼번에 폭포로 쏟아져 내리는 용문의 장려(壯麗)한 광경을 숨죽이고 볼 수 있었다. 용문 아래에 모여든 무수한 물고기들 가운데 이 높고 거센 폭포를 뛰어오를 수 있다면, 그 물고기는 용(龍)이 된다고 한다. 그래서 출세 길이 열리는 대과(大科)에 급제하는 것을 '용문에 올랐다' 하여, 대과 시험을 '등용문'(登龍門)이라 하기도 한다.

그런데 조선시대 선비들은 용문 위에 오르는 것보다 용문 아래 강 한복판에 있는 바위를 더 소중히 여겼던 것 같다. 이 바위는 윗면이 숫돌처럼 평평한 모습인데, 폭포에서 쏟아져 내리는 거센 물살 한 가운데 기둥처럼 우뚝 서 있다 하여, '중립지주'(中立砥柱) 혹은 '중류지주'(中流砥柱)라 한다. 세상 풍파도 모질고 거세기는 용문의 물살 못지않을 터인데, 그 한 가운데서 권력에 아첨하지 않고, 재물에 유혹되지 않는 굳센 지조를 지닌 선비의 진정한 모습이 바로 '중립지주'의 모습이라는 것이다.

선비가 굳게 지키려 하는 것은 '의리'(義)이다. 공자는 "군자는 의리에 밝고, 소인은 이익에 밝다."(君子喩於義, 小人喩於利.〈『논어』 4-16〉)고 말했으며, 맹자는 "선비는 곤궁해도 의로움을 잃지 않고, 출세해도 도리에서 벗어나지 않는다."(士窮不失義, 達不離道.〈『맹자』 13-9:3〉)고 말하지 않았던가. 그래서 선비는 의리에 맞지 않으면 어떤 이익도 돌아보지 않았고, 의리에 맞지 않으면 어떤 벼슬에도 나가지 않았다. 더구나 조선후기 선비들은 멸망한 명나라를 '중화'(中華)로 높이고 중국을 차지한 만주족의 청(淸)나라를 오랑캐(夷狄)로 배척하는 '숭명배청'(崇明排淸)의 의리, 내지 '존화양이'(尊華攘夷)의 의리를 내걸었고, 오랑캐인 청나라를 치겠다고 북벌론(北伐論)을 내세우기도 하였던 일이 있다.

그러나 선비의 의리정신은 불의(不義)에 대한 엄중한 비판과 강인한 저항에 몰입하면서 상대방에 대한 이해와 포용을 잃었던 폐단이 드러나게 되었다. 맹자도 "어진 덕은 사람의 마음이요, 의로움은 사람의 길이다. 그 길을 버리고서 따라가지 않으며, 그 마음을 잃어버리고서도 찾을 줄을 모르니, 슬프다!"(仁, 人心也, 義, 人路也. 舍其路而弗由, 放其心而不知求, 哀哉.〈『맹자』11-11:1〉)라 말하지 않았던가. 이처럼 맹자는 어진 덕(仁)과 의로움(義)을 함께 갖추어야 할 덕으로 밝혔는데, '의리'만 내세우다가 '어진 덕'을 망각하였으니, 도덕의식에 균형이 깨어지고 마는 병통이 생긴 것이다.

그 병통은 안으로 자신과 견해가 다른 상대방을 서로 '불의'(不義)라 비판하는데서 드러난다. 조선후기의 선비들이 상대방에 대한 이해 없이 비판에 열중하면서, 당파의 분열을 심화시키고 고착시켰던 것은 역사에 씻을 수 없는 큰 죄악을 저질렀던 것이라 하지 않을 수 없다. 어쩌면 우리시대에 보수와 진보가 대립의 늪에 빠져 국가를 위기로 몰아가는 현실도 그 유산이 아닐는지 모르겠다. 당쟁이 발생하던 초기에 율곡(栗谷 李珥)은 양쪽이 주장하는 의리에 각각 옳은 점과 그릇된 점이 있음을 알아야 한다는 양시양비론(兩是兩非論)을 제시했던 일이 있다. 이렇게 율곡이 분열로 치닫는 대립의 해소를 도모했던 사실은, 바로 자신이 '의리'라 내거는 입장도 그 자체의 문제점에 대한 성찰이 요구됨을 분명하게 밝혀주는 것이다.

또한 그 병통은 밖으로 자신의 문화전통과 다른 외국에 대해 철저히 거부하여 스스로 폐쇄화하는 데서도 드러난다. 한말의 대부분 선비들이 서양문물을 사술(邪術)로 배척하면서 '바른 도리를 수호하고 사특한 술법을 배척한다'는 '위정척사'(衛正斥邪)의 의리를 내걸었고, 이에 따라 정부도 쇄국(鎖國)정책을 전개하자, 그 결과 사회발전의 기회를 잃게 되었고, 결국 국가의 멸망을 초래하였던 것이 사실이다.

선비의 의리정신은 불의에 타협하거나 굴복하지 않는 강인한 지조로서 인심과 풍속을 바로잡는 맑은 바람이 되고, 의로움의 모범을 제시함으로써 한 시대에 가치기준의 깃발을 당당하게 세우는 역할을 한다. 그러나 선비가 편협함에 사로잡히거나 독선에 빠지면 의리정신도 왜곡되어 갈등과 분열을 조장하거나 고집과 폐쇄성에 빠지는 폐단을 일으키기도 한다는 사실을 주의할 필요가 있다. 따라서 선비가 표방하는 의리는 '의리'라는 말만으로 정당화 될 수는 없는 것이다. '의리'가 한 시대와 사회 속에서 그 정당성을 어떻게 확보할 것인지 깊이 성찰할 필요가 있다.

얼마 전에 안동의 도산서원 선비문화수련원에서 열리는 학술회의에 참석했던 길에 일행과 함께 퇴계선생 종택(宗宅)을 찾아가 오랜만에 종손을 뵐 수 있었다. 노종손(老宗孫)은 방문객들에게 '의재정아'(義在正我) 네 글자를 손수 붓글씨로 쓴 것을 선물로 주셨다. 이 말은 한(漢)나라 동중서(董仲舒)가 "의리의 법도는 나를 바로잡는데 있지, 남을 바로잡는데 있는 것이 아니다."(義之法, 在正我, 不在正人.〈『春秋繁露』, 仁義法〉)이라 언급한 구절에서 유래한 것으로 보인다. 여기서 '의리란 나 자신을 바로잡는데 달려 있다'는 말은 뜻이 깊어, 음미해 볼수록 의리의 바른 길을 찾아주는 좋은 길잡이가 되고, 잘못된 길로 들어선 의리를 바로잡아주는 좋으 약방문이 아닐까 생각이 들었다.

의리는 남의 말이나 행동을 평가하고 비판하는 기준이기에 앞서서, 자신의 마음을 바로잡는데서 성립할 수 있다. 자신의 마음이 바로잡히지 않으면 어떤 가치판단이나 명분도 과오에 빠질 위험을 안게 된다. 마음이 거울이라면 맑고 평평해야만 무엇이나 바른 모습으로 비쳐주겠지만, 얼룩지고 굴곡졌다면 어떤 것도 제 모습을 비쳐주지 못할 것은 당연하다. 먼저 자신이 바르게 되었을 때라야 올바른 의리가 드러날 것이니, 올바른 의리를 실현하려면 끊임없이 자신을 바로잡는 노력이 있어야 하지 않겠는가.

세상을 바로잡기 위해 의리를 내세우고자 한다면, 먼저 자기를 바로잡아야 한다. 그래서 공자는 "자신을 바르게 할 수 없다면 어떻게 남을 바르게 할 수 있겠는가?"(不能正其身, 如正人何.〈『논어』13-13〉)라고 말했던 것이다. 자기를 바로잡는 일이 결코 쉬운 일이 아니다. 그렇다고 자기를 바로잡는 일에 평생을 다 바쳐 힘쓰다가 세상을 위해 아무런 일도 못하고 만다면, 이 또한 자기 속에 사로잡히는 병통이 아닐 수 없다. 그렇다면 끊임없이 자기를 바로잡기 위한 노력과 세상을 바로잡기 위한 노력이 사람의 두 다리나 새의 두 날개처럼 서로 북돋아주고 함께 나가야 하지 않겠는가. 이처럼 자기를 바로잡고 남을 바로잡아가는 일을 상호병행하면서 상승시켜가는 것이 '의리'의 실현을 위한 바른 길이 되지 않겠는가. 그만큼 조선시대 선비들이 의리를 신념으로 삼으면서 남을 비판하는 데는 철저하면서도 자신을 돌아보고 성찰하는 데는 소홀히 하였던 병폐를 깊이 경계하지 않을 수 없다.

2) 의리를 따른 강인한 절개

여러 줄이 늘어서 있는 매표소 창구에서 가장 짧은 줄을 찾아가 섰다고 나무랄 사람은 아무도 없다. 먼저 온 사람이 조금이라도 더 편안한 자리를 차지하고 유리한 쪽을 고르려 하는 것은 지극히 자연스러운 일이다. 여러 사람이 둘러 앉아 식사하는 식탁에서 자기 입맛에 맞는 반찬을 혼자 독차지 하려 들면, 그 때는 남을 배려할 줄 모르는 이기심이나 탐욕에 대해 비난을 받을 수 있다. 그렇지만 죄가 될만큼 그리 큰 허물이라 할 수는 없다. 그런데 침몰하고 있는 여객선에서 선장이 승객을 버려두고 자기만 살려고 먼저 배에서 내렸다면 자신의 임무와 책임을 저버린 사실에 대해 무책임하고 파렴치하다는 비판을 받을 뿐만 아니라, 법률로 죄를 물어 처벌하지 않을 수 없다.

'절개'(節槪)란 사람답게 살아가는데 필요한 도리가 무엇인지를 알고, 그 도리를 따르겠다는 신념과 의지를 지니며, 이를 실현하기 위해 어떤 고통이나 위험 속에 놓여서도 변함없이 지켜가는 굳센 '지조'(志操)요, 당당한 '의기'(義氣)이다. 공자는 "삼군의 군대에서 장수를 빼앗을 수 있지만, 필부에게서 그 뜻을 빼앗을 수는 없다."(三軍可奪帥也, 匹夫不可奪志也.〈『논어』9:26)고 하였다. 인간은 누구에게도 빼앗기지 않고 지켜야 하는 '뜻' 곧 '지조'를 지닐 수 있는 존재라는 말이다.

사람답게 사는 품격으로는 여러 가지 덕목을 찾아 볼 수 있다. 예를 들면 평상시에 남들과 어울려 살아갈 때는 친절하고 예의바르며 너그러운 아량이 중요한 덕목이 될 것이다. 그러나 곤궁하거나 위급한 처지에 놓였을 때는 평소 가슴 속 깊이 간직했던 소신 곧 지조를 굳게 지키는 절개가 소중한 덕목이 된다.

이익만 따라가며 거짓과 배신을 거리낌 없이 하는 사람이라면, 애초부터 절개를 논할 거리도 없다. 우리 사회에서도 지위가 높고 큰 권력을 지닌 지도층 인물 가운데 위급한 처지에 놓이면 책임을 외면한 채 변명과 거짓말을 늘어놓으며 빠져나갈 궁리만 하는 사람들을 자주 볼 수 있다. 이런 인물도 그 가슴 속에 간직하는 지조가 없었으니, 지켜야할 절개도 없는 사람임을 쉽게 알 수 있다.

평상시에 지조가 높은 사람도 심한 고난으로 절망에 빠지면, 가슴 속에 간직했던 신념을 지키다가 마지막에 가서 꺾이고 마는 경우가 있다. 일본강점기에 육당(六堂 崔南善)이나 춘원(春園 李光洙)처럼 독립운동에 앞장 섰던 인물이, 마지막에 지조를 꺾었던 경우를 보면서 누구나 안타까워 한다. 그만큼 지조를 마지막까지 온전하게 지키기는 지극히 어려운 일이다. 그래서 변사또가 죽이겠다고 위협해도 끝내 굴복하지 않고 지켜내는 춘향(春香)의 굳은 절개가 소중하게 여겨진다. 조선시대 선비들은 두 왕조의 임금을 섬기는 것이 절개를 잃는 것이라 하여 크게 부끄러워 했다. 여성들도 두 지아비를 섬기는 것은 절개를 잃은 것으로 하여, 남들로부터 심한 경멸을 받아야 했다.

신라의 박제상(朴堤上: 金堤上)이 보여준 것처럼, 왜국 임금이 혹독한 고문을 하면서, 왜국의 신하라 밝힌다면 높은 벼슬과 많은 녹봉을 주겠다고 유혹했지만, 조금도 흔들리지 않고, "차라리 신라의 개나 돼지가 될지언정, 왜국의 신하는 되고 싶지 않다."고 단호하게 밝혔다. 이처럼 박세당의 강인한 절개는 후세의 역사를 통해 절개의 모범으로 고귀하게 여겨 높여져 왔다. 절개는 어려운 처지에 놓였을 때 더욱 뚜렷하게 드러난다. 그래서 온갖 고난 속에서도 지조를 굽히지 않고 강인하게 지켜낸 절개이기에 모든 사람들이 소중하게 여기고 높이 받드는 것이다.

신라 진평왕(眞平王)때 변방의 성을 지키던 장수인 눌최(訥催)는 백제의 대군이 침입하여 위태로운 상황인데도, 나라에서 파견한 원군이 적의 세력을 두려워해서 진격하지 못하자, 군사들을 격동시키면서 "따스한 봄날 온화한 기운에 초목은 모두 꽃이 피지만, 추운 겨울이 온 다음에는 소나무와 잣나무만 시들지 않는다. 이제 고립된 성에 원군이 오지 않으니, 날이 갈수록 더욱 위태로워진다. 이러한 때는 진실로 뜻있는 선비와 의로운 사내가 마음과 힘을 다해 절개를 지켜 이름을 드날릴 때이다."(陽春和氣, 草木皆華, 至於歲寒, 獨松栢後彫, 今孤城無援, 日益阽危, 此誠志士義夫盡節揚名之秋.〈『삼국사기』, 열전〉)라 하여, 성이 무너질 때까지 용감하게 싸우다 다 함께 장렬하게 죽었다.

공자는 "겨울이 온 다음에라야 소나무와 잣나무가 시들지 않는 줄을 알겠도다."(歲寒然後知松柏之後彫也.〈『논어』9:28〉)라 하여, 겨울의 추위에도 소나무와 잣나무의 푸른 잎이 시들지 않는 것 처럼, 혹독한 고난을 견디는 절개가 더욱 빛난다는 것을 말해준다. 대나무가 거센 바람을 맞으면서도 꺾어질지언정 허리를 구부러지지 않는 것도 어려움 속에 지켜내는 강인한 절개를 의미한다. 그래서 옛 지사(志士)들은 자신이 지키는 절개의 상징으로 흔히 소나무와 대나무를 들고 있다.

신라 선덕여왕 때 변경을 지키던 성주(城主)가 백제군의 침략을 받아 위급하게 되자, 성문을 열고 나가 항복했지만, 하급 장교에 불과한 죽죽(竹竹)은 성문을 다시 닫고 항전하였다. 동료가 항복하고나서 뒷날을 도모하자고 권유하자, 그는 "나의 아버지가 내 이름을 죽죽(竹竹)이라 지어준 것은 겨울이 되어도 잎이 시들지 말고, 꺾어질 지언정 굽히지 말라는 뜻이다. 어찌 죽기를 두려워하여 살아서 항복하겠는가."(吾父名我以竹竹者 使我歲寒不凋 可折而不可屈 豈可畏死而生降乎〈『三國史記』, 列傳〉)라고 하여, 위기에서 절개를 지키는 의연함을 보여주었다. 이처럼 장수들이 외적으로 부터 국토를 방어하기 위해 목숨을 버리면서 나라를 위한 충성심을 다하였던 절개를 확인할 수 있다.

정몽주(鄭夢周)가 고려왕조를 지키겠다는 '임향한 일편단심(一片丹心)'도 나라에 충성한다는 의리를 지키는 절개였다. 조선사회에서는 조선왕조 건국에 가장 큰 공을 세운 정도전(鄭道傳)의 공로나 학문의 기초를 세웠던 권근(權近)의 업적 보다, 고려왕조를 지키기 위해 조선왕조 건국에 저항하다 목숨을 잃은 정몽주의 충절(忠節)을 더 소중하게 높였던 것이다.

어떤 위기에도 변함없이 지켜야 하는 도리는 한마디로 묶어서 말하면 '의리'(義理)라 할 수 있다. 유교문화 속에서 의리를 지키는 것이 바로 절의(節義)요 절개이며, 선비정신의 핵심이라 할 수 있다. 따라서 일본의 무사도(武士道)나 우리사회의 조직폭력배들에서 보여주는 주인에 대한 맹목적 복종을 의리라 내세우는 것과는 본질적으로 다르다.

진정한 '의리'는 무엇이 정의인지 불의인지에 대한 명확한 인식을 전제로 한다. 이에 따라 정의를 지키고 실현하거나 불의에 대해 비판하고 저항함에서 자신의 목숨을 내놓고 비판하는 것이 진정한 '의리'요 절개의 기준이다. 의리가 무엇인지, 어떤 것이 의리에 맞는지를 인식하는 것은 인간의 성품을 따르는 진실한 마음 곧 양지(良知) 내지 양심으로 알 수 있는 것이며, 동시에 성인의 말씀과 선현의 모범을 통해 배울 수 있는 것이기도 하다.

조선시대의 선비는 나라가 실현해가야 할 정의로운 이념과 인간이 지켜야 할 정의로운 가치를 '의리'로 제시하였다. 따라서 올바른 선비는 임금의 권위 앞에서도 목숨을 걸고 간언(諫言)하여, 과감하게 의리를 밝히고 불의를 비판하는 지조를 보여주었다. 중종(中宗)임금에게 강경하게 간언하여 권력을 잡은 공신들이 저지르는 불의와 탐욕에 빠진 사회적 병폐를 고칠 것을 요구했던 조광조(趙光祖)는 결국 유배되어 사약을 받고 죽음을 당했으며, 당시에 조광조를 지지하던 선비들은 일망타진되어 희생되는 기묘사화(己卯士禍)가 일어났다. 여러 차례 사화(士禍)가 일어나 많은 선비들이 죽음을 당했지만, 조선사회는 이 선비들의 죽음에 대해 도리를 지키다 희생당한 '순도'(殉道)로 높이고, 선비를 희생시킨 권력집단을 탐욕스럽고 사악한 간신배(奸臣輩)들로 경멸해왔다.

임진왜란 때나 조선 말기에 일본의 침략을 당해 나라가 위기에 빠졌을 때, 선비들은 무기도 제대로 갖추지 못했지만 불의한 침략자에 항거하여 의병(義兵)을 일으켜 싸우다가 많은 희생를 당했다. 이들에 대해 의리를 지키다 죽음을 당한 '순의'(殉義)의 지조와 절개를 높이 기려왔다. 조선왕조를 멸망시킨 일본의 침탈에 항거하여 자결하였던 많은 지사(志士)들이나 무력으로 저항하였던 많은 의사(義士)들의 애국심은 불의한 침략자에 맞서서 싸우는 절개를 지켰던 인물로 높여졌다.

절개는 선비들의 일상생활 속에서도 항상 소중하게 간직되었던 가치였다. 지조 있는 선비들이 초야에 파묻혀 극심한 빈곤을 견디면서도 벼슬과 녹봉을 탐내지 않고, 권세에 아첨하지 않으며, 죽임을 당하더라도 불의와 타협하지 않는 절개는 평소의 생활 속에서 그 기개를 엿볼 수 있다.

퇴계는 만년에 도산서당 동쪽에 단(壇)을 쌓아서 모진 풍상(風霜)에도 잘 견뎌내는 솔·대·매화·국화를 심고, 절우사(節友社)라 하였다. 그는 이 네 가지 꽃과 나무로 절개를 함께하는 벗으로 삼아, 결사(結社)를 맺었던 것이다. 이때 읊은 시에서도 "나는 이제 (솔·대·매화·국화와) 함께 풍상계(風霜契)를 맺었으니/ 곧은 절개 맑은 향기 가장 잘 알았다오."(我今倂作風霜契, 苦節淸芬儘飽諳.〈節友社〉)라 읊었다.

윤선도(尹善道)는 물·바위·솔·국화·달을 다섯 벗으로 삼아 「오우가」(五友歌)를 지었던 일이 있다. 이 노래 가운데서 솔(松)에 대해, "더우면 꽃 피고 추우면 잎 지거니/ 솔아 너는 어찌 눈·서리를 모르는가/ 구천(九泉:黃泉)에 뿌리 곧은 줄을 그로 하여 아노라."라 읊고, 대(竹)에 대해, "나무도 아닌 것이, 풀도 아닌 것이/ 곧기는 뉘 시켰고, 속은 어이 비었는가/ 저렇고 사시(四時)에 푸르니 그를 좋아 하노라."라 읊었다. 솔과 대의 곧고 변함없는 절개를 사랑하여 벗으로 삼아 마음에 깊이 간직하고 있음을 보여준다.

의리를 높이 내걸고 죽음도 두려워하지 않으며 절개를 지키는 것은 강한 신념과 용기를 지녀야 하니, 누구나 쉽게 할 수 있는 일은 아니다. 절개를 지키는 선비의 모습은 비굴한 사람도 부끄러운 줄 알게 하고, 나약한 사람도 분발하여 일어서게 하는 힘의 원천이 되었다. 그러나 절개를 지키는 선비의 정신적 근거인 의리는 관점에 따라 정당성에 대한 해석이 달라질 수 있으며, 시대의 변화에 따라 가치기준이 달라질 수 있다. 너무 편협한 관점의 의리나 독선적 확신의 의리는 한 국가나 인간의 가치를 실현하는데 역기능을 하는 경우도 있다는 사실을 주목할 필요가 있다.

조선후기에 이미 멸망한 명(明)나라를 높이 받들고 중국을 지배하는 청(淸)나라를 오랑캐로 배척하는 '숭명배청'(崇明排淸)을 의리로 내세운 절개나, 조선말기에 서양의 근대문물을 배척하고 쇄국정책을 고수하는 것으로 절개를 삼았던 '위정척사'(衛正斥邪)의 의리는 시대 변화에 역행하면서 국가에 심각한 위기를 불러오기도 했던 것이 사실이다. 또한 조선시대 여성들이 두 지아비를 섬기지 않는다는 절개를 지나치게 강조하여, 개가(改嫁) 못하게 강압했던 것은 의리에 대한 편협한 해석이라는 비판을 면할 수 없다. 따라서 절개를 지킨다는 것은 독선적 관념에 빠지지 않고, 깊은 성찰과 현실적인 해석을 통해 건강하고 실용적인 사회질서를 이루고 인간다움을 조화롭게 실현할 수 있을 때에 그 정당성을 확보할 수 있음을 돌아볼 필요가 있다.

3) 선비와 임금의 만남

'선비'는 한자어로 '士'이지만, 후세에 좀더 엄격하게 분별하는데 따르면, 벼슬에 나간 인물들은 '사대부'(士大夫)라 하고, 벼슬에 나가거나 안 나가거나 자신의 학문과 인격을 연마하는데 힘쓰는 인물을 '사군자'(士君子)라 구별을 하였다. 여기서 '선비'란 '사군자'를 가리키는 말이다. 유교경전을 공부하여 과거시험을 치루고 벼슬에 나간 사람들은 '사대부'이지만 그 가운데 '사군자'(선비)라 일컬을 수 있는 사람은 드물었고, 더 많은 '사군자'(선비)는 초야에 묻혀 학문과 수양에 힘쓰고 있었다.

따라서 조선시대에 벼슬을 독점했던 '사대부' 곧 '양반'들이 유교경전을 익혔지만, 그 가운데 대부분은 이기심과 권력욕에 사로잡힌 탐관오리들이었다고 할 수 있다. 유교경전은 청렴할 것과 백성을 사랑할 것, 나라에 충성할 것을 가르치지만, '사대부'들 대부분은 배운 것과 행하는 것이 전혀 상반되는 경우에 속한다고 해야겠다.

오랜 세월 학문에 종사하고 수양을 하여 인품도 높다고 명성을 지녀, 스스로 '선비'라 자칭하는 자들도 조선후기에 당쟁에 몰두하면서 그들이 경전에서 배운 지식은 모두 모략과 권력을 위한 명분과 술수로 이용되어 왔으니, 조선사회는 유교를 통치원리로 삼고 '진정한 선비'를 배양하기 위해 힘썼지만, 실지는 거짓된 '가짜 선비'들로 가득 찼던 사회라 할 수 있을 것 같다.

맹자가 "선비란 곤궁해도 의로움을 잃지 않고, 출세해도 도리에서 벗어나지 않는다.…곤궁하면 홀로 그 자신을 선하게 하고, 출세하면 천하를 아울러 선하게 한다."(士窮不失義, 達不離道.…窮則獨善其身, 達則兼善天下.〈『맹자』13-9:3〉)라 하였다. 곧 선비의 처신은 세상이 알아주지 않아 곤궁한 처지에 놓였을 때와 세상에서 인정을 받아 출세했을 때에 따라 어떻게 다른지를 보여주고 있다. 이처럼 선비로서 처신하는 도리는 여건이 곤궁할 때인지 출세했을 때인지에 따라 차이를 드러낸다.

선비가 배운 학문과 닦은 인격을 바탕으로 하는 신념으로 세상을 선하게 이끌어가고자 하면, 벼슬길에 나가서 이를 실현해야 한다. 그러나 선비가 벼슬에 나가 뜻을 펼 수 있는지 없는지는 임금과 뜻이 일치하는지 뜻이 어긋나는지에 따라 결정될 수밖에 없는 것이 현실이다. 임금이 정치에 대한 큰 포부가 있어야 하며, 동시에 인재를 알아볼 줄 아는 '지인지감'(知人之鑑)이 있어야 선비의 뜻을 받아들일 수 있지만, 임금이 나라의 안위보다 왕권의 강화에만 집착하거나, 의심이 많아 강직한 선비를 믿지 못하고, 아첨하는 신하들에게만 의지하려 든다면, 선비가 세상에 나와서도 포부를 펼 길이 막히고 만다.

조선중기 율곡은 임금과 선비의 만남이 얼마나 어려운지를 세밀하게 살피고 있다. 먼저 그는 선조(宣祖)에게 임금으로서 선비를 받아들이지 못하는 책임이 어디에 있는지를 구체적으로 제시하였다. '유교사회'라 일컬어지는 조선사회에서 유교이념을 담당하는 '선비'를 불신했던 용렬한 임금은 선조만이 아니었다. 더구나 선조때는 '선비'가 정치를 주도하는 이른바 '사림정치'(士林政治)가 본격적으로 시작되는 시기였지만, 선조는 선비를 알아보고 신임할 수 있는 능력이 있는 현명한 군주가 못되었던 것이 사실이다.

> "선비로 시험해 볼 만한 재능이 있는 사람이면, 전하께서는 반드시 일 만들기 좋아한다고 걱정하며, 곧은 말로 조정에서 간쟁하는 사람이면, 전하께서는 반드시 자기 뜻을 어긴다고 싫어하며, 유교의 법도를 따르는 사람이면, 전하께서는 반드시 거짓으로 꾸미는 게 아닌지 의심하시니, 어떠한 도리를 공부하고, 어떠한 계책을 아뢰어야 임금의 마음에 맞고 신임을 얻을 수 있는지 알 수가 없습니다."(士之有才可試者, 則殿下必憂其喜事, 直言廷諍者, 則殿下必厭其違拂, 欲制儒行者, 則殿下必疑其矯飾, 未知學何道陳何策, 然後乃合聖衷, 而得所倚信乎,〈『栗谷全書』,「應旨論事疏」〉)

율곡은 임금 선조에게 임금이 선비로서 쓸 만한 인물을 의심하고 싫어하는 사실을 조목조목 지적하여 경계하였으나, 왕권을 강화하고 자신의 권위를 지키려고만 드는 임금이 아첨하는 신하만 받아들이지, 임금의 과오를 지적하여 직언하는 선비를 용납하지 않을 것이니, 사실상 올곧은 선비가 뜻을 펼 길은 없었던 것 같다.

다음으로 율곡은 범상한 임금들이 선비를 미워하게 되는 사실에는 그 이유가 선비의 어떤 행실이나 특성에 있는지를 조목조목 지적하여, 선비로서의 책임도 확인하고 있다.

"세속의 일반적 감정으로 말하면, 선비란 본시 미워할 만한 자들입니다. 다스림을 논할 때는 멀리 요·순(堯·舜)을 끌어들이고, 임금에게 간언할 때는 어려운 일로 책임을 추궁하며, 붙잡아도 머물려들지 않고, 총애해도 즐거워하지 않으며, 오직 그 뜻을 실행하는 데만 마음을 두니, 본래 쓰기가 어려운 자들입니다. 게다가 간혹 과격한 자도 있고, 혹은 세상일에 어두운 자도 있고, 또 명성을 좋아하는 자도 간혹 그 대열에 끼어있으니, 어찌 임금들이 미워할 만한 자들이 아니겠습니까."(夫以世俗常情言之, 則儒者, 固可惡也. 論治則遠引唐虞, 諫君則責以難事, 縻之不留, 寵之不樂, 惟在於欲行其志焉, 固是難用. 而其間或有過激者, 或有迂闊者, 亦有好名者或厠乎其列, 豈非世主之所可惡者乎.〈「應旨論事疏」〉)

이처럼 '선비'들은 의리(義)를 추구하고 신념을 굽히지 않으니 임금과 충돌하기가 쉬운데 비해, '소인'들은 임금의 앞에서야 눈치를 살펴 비위를 맞추다가 돌아서면 사사로운 이익(利)을 추구하는 무리들이다. 그러니 선비가 뜻을 펴는데는 임금이 믿고 받아들여주지 않아 길이 막히고 만다. 또 소인들의 무리가 방해하거나 음해하여 앞을 가로막는 장애와 싸우지 않을 수 없다. 이런 처지에서 어찌 선비들이 임금의 분노를 사고 소인들의 모략을 받아 뜻을 펴지도 못하고 희생되는 '사화'(士禍)를 당하지 않을 수 있겠는가.

율곡이 선비가 임금의 신임을 받아 뜻을 펼치기 어려운 현실 속에서 '사화'의 희생을 겪으면서도 의리를 밝혀, 권신(權臣)이나 척신(戚臣)들을 비롯한 소인들로 가득 찬 조정에 나와 지조를 지키고 있었던 현실을 진단한 것은 바로 '선비'에 대한 이상론이면서 동시에 그가 살던 시대에서 선비에 대한 평가라 하겠다.

율곡은 선비들이 정치권력을 장악한 '사림정치'시대의 초기에 활동했던 인물이다. 사실상 사림정치가 시작되면서 선비가 조정의 권력을 장악하자마자, 그때부터 선비들은 불의와 싸우며 신념의 이상을 추구하던 선비가 아니었다. 이제 이른바 스스로 '선비'라 일컫는 자들은 권력을 차지하고 이를 지키기 위해, 서로 교묘한 명분을 내세워 상대방을 몰아내고 죽이는데 혈안이 된 '권력의 아귀'(權鬼)가 되고 말았다. 이제 선비는 당파로 갈라져 서로 상대방을 '소인'이라 지목하고 자신을 '선비'라 자처하니, '선비'와 '소인'은 상반된 개념이 아니라 자기 당파와 다른 당파를 나누는 호칭으로 전락하고 말았다.

율곡이 활동하던 시대에 동인(東人)과 서인(西人)이 갈라진 이후로, 조선왕조가 망할 때까지 선비들은 여전히 '의리'와 '명분'을 내세우고 있었으나, 그들의 '의리'란 자신들의 이익과 권력의 안정을 위한 '의리'였고, '명분'은 자신의 당파를 수호하고 다른 당파를 억누르고 몰아내기 위한 '명분'이었다. 노론의 영수 송시열(尤庵 宋時烈)은 자신과 의견을 달리하면 주자를 내걸어 '사문난적'(斯文亂賊)으로 몰아 죽이려들었으니, 이 시대에 권력을 잡았던 선비들은 이미 왕도(王道)를 아득히 잊어버리고, 전국(戰國)시대 패자(覇者)들이 '천자를 옆에 끼고 제후들을 호령하였던 것'(挾天子以令諸侯.〈『戰國策』, 秦策〉)처럼, '주자를 옆에 끼고 모든 사람의 입을 틀어막았던'(挾朱子以箝衆口) 패자(覇者)였을 뿐이다.

조선중기 이후의 이런 선비들이 어찌 나라를 지키며 백성을 보살피는데 관심이 있었겠는가. 임진왜란, 병자호란 등 전란이 거듭되어도 오직 임금만 붙잡고 권력을 유지하는 데만 관심이 있었을 뿐이니, 온 나라의 백성이 외적에 짓밟혀 어육(魚肉)이 되어도 돌아보려들지 않았다. 임진왜란때 전국토가 유린당했을 때도 의주(義州)에 피란 갔던 조선정부의 서인(西人)들은 임금과 합심하여 남해바다에서 연전연승(連戰連勝)하고 있는 장수 이순신(李舜臣)을 죽이려고 잡아다가 혹독하게 고문하였던 사실을 돌아보면서, 이 시대 선비에 절망하지 않을 사람이 어디 있을지 모르겠다.

선비는 권력을 잡기 전까지는 의리의 신념을 순수하게 지킬 수 있었지만, 권력을 잡는 순간부터 그의 온갖 의리는 변질되어 권력유지의 수단이 되고 말았던 사실을 보면, '선비'라는 말의 전면에 아름답게 빛나는 실상(實像)이 있지만, 그 뒤에 깔려 있는 추악한 허상(虛像)의 음습한 그늘을 지켜보지 않을 수 없다. 어디 선비뿐이랴. 어느 종교에서나 성직자들은 재물과 권력이 생기면 부패하고 타락하지 않았던 일이 없었던 사실을 쉽게 찾아볼 수 있다. 오늘의 우리 사회에도 이상을 추구하는 사람들은 그들이 권력을 갖는 순간 부패하고 있다는 사실을 각성할 필요가 있을 것 같다.

15

나라
걱정

지난 8월15일 46일 만에 원주에서 서울에 올라갔다. 다음날 옛 친구들(주일청 · 이웅연 · 김영한)과 점심을 먹고, 근처 제과점에서 팥빙수를 먹으며, 즐거운 환담을 했다. 그런데 요즈음도 노인층 중심의 우파 태극기 집회와 젊은 층 중심의 좌파 촛불집회가 다시 시작된 모양이다. 주일청은 지난번 태극기집회에 계속 참석했었나 보다. 그래서 이웅연이 주일청에게 어제 집회에 나갔었는지를 물었다. 주일청은 그날 땅벌에 3방이나 쏘여 병원을 다녀오느라 못나갔다고 대답했다. 이때부터 요즈음 우리나라가 좌파정권 아래에 좌파세력이 너무 강성해서 국가가 정치적 경제적으로 파탄의 위기에 빠졌다는 정치현실의 문제로 화제가 바뀌었다.

특히 북한은 미국령 괌섬에 다달을 수 있는 미사일을 개발해서 미국을 위협했고, 미국은 북한에 대해 폭격하겠다고 맞섰나 보다. 한국의 좌파는 미국이 국내에 설치하고 있는 고고도 미사일(SAAD)의 설치를 반대하였고, 미국을 심하게 비난하였다는 것이다. 이런 상황에서 한국이 지향해야할 방향에 대한 인식은 우파와 좌파가 극단적으로 상반된 주장에 빠져들고 있다는 이야기다. 어쩌면 조선시대 당파싸움(黨爭)처럼 적 앞에서도 끝없이 내분을 일으키다가 자멸의 길을 가는 꼴이라 하겠다. 여기서 어느 한 쪽을 편들고 나서는 것은 쉬운 선택이지만, 바람직하기는 타협과 절충을 통해 일치점을 찾아서 단합할 수 있는 길이라 생각한다. 그러나 양쪽이 대립하면 양극으로 치달아 결국 이 나라가 파탄이 난 뒤에도 제 주장을 굽히지 않을 것으로 보인다. 조선시대 당파싸움은 결국 나라가 멸망한 뒤에야 그치지 않았던가.

사실 나는 좌파를 싫어하지만 우파에도 무조건 동조하고 싶지는 않다. 50년전 공군에서 요격관제사로 군대생활 할 때, 한국공군이 얼마나 철저히 미국공군에 예속되어 있는지를 실감하면서, 군사적 독립을 못한 나라는 진정한 독립국이 아니라는 생각을 해왔다. 미국에 의존하여 미국 우산아래 안주하고 있는 한, 조선이 중국의 지배아래 있었던 것 보다 나을 것이 없는 위성국(衛星國)의 처지라 생각한다. 그래서 나 자신 고고도미사일의 배치도 반대하는 입장이었다. 물론 북한의 침략 위협이 심각한 것은 사실이지만, 우리 힘으로 막아내겠다는 강인한 의지가 있어야, 자주국방도 독립국가도 이룰 수 있으리라 믿는다. 이웃 나무에 기대어 감고 높이 올라가는 덩굴식물보다 차라리 작아도 자기 중심을 지키는 나무가 되어야 한다는 생각이다. 쉽고 편안한 길은 결코 자신을 강하게 길러주는 길이 아니라는 소박한 판단이다.

그러나 그동안 친구들에게 내 의견을 내비쳐보았지만, 아무도 흔쾌히 동의하지 않는 사실을 보면, 내 생각이 너무 단순하여 실정을 벗어나는 것인지도 모르겠다. 그래도 아직은 내 생각을 버릴 의사가 없다. 따라서 나라걱정을 하는데 서로 관점이 다르다는 사실을 확인하는 것으로 그칠 수 밖에 없다. 물론 나는 산골에서 신문도 TV뉴스도 안보고 사니, 정치현실에 대해 아무런 정확한 지식이 없으며, 감상적이거나 즉흥적인 판단을 하고 있음을 인정한다. 그래도 좌파적 견해는 물론이요, 우파적 견해도 동의하기 어려운 점이 많다.

친구들의 심각한 나라걱정을 듣고 있으면서, 지금 우리나라가 임진왜란때 멸망할 수 있었던 상황이나, 구한말에 멸망하고 말았던 상황과 유사한 국면으로 무너져 내리고 있다는 위기임을 짐작할 수 있다. 이제 나라가 무너지면 임진왜란때 의병운동을 하거나 일제 식민지배 아래서 독립운동을 하던 우국지사(憂國之士)마저 나오지 않을지 모르겠다는 생각이 든다. 여러 번 반복해서 절망하다 보면 완전히 포기하게 되기 쉽기 때문이다. 국론은 끝없이 분열하여 대립과 갈등의 늪에 빠져 허우적거리고 있는데, 정치지도자는 이권을 탐닉하거나 인기에 영합하고 있고, 종교지도자는 교세를 넓히는데 진력하고 있다면, 어디에서도 희망을 찾기가 어려운 것이 사실이 아니겠는가.

그래도 역사는 이어질 것이다. 역사를 통한 실패와 상처에서 아무런 교훈도 얻지 못하고, 자신의 자리와 세력에만 도취해 있는 지도층, 서로 비난하고 질책하면서 자신의 정당성을 고집하는 지식인들이 물을 흐리고 있는 것이 현실이다. 그렇더라도 역사는 쉬지 않고 굴러가고 있으며, 역사의 교훈을 외면한 나라와 백성을 엄중하게 심판할 것이다. 도덕은 진작 무너져 버렸고, 경제도 급하게 무너지고 있는데, 그래도 멸망하지 않으리라 믿고 있다면, 환상에 빠진 것이 아닐 수 없다. 군대가 아무리 많고 무기가 아무리 신식 무기라도 모래성처럼 쉽게 무너질 수 있다.

나는 나라가 위기에 놓였다는 걱정에 공감한다. 다만 그 위기의 원인이 무엇인지 명석하게 인식이 되지도 않고, 해결방법도 제시되지 않은 상태에서, 좌파와 우파가 서로 비난하는 발언으로는 해결책이 될 수 없는 것임은 알겠다. 사실 조선시대 당파의 대립이나 오늘날 좌파와 우파의 대결이 쉽게 해결되기 어려운 것은 사실이다. 처음에는 명분과 의리에서 시작된 대립은 파당과 집착으로 멸망의 길을 간다. 어쩌면 나라가 결단난 다음에나 해결될지도 모르겠다. 그래도 나는 '난세에 영웅이 나온다'는 말처럼 위기 속에 탁월한 지도자가 등장할 수 있다고 믿는다. 부패한 정치인들 속에서 위대한 정치지도자가 출현하고, 부패한 종교인들 속에서 위대한 종교지도자가 출현하며, 진부한 지식인들 속에서 위대한 지성인이 출현할 수 있다고 믿는다.

위대한 인물은 비록 그 시대를 구제하지 못하고, 병든 나라를 건강하게 고쳐내지 못한다 하더라도, 영웅은 대중들의 가슴 속에 깊은 감동과 희망을 남겨주고, 역사를 통해 길을 보여주는 역할을 할 것이라 믿는다, 나와 같은 범부들은 모두 이런 '영웅대망론'(英雄大望論)을 가슴에 품고 있을 것이다. 원효나 서산대사, 퇴계나 율곡, 이순신이나 유성룡, 정약용이나 박은식, 김구나 안창호 같은 영웅들이 우리 시대에도 출현할 수 있기를 대망(大望)할 뿐이다. (2017.8.24)

16   종교와 국가를
생각하며

지난 7월 21일 반가운 옛 친구들인 김기돈 · 김영한 · 김진웅 · 이웅연이 원주 산골의 누거(陋居: 淸香堂)로 멀리서 찾아와서, 여름날 한나절 정겨운 담소를 즐겼다. 원래 계획은 점심을 먹고 나서, 제천과 충주를 한 바퀴 돌면서 유적지를 둘러보려는 것이었는데, 날씨가 무더워 다음 기회로 미루고, 다만 담소 가운데 화제로 삼는데 그쳤다.

그런데 첫 방문지로 예정되었던 제천의 '천주교 배론 성지(聖地)'가 언급되자, 나는 평소의 성급한 버릇대로 걸러내지 않은 의견을 단정적으로 격분해서 말을 토로하였다.

"배론성지는 황사영(黃嗣永)이 「백서」(帛書)를 짓고 숨어 있던 곳인데, 「백서」에는 천주교신앙의 자유를 얻으려고, 서양의 군함과 군대를 불러들인다거나 청나라에게 조선을 병합하도록 권유하는 방법 등을 제시하였으니, 나라를 파멸시키려는 반민족적인 짓인데, 오늘의 천주교

교회에서는 그 과오를 반성하지 않으니, 수치스러운 일이다."

　사실 다른 친구들은 조선후기 천주교에 대해 별로 관심이 없었으니, 별다른 반응이 없었다. 그러나 김영한은 서양사학계의 노장이요 학술원회원답게 차분한 목소리로, "요즈음 교회 안에서는 신앙의 세계가 국가의식을 넘어서 있다는 신념의 표현이라는 해명이 있는 것 같다."고 점잖게 문제점을 지적하였다. 김영한의 한마디는 내 견해가 국가중심주의에 치우친 것으로 보일 수 있음을 예리하게 지적해준 것이다.

　그의 지적을 받고서, 나는 자신의 견해를 너무 일방적이고 감정적으로 내세웠다는 사실을 깨닫고, 나의 미숙함이 부끄러웠다. 그래서 나도 반론을 제시하여 토론을 이어감으로써, 내 생각을 다듬을 수 있는 좋은 기회를 얻고 싶었다. 그러나 관심이 없는 친구들 앞에서 생소한 문제에 대해 길게 토론하는 것도 어색한 일이라, 뒤에 혼자서 생각을 좀 더 정리해보기로 했다. 어떻든 그날은 토론의 주제만 확인한 셈이요, 바로 다른 화제로 넘어 갔다.

　김영한(仙巖 金英漢)이 제기해준 토론의 주제는 '종교와 국가'의 문제요, 확장시켜보면 '보편과 특수'의 문제라 볼 수 있을 것 같다. 종교들은 흔히 진리의 세계는 영원하고 신성한 차원이므로, 세속의 무상한 현실세계보다 더 높은 차원의 절대적 가치로 강조하고 있다. 불교도 '세간'(世間) 곧 허망한 세속의 세계를 벗어나는 '출세간'(出世間)의 진실하고 영원한 세계를 지향하고 있다.

　조선후기 천주교 신도들은 조선정부의 탄압에 저항하는 논리로서, "아비의 명령과 임금의 명령이 상반될 때는 아비의 명령을 버리고 임금의 명령을 따르는 것이 마땅하고, 임금의 명령과 천주의 명령이 상반될 때에는 임금의 명령을 버리고 천주의 명령을 따르는 것이 마땅하다."고 주장해 왔다. 심지어 황사영은「백서」에서는 종교 앞에 국가를 여지없이 격하시키는 주장을 밝히기도 했다. ,

> "예수의 거룩하신 가르침에 의하면 '전교(傳敎)를 허용하지 않는 죄는 소돔과 고모라보다 더 무겁다.'고 하였으니, 비록 이 나라를 모조리 소멸시킨들 성교(聖敎: 천주교)의 표양에 해로울 것이 없다."

더 높은 곳의 명령이 더 큰 권위를 갖고 있기 때문이라는 인식이다. 그렇다면 천주의 명령은 지극히 높고 절대적인 권위를 갖고 있기 때문에 국가의 법률이나 제도에 구속받지 않는다는 주장은 당연하다. 과연 그러한가?

우리가 살고 있는 이 세상은 무상하고 거짓된 것이요, 죽은 다음에 갈 수 있는 저 세상인 하늘나라가 영원하고 진실한 것이라는 신앙에서는 가정이나 국가 등 이 세상의 제도는 허망한 것이 아닐 수 없다. 그래서 국가의 권위와 교회의 권위가 서양에서도 오랜 세월 갈등을 일으키기도 했고, 결국 도달한 '정교분리(政敎分離)'의 원칙은 그 타협점이라 할 수 있을 것이다. 중국·조선·일본에서도 불교나 천주교가 국가의 혹독한 탄압을 받기도 했고, 때로는 왕실의 비호아래 크게 성장하기도 했던 것이 사실이다.

문제는 신성한 세계인 종교나 세속적 세계인 국가의 어느 한쪽이 절대적 권위로 다른 한쪽을 지배하는 것이 과연 옳다고 볼 수 있느냐 하는 것이다. 불변의 궁극적 진리를 주장하는 종교도 변화하는 무상한 현실세계를 떠나서 존재할 수 없다. 그렇다면 조선사회의 가치질서였던 조상제사제도를 거부하는 천주교를 받아들이지 않는다고 조선의 국가체제를 파멸시켜도 좋다는 황사영과 그 시대 한국천주교회의 주장은 정당화될 수 있을까. 김영한교수의 지적처럼 신앙의 세계가 국가의식을 넘어서 있는 궁국적 신념이라 하더라도, 신앙을 받아들이지 않는 국가체제는 파괴해도 좋다는 것이 혹시 종교적 제국주의라 볼 수는 없을까.

사실 16세기 말에 중국에 들어왔던 천주교 선교단체인 '예수회'는 중국의 문화와 유교사회의 가치를 받아들이고 조화시키면서 그리스도교 교리를 제시하는 '적응주의' 선교정책을 펼쳤다. 그 결과 중국정부의 허용아래 선교에 큰 성공을 거두었다. 그러나 17세기 중엽 이후 중국에 들어온 천주교의 다른 교단(프란시스코회, 도미니코회)은 예수회와 달리, 조상제사를 미신이라 규정하여 금지하기를 주장하면서 유교이념의 중국사회와 충돌하기 시작하였다. 이러한 유교사회와 천주교의 갈등은 국가와 종교의 대립이면서, 동시에 유교와 천주교라는 두 종교 사이에서 벌어진 공격과 방어의 대립양상이라 볼 수도 있다.

그것이 국가와 종교의 대립이던 종교와 종교의 대립이던 대결은 근본적인 해결책이 아닌 것으로 보인다. 종교는 인간과 사회를 구원하는데 목적이 있지, 지배하는데 목적이 있는 것은 아니라 하겠다. 그렇다면 인간과 사회를 지배하려드는 종교는 보편적 진리의 종교가 아니라, 소유와 지배를 추구하는 종교는 '신'을 내세우지만, 이미 '신'을 방편으로 삼아 인간적 욕망을 추구하는 종교일 수 있다. 종교는 신(神)의 이름이나 진리라는 명분을 팔아 잔학한 살육과 전쟁을 벌였던 죄악을 무수히 저질렀던 역사를 지니고 있지 않은가. 마치 『삼국지』에 나오는 조조(曹操)처럼 패권(覇權)을 쥔 신하가 임금의 명령을 이용하여 세상을 지배하려 드는 태도, 곧 '천자를 옆에 끼고, 제후들을 호령하는'(挾天子而令諸侯) 태도와 크게 다를 바 없지 않겠는가.

내 소박한 생각에는 보편적 진리란 구체적 현실을 토대로 삼아야 하고, 구체적 현실 위에 설 수 있는 것이지, 현실과 떠날 수도 없고 떠나서도 안되는 것이라 본다. 어느 쪽이 대립과 지배의 독선적 자세를 정당화할 수는 없다. 서로 대립되는 양자 사이에 타협과 조화를 찾아가고 실현해가야 하지 않겠는가.

정복과 지배는 더 쉽지만 잔인한 길이 되기 마련이요, 설득하고 호소하여 조화를 이루는 것이야 더 어렵지만 아름답고 선한 길이 될 수 있지 않겠는가. 평소에 내가 마음으로 존경하는 벗 선암(仙巖 金榮漢)께서는 나의 어리석은 소견에 어찌 생각하시는지.

17

때를
알아야

인간을 포함하여 이 세상에 존재하는 모든 사물은 공간과 시간을 벗어날 수가 없는 것이 사실이다. 그래서 이백(李白)은 "천지란 만물이 머무르는 객사요, 세월이란 무수한 시대를 오가는 나그네이네."(夫天地者, 萬物之逆旅, 光陰者, 百代之過客.〈「春夜宴桃李園序」〉)라 읊었다. '만물이 천지라는 공간 곧 객사(客舍) 안에 들어 있다'는 사실은 쉽게 알 수 있다. 그러나 '세월이 객사에서 머물다 지나가는 나그네'라는 말은 멋진 말이기는 하지만 쉽게 이해되지는 않는다.

우리가 시간을 '흐른다'고 말하는데, 그것은 만물이 끊임없이 변하고 움직이는 사실을 통해서 시간의 실재가 드러나기 때문이다. 따라서 만물은 시간의 흐름에 따라 변하지 않는 것이 없다. 그렇다면 시간이 정지하지 않는 한, 세상에 변하지 않는 것은 아무 것도 없다고 해야겠으며, 또한 만물이 변하는 한 시간은 흐르고 있는 것이라 하겠다.

또한 '때'(시대)는 흐르기만 하는 것이 아니라, 그 흐름의 구비마다 그 '때'의 상황과 형세가 결정됨으로써 사물이나 인간의 존립여건에 심각한 영향을 미치기도 한다. 예를 들면 자연에서도 때에 따라 비가 적당히 와서 풍작을 이루어주기도 하지만, 때에 따라 심한 가뭄이 들거나 홍수가 대지를 범람하여 사물이 파괴되기도 하고, 농사를 망쳐 인간의 생존을 위협하기도 한다.

흔히 사람은 "때를 잘 만나야 한다."고 말한다. 태평세월을 만나 평생을 순탄하고 행복하게 살아가기도 하고, 혼란기를 만나 평생을 불안과 고통에 시달리기도 한다. 전쟁이 벌어진 때를 만나 생명을 잃거나 불구가 되기도 하니, '때'는 인생에 중요한 조건이 아닐 수 없다. 그러나 꼭 같은 전쟁의 시기를 살아가더라도 어떤 사람은 격심한 고통에 빠지거나 죽음에 이르고 마는데, 어떤 사람은 큰 공적을 세워 높은 지위와 명예를 누리기도 한다. 그것은 '때'가 사람의 삶에 영향을 끼치는 힘이 있지만, 동시에 사람이 그 '때'를 어떻게 대응하느냐에 따라 전혀 다른 결과를 불러올 수도 있음을 잘 보여준다.

이처럼 사람은 시간의 흐름에 따라 떠내려갈 수도 있고, 시간의 흐름을 거슬러 올라 갈 수도 있다. 자신이 놓인 '때'에 맞서서, 어디로 가야 할지 그 방향을 찾기도 하고, 어떻게 대응해가야 할지 그 목표를 찾아가는 존재가 바로 인간이다. 그래서 『주역』에서는 '때'의 흐름 속에서 만물이 변해가는 법칙과 질서를 제시하면서, 동시에 인간이 이에 어떻게 대응할 것인지를 밝히려는 해석의 체계를 보여주고 있다.

곧 『주역』에서는, "'역'(易)이라는 도리는 자주 옮겨 다니며, 변동하여 머물지 않는 것이다."(易之…爲道也, 屢遷, 變動不居.〈『易』, 繫辭下8〉)라 하였다. 과연 '역'의 원리는 고정된 체제로 머무는 것이 아니라, 끊임없이 변화하는 현실 속에서, 상황에 따라 대응의 방법과 실행의 방향을 찾고자 하는 것이다. 여기서 변화의 방향을 알고자 한다면, 때(시기)에 따른 상황을 알아야 하고, 실행의 방법을 알고자 한다면 때의 조건을 살피지 않을 수 없다.

정이천(伊川 程頤)은 "때를 알고 형세를 알아차리는 것이 역(易)을 공부하는 가장 중대한 방법이다."(知時識勢, 學易之大方.〈『易傳』〉)라 하였다. 때에는 융성할 때와 쇠약할 때가 있으며, 형세는 강력한 경우와 미약한 경우가 있으니, 그 때의 계기와 형세의 조건을 알아서 어떻게 대응해야 할지, 곧 그 변화에 대응하는 방향과 방법을 찾아야 함을 말하고 있다.

'때를 알고 형세를 알아차리는 것'(知時識勢)은 『역』을 공부할 때만 중요한 것이 아니다. 원(元)나라 호기휼(胡祇遹)은 "역사서를 읽을 때에도 '때를 알고 형세를 알아차리는 것'이 가장 요긴하고 절실하다."(讀史傳, 知時識勢, 最爲緊切.〈『紫山大全集』, 癸亥冬觀綱目〉)라고 강조하였다. 시기의 변동상황을 살피지 않거나, 대세의 흐름과 강약을 인식하지 않는다면, 어찌 역사를 제대로 이해할 수 있겠는가. 이처럼 '때를 알고 형세를 알아차려야' 역사 속에 등장하는 인물이 추구하는 사업이 합당한지 여부를 알 수 있고, 또 그 사업이 성공할지 실패할지를 제대로 분별할 수 있음을 지적하고 있다.

'때를 알고 형세를 알아차리는 것'(知時識勢)이 현실문제를 해결하는데 가장 절실한 조건임을 절실하게 제시한 인물은 율곡(栗谷 李珥)이다. 그는 선조(宣祖)에게, "시대는 비색함(否)과 태평함(泰)이 있고, 일에는 계기(幾: 機)와 관건(會)이 있어서, 시대가 비색하더라도 다스려질 수 있는 계기가 있고, 시대가 태평하더라도 혼란해질 수 있는 계기가 있으니, 임금이 잘 살피어 그 기회를 잘 이용하는 데 달려있을 뿐이다."(時有否泰, 事有幾會. 時否而有治之幾, 時泰而有亂之幾, 在人主審察而善乘之耳.〈『율곡전서』권6, 應旨論事疏〉)라 하였다.

따라서 시대가 태평한지 혼란한지에 따라 순응하여 떠내려가는 것이 아니라, 시대의 상황에 따라 변환의 계기를 찾아내고, 적절하게 대응할 방법을 찾아내는 것이 바로 시대에 대응하는 과제라 할 수 있다. 여기서 율곡은 자신이 살고 있는 시대를 폐단이 누적된 시대로 인식하고, 전면적으로 모순된 제도를 개혁해야 하는 '경장'(更張)의 시기로 진단하였던 것이다.

이에 따라 율곡은 "예로부터 제왕들이 나라를 세우고 법을 제정하였는데, 비록 이 법이 지극히 선하고 아름답다 하더라도, 시대가 지나면 사태가 변하며, 법이 오래되면 폐단이 생기게 된다. 그러니 뒷날 자손으로 잘 계승하고 발전시키려는 자는 반드시 적절함에 따라 개혁해야 하며, 옛 것에만 얽매이지 않아야 한다."(自古帝王創業定法, 雖是盡善盡美, 而時移事變, 法久弊生, 則後嗣之善繼善述者, 必隨宜更化, 不膠於舊.〈같은 곳〉)고 강조하였다.

여기서 율곡은 자신의 시대에 노출된 심각한 모순과 폐단 곧 '시폐'(時弊)를 지적하고, 또한 자신의 시대에 절실하게 요구되는 과제 곧 '시무'(時務)를 제시함으로써, '때'(시대)의 문제를 가장 예민하게 파악하였던 것이며, 이러한 '때'의 문제에 적절하게 대응하는 방법과 논리로서 '경장론'(更張論)을 제기하였다. 이런 의미에서 '때'를 알고 '때'에 대처하는 방법을 알았던 인물이 바로 그 시대의 선각자라 할 수 있다.

18   물소리
들으며

   산사(山寺)를 찾아가면 일주문(一柱門)을 지나 법당을 향해 산길을 오를 때, 길가의 계곡을 흐르는 맑고 시원한 물소리 듣기를 좋아한다. 계곡물 소리에 벌써 세속의 온갖 번뇌를 모두 씻어내는 상쾌함을 느낄 수 있어서 너무 좋다. 분명 물은 무엇이나 씻어낼 수 있는 탁월한 능력을 지니고 있다. 굴원(屈原)이 "새로 머리감은 사람은 반드시 갓을 털어서 쓰고, 새로 몸을 씻은 사람은 반드시 옷을 털어서 입는다."(新沐者, 必彈冠, 新浴者, 必振衣.〈「漁父詞」〉)라 하였으니, 목욕을 하고나면, 갓과 옷도 새롭게 하고싶어지는 것이 물의 공덕이요, 사람의 마음이다.

   산이 깊으면 계곡의 물도 많아지고 물소리도 커진다. 계곡에 하얀 너럭바위가 많으면 경치도 더욱 아름다워져, 신선이 바둑 두며 놀았던 곳이라거나, 선녀가 내려와 목욕하던 곳이란 전설이 붙여지기도 한다. 이런 계곡에 물이 흘러내리다 아담한 물웅덩이에 맑은 물이 고

이면, 여름철에 사람들이 모여들어 탁족(濯足)도 하고, 멱도 감으며 더위를 식히기도 한다. 사실 어디서나 계곡물이 바위에 부딪치며 흘러가다보면 물소리까지 시원하여, 여름철 피서로는 으뜸이라 할만하다.

내 평생에 계곡에서 살면서 물에서 놀거나 물소리를 들으며 지냈던 것은 두 번 있었다. 먼저 70년대 초반에 여름과 겨울의 방학 네 번을 울진 불영사(佛影寺)에서 친구와 함께 보냈다. 여름이면 불영(佛影) 계곡 그 투명한 물에서 놀았다. 물속의 넓은 바위에 올라 앉아 물소리를 들으며 책을 읽거나 물에 발을 담그기도 하며 즐거웠던 추억은 잊을 수가 없다. 겨울에는 눈 위를 걷거나, 얼어 붙은 눈 위에 햇살이 비치면 보석처럼 영롱하기 빛나는 광경은 환상적이었다.

다음으로, 2008년 여름에는 10일 동안, 2009년 여름에는 한 달 동안 통도사 반야암(通度寺 般若庵)의 수류정(水流亭)에서 쉴 수 있었다. 수류정은 반야계(般若溪)의 그 맑은 물소리와 반야송(般若松)의 청청한 푸르름에 행복한 하루하루를 보냈다. 수류정은 반예계 냇가에 바짝 붙어 있는데 냇물과 맞은 편 언덕 솔숲을 잘 볼 수 있도록 벽이 통유리로 된 별당이었다. 종일 방에서 물소리 듣고, 밤에 잘 때에도 창문을 조금 열어놓아 물소리를 들으며 잤다. 내 평생에 이렇게 물소리 들으며 살 수 있었던 것은 내가 받은 가장 큰 축복의 하나라 생각한다.

주지이신 지안(志安)스님은 내가 절을 나올 때, 나에게 붓글씨로 '관산청수'(觀山聽水) 네 글자 한 폭을 내려주셨는데, "산을 바라보고 물소리 들으라."는 말씀이다. 사실 나는 다리가 허약하여 등산(登山)을 하지 못하지만, 산을 바라보며 '관산'을 즐기니, 나에게 꼭 맞는 말씀이다. 또 "산에는 솔이 좋고 또 계곡에는 물소리가 좋다."고 말씀하시며, 나에게 '송계'(松溪)라는 호를 지어주셨다. 그래서 외람되지만, 내가 써오던 호와 함께, '운해산인, 송계거사'(雲海散人, 松溪居士)라 쓰기도 한다.

계곡물이나 냇물이나 강물이 높은 벼랑을 만나서 떨어지는 폭포를 바라보면 장쾌한 감흥이 일어나니, 관광객도 많이 모여든다. 옛 화가들도 즐겨 '관폭도'(觀瀑圖)를 그렸는데, 그림만 봐도 가슴이 시원해진다. 세계적인 폭포 가운데 나이아가라폭포를 볼 수 있었던 것도 나에게 하나의 큰 행운이었다. 그러나 이렇게 큰 폭포는 쏟아지는 물의 물보라도 장관이지만, 물소리가 너무 요란하여 온통 정신이 다 빼앗기는 것 같아, 우리나라의 자그마한 폭포를 평온한 마음으로 바라보는 것이 더 즐겁다.

내가 봉직하던 대학 캠퍼스 안에는 자그마한 폭포가 있는데, 평소에는 물이 흐르지 않다가 비가 많이 오면 산에서 내려오는 물이 제법 폭포의 모습을 갖추어, 웅장한 물소리가 들리고, 물줄기가 시원하게 쏟아진다. 그래서 나는 비가 많이온 뒤나 비오는 날이면 멀리 걸어가 폭포와 가까운 식당에서 점심을 먹고, 돌아오는 길에 폭포를 찾아가 한동안 바라보며 가슴에 쌓인 울적함과 온갖 번뇌를 씻어낸다. 나는 그 폭포와 폭포 아래 있는 못에 이름이 없는 것이 안타까워, 혼자서 폭포는 '백운폭포'(白雲瀑布)라 부르고, 못에는 '청운담'(靑雲潭)이라 이름을 붙이고, 찾아갈 때마다 이름을 부르며 반가워했다.

물소리를 듣는 것과 달리 물을 바라보는 다양한 시선이 있다. 노자(老子)는 물에서 선(善)의 이상적 모범을 확인하고, '도'(道)의 모습을 찾고 있다. "최고의 선은 물과 같다. 물은 만물을 이롭게 하지만 다투지 않고, 많은 사람들이 싫어하는 곳에 머문다. 때문에 '도'에 가장 가

갑다."(上善若水. 水善利萬物而不爭, 處衆人之所惡, 故幾於道.〈『도덕경』,8장〉) 물이 "만물을 이롭게 한다."는 것은 물의 공덕이요. "다투지 않고, 많은 사람들이 싫어하는 곳에 머문다."는 말은 물의 미덕이다. 노자는 물에서 '선'과 '도'를 찾아내고 있다.

이에 비해 공자는 물에서 끊임없이 나아가는 모습을 발견하였다. 곧 공자는 시냇가에서 물을 바라보며, "가는 것은 이 물과 같도다. 밤이나 낮이나 쉬지 않는구나."(逝者如斯夫, 不舍晝夜.〈『논어』9-17〉)라 말했다. 물이 쉬지 않고 흐르는 모습에서 사람이 살아가는 것도 중단 없이 노력하여 나아가야 하는 것이요, 학문하고 인격을 닦음에도 끊임없이 나아가야 함을 깨닫도록 일러주고 있다.

또한 맹자는 '물을 관찰하는'(觀水) 방법을 말하면서, "물을 관찰하는 데 방법이 있으니, 반드시 그 물결을 관찰해야 한다.…흐르는 물이라는 것은 웅덩이를 채우지 못하면 흘러나가지 않는다."(觀水有術, 必觀其瀾.…流水之爲物也, 不盈科不行.〈『맹자』13-24:2〉)라 하였다. 곧 출렁이는 물결이 중단 없음과 물은 웅덩이를 채우고서야 앞으로 흘러나가는 충실함의 두 가지를 지적하여, 군자가 도리를 실현하고자 하면, 반드시 실행해야 할 조건으로 '중단 없음'과 '충실함'을 제시하고 있다. 또한 학문하는데 필수적인 자세이기도 하다. 충실함이 없으면 공허해지고, 중단됨이 있으면 허물어진다는 사실을 깨우쳐주고 있다.

노자처럼 물의 공덕을 말하든지 공자나 맹자처럼 물에서 사람이 살아가는 법을 배우는 것도 중요하지만, 물은 우리의 생명수요, 우리의 몸과 마음에 휴식을 주며, 산과 더불어 물의 아름다움은 우리의 영혼을 평안하게 해준다. 그러나 물은 때로 풍랑에 배가 뒤집히기도 하고, 홍수에 물바다가 되어 무수한 생명을 앗아가기도 한다. 이처럼 물에는 생명과 죽음의 두 얼굴이 있음을 잊어서는 안된다. 어찌 물만 그러하겠는가. 모든 사물과 모든 일에는 빛과 그늘의 양면이 있지 않는가.

19 　　　　　　바위를 생각하고
　　　　　　　　　친구를 그리워하며

　　작년(2019) 12월 노처와 부산에 놀러가 해운대의 호텔에서 이틀 밤
을 잤다. 낮에는 바닷가 모래밭을 한가롭게 걷거나, 가까운 관광명소
를 구경 다녔었다. 이때 통도사를 찾아갔다가 돌아오는 길가에 아담
한 바위들이 솟아있는 자그마한 '바우공원' 벤치에 앉아 잠시 쉬었던
일이 있었다. 그때 노처가 가까이 있는 바위를 어루만지며, 유치환의
시 「바위」를 소리 높여 읊었다.

　　"내 죽으면 한 개 바위가 되리라./ 아예 애련(愛憐)에 물들지 않고/
　　희로(喜怒)에 움직이지 않고/ 비와 바람에 깎이는 대로/
　　억 년 비정(非情)의 함묵(緘默)에/ 안으로 안으로만 채찍질 하여/
　　드디어 생명도 망각하고/ 흐르는 구름/ 머언 원뢰(遠雷)/
　　꿈꾸어도 노래하지 않고/ 두 쪽으로 깨뜨려져도/ 소리하지 않는 바
위가 되리라."

　　이 시를 듣고 나서 나도 모르게, "나도 죽으면 한 개 바위가 되고 싶

소.”라 응답했다. 살아서도 바위를 닮고 죽으면 바위가 되고 싶은 마음이 간절하다. 내가 사는 이곳 원주 산골에는 사방이 산으로 둘러싸여 있지만, 우람한 바위를 볼 수 없어 늘 아쉬웠다. 그래서 자주 바위를 생각하게 되는데, 그때마다 내가 좋아하는 친구들이 떠올라 그리움에 젖게 된다.

친구들 가운데 내가 가장 존경하는 친구는 르네상스 시대를 전공하는 서양사학자인 김영한(金榮漢)교수이다. 나는 그와 고교시절부터 친구였다. 그는 오랜 시간 마주 앉아 담소하는 동안에도, 분개하거나 서운해 하는 감정을 드러내는 일이 없었고, 다른 사람에 대해 이야기할 때도 누구를 비난하거나 무시하는 일이 없었다. 언제나 잔잔한 말씨로 그 해박한 지식을 논리정연하게 펼쳐내었는데, 그때 나는 그가 한없이 부러웠다. 이처럼 그의 남다른 모습에서 신선처럼 티 없이 선량하고 마음이 한가로움을 보고, 또 바위처럼 인자하고 감정의 동요가 없는 무게감을 느껴서, 나는 그에서 ‘선암’(仙巖)이라는 호를 지어 드렸던 일이 있다.

젊은 날 서로 바쁘게 살 때, 선암과 나는 봉직하고 있는 대학이 달라, 자주 만날 수가 없었지만, 무슨 모임에서 만날 때면 언제나 나를 따로 불러 기원을 찾아가 바둑을 두었다. 나는 40대 초반부터 이름도 모를 병을 앓기 시작하여, 병원을 순례하고 다니다가, 50대 후반에야 병명을 찾아내어 뇌하수체종양 수술을 받았다. 그 뒤로 60대 들어서서는 집중력이 너무 떨어져 책일기도 일하기도 힘들어졌을 때, 바둑을 자주 두기 시작했다. 그때 선암은 내가 바둑을 좋아한다고 자주 불러내어, 주로 전철역 교대 앞에서 점심으로 곰탕 한 그릇 먹고, 기원을 찾아가 바둑을 두며 즐겁게 담소했다.

그때부터 선암도 파킨슨씨 병으로 고생을 하기 시작했는데, 70대에 들어서자 나는 원주 산골에 들어와 살면서 자주 만나지를 못했다. 그래도 선암을 그리워하는 마음은 간절했다. 선암은 학문적으로도 조예가 깊은 큰 학자라, 일찍 학술원회원이 되었는데, 나는 언제나 서양사에 관해 의문사항이 있으면 선암에게 물었고, 그는 자상하게 대답해 주었으니, 그의 높은 학덕을 우러러 보았다.

마음만 있지 안부전화도 못하고 세월만 흘려보내고 살아가는데, 함께 자주 어울렸던 친구 붕서(鵬棲 李雄淵)가 전화로 선암의 병이 깊어져, 기동은 물론이요 음식을 먹기도 어려워한다는 말을 듣고서 가슴이 찌르는듯 아팠다. 어이하여 하늘은 이처럼 착한 친구에게 이렇게 큰 시련을 주시는지 안타깝기만 했다. 그래서 전화로 안부를 물으면서, 위로의 말이라고, "하늘은 그대처럼 선한 사람에게 시련을 주신다네."라 말했지만, 눈물이 나서 울먹일 수밖에 없었다.

전화하는 도중에, 선암이 제천에 사는 그의 조카 김경욱(전부건설 사장)씨의 집이 이번 비에 쏟아져 매몰되어 이재민(罹災民)이 되었다는 소식을 전해주었는데, 안타까웠다. 오래 전에 내가 선암에게 그가 고향 제천에 갈 때 나를 데리고 가주면 좋겠다고 부탁했던 일이 있는데, 선암은 그 말을 잊지 않고 작년 6월 나를 제천으로 불러주었다. 그래서 조카 김경욱씨가 운전하여 박달재를 비롯한 제천의 명소들을 구경시켜주는 친절에 너무 고마웠다. 바로 그 조카가 이번 장마에 큰 재난을 당했다고 한다. 무기력한 나는 그저 걱정스럽기만 할 뿐이다.

오랜 장마에 오늘도 비가 부슬부슬 내리는데, 나는 전화를 내려놓은 뒤에도 그네에 올라앉아 선암과 그의 조카를 생각하며, 다시 한 번 유치환의 시 「바위」를 읊었다. "나도 죽으면 한 개 바위가 되고 싶다."

는 마음은 여전하지만, 내가 죽으면 한 줌의 재가 되리라는 것은 이미 나의 유언장에 적어놓았으니, 변할 수 없는 사실이다. 마음이야 아직도 젊은 날을 더듬으며 회한에 잠기고 있지만, 죽음을 자꾸 생각하게 된다.

젊은 날에는 주변에 친구도 많았고, 일에 빠져 있다 보면 친구 생각을 할 겨를이 별로 없었다. 그러나 이제 늙고 병들어 적막한 산골에 살고 있다 보니, 자식걱정은 희미해졌으나, 친구에 대한 그리움이 간절하고, 자신의 죽음에 대한 생각이 자주 머릿속에 맴돈다. 물론 입버릇처럼, "언제 죽어도 좋다."고 가볍게 말하고 있지만, 병이 깊어 고통 받지나 않을까 두렵고, 처자식에게 큰 부담을 안겨주지나 않을까 걱정이 많다.

가랑비가 계속 내리고 있는데, 혼자 마당의 그네에 나와 앉아서 이 생각 저 생각을 하고 있노라면, 먼저 세상을 떠난 친구생각이 자주 떠오르고, 또 주위에 병들어 고생하는 친구생각을 하면 남의 일 같지 않아 걱정이 많아진다. 누구보다 선암은 내가 존경하는 친구였으며, 나는 그에게서 많은 학은(學恩)을 입었는데, 갚지도 못했으니, 만약 저 세상이 있다면, 그가 이 세상을 떠날 때, 그의 길동무가 되어 나도 함께 갔으면 좋겠다는 생각을 하고 있다.

20 　　　　　　　　　　　　　　맑은 바람이
　　　　　　　　　　　　　　불어야

　　내가 사는 원주 산골에서는 현관을 나서면 가장 먼저 눈길이 대문
건너 경로당 앞에서 바람에 펄럭이는 깃발로 향한다. 깃발이 펄럭이
는 것을 보면 바람이 부는지 아닌지도 알 수 있고, 또 바람이 부는 방
향과 정도가 얼마나 되는지 짐작할 수 있다. 바람이 불 때는 뜰의 꽃들
이 하늘하늘 춤을 추고, 꽃들의 뒤에는 나뭇가지들도 너울너울 춤을
추는 것을 보면, 꽃도 나무도 즐거우리라 생각하여, 나도 덩달아 기분
이 좋아져 미소를 띠게 된다. 바람이 불지 않아 태극기가 축 늘어져 있
는 것을 보면 답답한 느낌이 앞선다.
　　세상은 바람이다. '풍진(風塵)세상'이라 하지 않는가. 우리는 중국
에서 황사(黃砂)를 싣고 불어오는 먼지바람을 괴로워하지만, 온갖 바
람은 우리 생활 속에 늘 가까이 파고든다. 바람에는 여러 가지가 있다.
강약에 따라 미풍에서 태풍까지 여러 단계가 있고, 순역(順逆)에 따라
순풍과 역풍이 다르며, 청탁(淸濁)에 따라 맑은 바람(淸風)과 혼탁한

바람(濁風)이 다르다. 방향도 제각각이요, 온도에 따라 열풍·온풍· 냉풍이 다르고, 형태에는 회오리바람도 있다.

　바람에 가장 예민한 사람들이야 돛단배(帆船)를 타고 바다에 나가는 사람들이겠지만, 누구에게나 바람은 중요하다. 그 많은 바람 가운데 우리가 가장 좋아하는 바람은 산이나 숲이나 강에서 불어오는 맑고 시원한 바람이다. 여름날 산속이나 강가에서 시원한 바람을 맞으면 가슴까지 서늘해진다. 상큼한 솔바람이야 누구나 사랑하는 바람이다. 맑고 순조로운 바람이 불면 우리의 정신도 상쾌하고 편안해진다.

　나라 안에서도 늘 바람이 분다. 정치인들이 불어대는 바람에는 혼탁한 바람이 많이 불어서 백성들이 모두 걱정을 한다. 사회에 정의로움이 무너지면 법조계에도 혼탁한 바람이 불고, 교육계, 종교계, 어디에나 어지러운 바람이 분다. 우리는 오랫동안 황사바람만 괴로워했던 것이 아니라, 온 나라 안을 휩쓰는 진보-보수나 좌-우로 갈라져 불어대는 혼탁한 태풍 속에 시달리며 살아왔다. 가장 혹심한 고통을 일으켰던 우리시대의 바람은 6.25 때의 피바람이었을 것이다.

　"나무는 고요하고자 하나 바람이 그치지 않고, 자식은 섬기고자 하나 어버이는 기다려주지 않는구나."(樹欲靜而風不止, 子欲養而親不待.〈『孔子家語』〉)라는 말이 있다. 자식으로서 부모를 제대로 봉양해 보지도 못했는데, 부모가 돌아가셨을 때의 회한을 나무가 고요하기를 바란다는 것으로 비유하고 있다. 말은 좋은 말인데, 비유는 적절하지 않은 것 같다. 나무도 가지가 부러지거나 뿌리가 뽑히는 태풍이야 결코 바라지 않을 터이지만, 맑고 순조로운 바람이 불면 즐거워 춤을 추지 않겠는가. 누가 너는 나무가 아니니, 나무가 바람을 좋아하는지 어떻게 알겠느냐고 따진다면 할말은 없다.

큰 딸의 집 여란헌(如蘭軒)의 마루 벽에 걸려있는 액자 가운데, "대나무가 맑은 바람을 맞으니, 달빛을 쓸고 있다."(竹帶淸風掃月光)는 붓글씨가 있어서, 볼 때마다 그 분위기가 그림으로 그려지는 듯하여 좋아했다. 한적한 선비의 아담한 집에는 담장 가에 대숲이 있고, 달빛이 정갈한 뜰을 환하게 비춰니, 일렁거리는 대나무 그림자가 뜰의 달빛을 쓸고 있는 광경이 눈에 선연하게 들어온다. 바람이 불지 않는다면 어떻게 이런 아름다운 그림이 그려지겠는가.

아무 바람도 불지 않는 무풍(無風)지대는 아무 일이 없을 지 몰라도, 무척 답답할 것이다. 바람이 없으면 공기가 순환이 되지 않아 혼탁해질 수 밖에 없을 터이다. 또 바람이 없어 풀도 나무도 정물화(靜物畫)처럼 아무 움직임이 없으면, 마치 죽음의 고요함처럼 느껴질 수 있다. 살아있다는 것은 끊임없이 숨을 쉬고 움직이는 것이다. 움직임이 없음(不動)은 잠시 동안이야 가능하겠지만, 오래 갈 수는 없다. 움직임이 살아있음이요, 바람이 불어야 생기(生氣)를 느낄 수 있다.

우리나라의 대학에서는 한 때는 '데모 바람'이 거세게 불었다. 교실은 텅텅 비고, 학생들은 교정에서 집결하여 떼 지어 거리로 나가 구호를 외치다가 경찰과 맞부딪쳐 싸우고 있었으니, 이런 바람은 명분이 없는 것은 아니라 하더라도, 계속된다면 모두에게 결코 바람직하지 않은 바람이라 하겠다. 정부가 주도한 관제(官製) 바람도 있었다. 한때 불었던 '충효'(忠孝)바람은 그 뜻이 좋다하더라도, 자연스럽지도 않았고, 그 시대에 적합하지도 않았던 것이 사실이다.

반면에 대학에서 '학문의 바람'(學風)은 뚜렷이 불고 있는 기색이 잘 보이지 않으니, 안타까운 일이다. 대학마다 학문영역마다 창의적 이론이 제기되고 활발한 토론이 벌어지는 신선한 '학풍'이 일어나서,

우리나라의 학술 수준을 새롭게 높여가야, 대학이 제 기능을 하는 것이 아니겠는가. 마치 대장간에서 쇠를 달구어 단련하듯, 새로운 지식과 이론이 연마되어 나온다면, 그 나라 학술이 살아있는 것이라 할 수 있겠다.

맑은 바람은 '나라의 바람'(國風)과 '학교의 바람'(學風)에서만 불어야 하는 것이 아니다. 가정에서는 건강한 '가풍'(家風)이 일어나야, 가정이 튼튼하고 화목해지며, 나아가 사회도 건강하게 된다. 가정이 무너지면 가족들만 고통에 빠져드는 것이 아니다, 그 사회기반이 침체되고, 사회전체가 혼란에 빠져들 위험이 있다. 한 마을에 인심이 넉넉하고 사람들의 행동이 친절하고 예의바르면, 그 마을 풍속(風俗)은 '아름다운 바람', 곧 '미풍양속'(美風良俗)이라 칭찬을 듣는다. 모두 맑고 온화한 바람이 부는 모습이 보고 싶다.

노인에게도 맑은 바람이 필요하다. 북송(北宋)의 소강절(邵康節)이 "달은 하늘 복판에 이르고, 바람은 물위로 불어오는 때, 한 가닥 맑은 생각의 맛이야, 헤아려 아는 자 드물 것이로다."(月到天心處, 風來水面時, 一般淸意味, 料得少人知.〈「淸夜吟」〉)라 읊었다. 이 시는 마음이 한가로운 노인이 제맛을 느낄 수 있으리라 생각된다. 밤중에 잠을 잃고 뜰에 나와서 달을 보는 사람에는 당연히 노인들이 많을 터이다. 욕심도 아쉬움도 없는 노인이 허허로운 마음으로 한가롭게 달을 바라보는데, 멀리 물위로 한 줄기 서늘한 바람이 불어와 얼굴을 스친다면, 생각이 얼마나 맑아지는지를 경험할 수 있을 사람이야 어찌 많다고 하겠는가.

사방에서 맑은 바람이 불어오기를 기다린다. 맑은 바람으로 우리 모두의 마음도 말갛게 정화(淨化)되면, 모두의 얼굴이 환하게 밝아지고 삶이 행복해지지 않겠는가. 바깥에서 불어오는 바람도 맑아야겠지만, 더욱 소중한 우리 가슴 깊은 곳에서 불어나오는 영혼의 바람이 맑아지기를 바란다. 그러면 우리의 입에서 나오는 말도 너그럽고 온화하게 되고, 그러면 우리 모두가 서로 즐겁게 화합할 수 있으리라 믿는다.

곰을 닮고
싶은 노인

나는 천성이 내성적인 까닭인지, 사람들과 넓게 사귀지 못하여, 학
생시절에도 자리가 가까운 몇 사람과만 어울렸다. 또 혼자 골방에 있
기를 좋아하며, 여럿이 자리에 앉아도 구석자리에 앉아야 마음이 편
했다. 회의에 참석해도 의견을 이끌어가 본 적이 없고, 누가 물어야 겨
우 더듬거리며 대답하는 정도였다. '음치'라 함께 노래하는 자리에 끼
어있으면, 완전히 꿔다놓은 보릿자루가 되고 만다.

늙어서 산골에 들어와 사는데, 조금 넓은 텃밭과 꽃밭은 노처가 경
영하고, 나는 나물들이나 감자·고구마·옥수수·호박 등 열매를 삶
는 '불목하니'의 역할을 하는 것이 전부이다. 그래서 노처의 허락을 받
아 서쪽 울타리 밑에 버려져 있는 작은 땅을 나의 영토로 선언하고서,
텃밭 여기저기서 씨가 떨어져 자라는 묘목들을 눈에 띄는 대로 옮겨
다가, 내 영토 안에 빽빽하게 옮겨 심어놓았다. 몇 년 지나지 않아 나
무들이 내 키만큼 자라서 제법 숲의 모양을 갖추었다.

나는 사방에서 돌을 주워다가 내 영토의 경계인 난간을 만들고, 넓적한 돌을 몇 개 주워와 여기 저기 앉아서 쉴 수 있게 만들었다. 이제 내 영토에 이름을 붙일 때가 되었다. 이 영토 안에는 전부터 자라는 큰 나무가 두 가지 있는데, 하나는 뽕나무(桑)요, 하나는 자두나무(李)였다. 이 두 나무가 다른 나무들을 대표하니, 그래서 그 영토의 이름으로 삼아, '상리원'(桑李園)이라 하였다.

'상리원' 안에는 반원형 숲속 길을 만들었는데, 그 숲속길에도 넓적한 돌이 두 개가 있어서 그 속에 앉으면 숲에 갇혀서 바깥이 잘 보이지 않는다. 이제 나는 이 숲속을 자주 찾아가 돌방석에 혼자 앉아, 세상으로부터 숨어서, 편안하게 담배도 피우며 쉰다. 이때 혼자서 "나는 '곰'이로소이다."라고 중얼거렸다. 홍사용(洪思容, 1900-1947) 시인의 「나는 왕이로소이다」라는 시의 제목을 표절한 것이지만, 사실 나는 굴속에 들어가 겨울내내 잠만 자며 쉬는 곰이 되고 싶은 늙은이다.

심심하면 컴퓨터에서 흘러간 역사드라마나 영화를 보고 세월을 흘려보내는데, 그 가운데 만화영화 〈장글 북〉은 어린 남자아기를 곰이 키워주어, 그 곰을 '곰 엄마'라 부른다. 그래서 나는 〈장글 북〉을 좋아하여 몇 번 보았지만, 여러번 보아도 재미있었다. 실제 야생의 곰은 맹수처럼 사나울지 모르지만, 내 상상 속에서는 언제나 곰이 친구처럼 가족처럼 편안하게 다가온다.

또 만화영화 〈패딩턴〉도 곰이 주인공인데, 여러 번 재미있게 보았다. 내가 '상리원' 속에서 한 마리 늙은 곰이 되어 놀고 있다고 했더니, 사위는 내게 'Urusa Major'라 이름을 붙인 외장 하드디스크 하나를 선물해 주었고, 또 영화를 다운받아 주면서 내가 가진 외장 하드디스크에도 'Paddington'이라 이름 붙여 주었다. 하기야 〈단군신화〉를 보더라도, 단군의 어머니는 곰이 사람이 되었던 분이다. 그렇다면 우리 모두는 단군의 자손이니, 동시에 곰의 자손인 셈이다.

나의 외할머니는 어릴 때 나를 무릎에 앉혀놓고 옛날이야기를 자주 해 주셨는데, 그 중에 애기를 집에 두고 밭에 일하러 나가면, 곰이 와서 애기를 봐주었다는 이야기가 지금도 기억에 남아 있다. 옛 사람들도 범은 무서워했지만, 곰은 친밀하게 생각했던 것이 아닌가 하는 생각이 든다. 그렇다고 내가 직접 곰을 만나러 깊은 산속으로 들어가 볼 생각은 결코 없다.

내가 곰이라 말해놓고 상리원에서 자주 놀다보니, 세상도 집도 다 잊어버리고 나홀로 숲속에 있다는 느낌에 사로잡히곤 한다. 사실 나는 TV나 신문을 안본지기 10년도 넘었으니, 세상은 잊어버린지 오래다. 그런데 아직 노모가 살아계시고, 처자가 있는데, 어찌 잊는단 말인가. 비록 잠시 가족들에 대해 아무 생각도 하지 않았다는 말이지만, 잠시라도 잊었다는 것이 이상하다. 몇 시간이고 숲속에 앉아서 공상에 빠져있다보면, 나 자신도 잊었던 것 같다.

곰은 인간에게 자신을 바친다. '곰의 쓸개'-웅담(熊膽)은 건강에 좋은 뛰어난 약효가 있는 것으로 알려져 사람들이 찾고 있다. 또 '곰의 발바닥'-웅장(熊掌)이 특별히 맛있다는 것은 맹자도 말하고 있다. 여러 해 전에 연구팀이 북경과 열하(熱河: 承德) 등지를 여행했던 일이 있었는데, 그때 북경에서 황제 식탁의 요리를 한다는 음식점에 갔던 일이 었었다. 비록 성찬(盛饌)이었으나, 값이 너무 싼 코스를 주문했기 때문인지, '곰 발바닥' 요리가 아니라 '낙타 발바닥'요리를 먹으며, 웃었던 일도 있었다.

내가 곰을 직접 보았던 경험은 학생시절 일제(日帝)가 창경궁(昌慶

宮)을 창경원(昌慶園)으로 격하시켜 놀이터로 만들고 궁궐을 헐어 동물원을 만들어 놓은 뒤, 해방후에도 한동안 동물원으로 있었을 때, 철창 우리 속에 들어있는 곰이었는데, 겨울날 얼어붙은 웅덩이에 들어갔다 나와서는 마치 춤을 추듯이 엉덩이를 흔들고 있었다. 우리 밖에서 들여다보던 사람들이 "곰이 춤을 추고 있네,"라 하면서 웃고 즐거워했다.

이번에는 죽은 곰을 보았는데, 80년대 초 뉴욕을 갈 때였다. 당시 비행기가 알라스카의 앙카라 공항에서 쉬었다가 가는데, 공항건물 안의 유리상자 안에 들어있는 박제된 북극곰으로, 엄청나게 커서 놀랐던 일이 있었다. 비록 죽은 곰이지만 거대한 곰 앞에 서니, 두려움에 나도 모르게 오싹함을 느꼈다. 육식동물인 이렇게 큰 곰을 만나면 발이 얼어붙어 달아나지도 못할 것 같았다.

그래도 나는 오늘도 장마 비가 잠시 그친 사이에 상리원 작은 숲속에 들어앉아, 한 마리 늙고 병들어 비쩍 마르고 자그마한 곰이 되어, 행복한 꿈속에 젖어있다. 한달이 가도 찾아주는 친구가 아무도 없으니, 분명 외로운 곰이기는 하지만, 외로움도 괴로움도 다 잊고, 장마에 물난리도, 지루한 코로나도 다 잊고, 젊은 날의 아름다웠던 추억을 되새기며 공상에 빠져 시간을 물 흐르듯 흘려보내고 있다.

22 아내를 사랑할 줄 모른 남편

32살에 늦게 결혼했지만, 벌써 46년의 세월이 흘렀다. 젊은 날은 나도 내 일에 빠져 바쁘게 살았지만, 아내도 살림하랴 자식들 키우랴 바빴으니, 서로 마주보며 담소하는 시간이 적어도 별다른 불평이 없었다. 그러나 아이들이 크고 나자, 아내는 외로움을 타기 시작했다. 그래도 중년에는 열심히 수영을 다니고, 운동을 하거나, 외국어 공부를 하기도 하고, 악기 연주를 하면서 잘 넘겼던 것 같다.

이제 노년이 되어 나도 별다른 할 일이 없어 게으름을 부리며 한가로움을 즐기고 있는데, 아내는 나와 함께 하는 일이 별로 없어 그 외로움이 점점 가중되어 갔었나 보다. 수영을 같이 가자고 해도 귀찮아 할 뿐 따라갈 기색이 없고, 집 안에서 운동을 같이 하자 해도 10분을 넘기지 못하고 물러서니, 무슨 일도 함께 하는 재미를 찾을 수 없었으니, 어찌 외롭지 않았겠는가.

생각해보니 신혼초부터 외로움을 많이 탔었던 것 같다. 그 시절 살던 정릉 아파트 앞에 아침이면 생선장수가 오는데, 남편이 생선 손질을 해주고, 아내는 돈을 받으며, 늘 함께 다녔다. 그래서 어느 날 아내가 문득, "나는 생선장수 아내가 되었으면 더 좋았을 터인데."라는 말을 던졌는데, 나는 무슨 말인지는 알지만, 심각하게 생각하지 않고 웃어넘겼던 일이 있었다. 지금 생각하니 아내의 외로움은 그 때부터 시작되었던 것 같다.

나는 하숙생이었다. 밥만 얻어먹고 제 할 일에 쫓겨 다니다 지쳐서 밤이면 잠에 곯아떨어졌다. 아내와 정다운 대화가 너무 부족했던 것이 사실이다. 그러다가 내 일이 바빠서 아내의 손을 빌리게 되었다. 내가 견비통으로 글씨를 쓸 수 없는 상태가 되자, 아내가 타자를 배워와 나에게 가르쳤다. 그 뒤 컴퓨터가 나오자, 아내가 학원에 가서 컴퓨터를 배워와 나에게 가르쳤다. 나의 그 많은 원고는 대부분 아내가 교정해 주었다. 함께 한다는 일이 아내를 내 일에 끌어들여 나를 돕게 하는 정도에 그쳤다.

이제 노년에 들어섰다. 아내의 곱던 얼굴에도 주름이 지고, 머리칼을 윤기를 잃었다. 아내가 원주 산골로 들어가 농사를 짓고 살겠다고 혼자 나갔는데, 나는 일년이나 서울서 더 버티다가 따라왔다. 산촌생활은 즐거웠다. 아내와 둘이서만 살게 되자, 얼굴을 마주보며 밥 먹고, 이야기하고, 일하는 시간이 많아졌다. 그런데 날이 갈수록 나는 점점 나 혼자 시간을 보내는 일을 찾게 되었다.

딸이 무료로 다운 받아 보내준 흘러간 역사드라마와 서양영화들을 보며 시간을 보내자, 아내와 함께 노는 시간이 거의 없었다. 나는 이미 기억력도 사라지고 일을 할 기운도 없는 형편이라, 그 많은 시간을 흘러간 드라마를 보고 또 보며 놀았다. 아내가 이를 좋아할 이치가 없지만, 내가 기력을 잃고 말았으니, 나에게는 앉았거나 누워서 할 일이란 드라마나 영화를 보는 것 뿐이었다.

운동도 안하고 밭일도 안하고 낮이나 밤이나 옛날 드라마를 보고 또 보며 방안에서 세월을 보내고 있으니, 아내로서는 내 꼴이 어찌 밉지 않았겠는가. 나도 미안한 마음에 아내와 같이 할 수 있는 놀이를 찾다보니, 윷놀이가 있어서, 점심이나 저녁 먹은 뒤, 두세판 윷놀이를 했다. 매일 같은 놀이라 갈수록 흥미가 떨어졌는지도 모르겠다. 아내가 작은 일에도 쉽게 화를 내는 것을 보면서도 눈치 채지 못한 것이 나의 어리석음 탓이었다.

어디로 여행이라도 함께 다녔더라면 얼마나 좋았을까. 몇 년전 둘이서 여주로 신륵사를 찾아갔다 오면서, 아내가 얼마나 즐거워했는지 그 모습을 생각하니, 아내의 화를 돋군 것은 모두 내 게으름과 어리석음 때문이었던 것을 깊이 뉘우치고 있다. 평생을 내 일에 빠져 살았으니, 그 습관이 굳어져 아내의 심정을 배려할 줄 아는 안목을 잃어버렸던 것이다. 어이하랴.

젊은 날부터 아내가 이혼을 하자는 말을 자주 했었는데, 그 때마다 달래어 아내의 마음을 가라앉혀 왔었다. 그런데 이제 늙어서 다시 아내의 입에서 이혼하자는 말이 터져나왔을 때, 그제서야 뒤늦게 내가 내 생각과 내 일에 빠져 아내를 너무 외롭게 했다는 내 죄를 통렬하게 뉘우쳤다. 이제는 아내의 마음을 어떻게 품어야 하는가의 일시적 미봉책이 아니라, 내가 어떻게 바뀌어야 하는가의 근본적인 문제가 해결되어야 한다.

아내는 마음이 맑은 사람이다. 또 결혼한 후 지금까지 언제나 나를 위해 헌신했던 사람이다. 나는 아내를 진심으로 사랑하고, 사랑한다는 말을 자주 하지만, 말로만 했을 뿐 아무런 행동도 실행으로 옮겨놓은 것이 없다는 사실을 스스로 잘 알고 있다. 그렇다면, 이제 80을 코앞에 두고 있는 나이에 내가 나를 변화시켜야 한다는 숙제가 주어져 있는 셈이다.

지난 주초 아내의 화가 폭발하였을 때, 내가 옆에 있는 한 폭발이 계속될 것 같아서, 내가 반성하겠노라는 말을 남기고 일단 서울로 도망을 나왔다. 서울 와서 큰 딸 여란(如蘭)의 집에 머물면서, 큰 딸의 조언도 듣고, 스스로 반성도 하며, 내 마음을 가다듬었다. 문제는 나에게 있음을 다시 한 번 절감했으나, 앞으로 과연 내가 아내를 사랑하여 아내의 뜻대로 살아갈 수 있는 의지와 실천력이 있는가에 있다.

나는 의지가 약하여 매일 담배를 끊어야 한다고 생각하면서. 아직도 못 끊고 있는 한심한 사람이다. 이런 내가 아내의 뜻에 맞추어 아내의 마음을 기쁘게 해 줄 수 있는 행동을 지속할 수 있을까. 이 결심이 확고하게 서야, 아내를 만나러 원주 산골로 돌아갈 수 있으리라. 이제 노부부가 함께 행복하게 살 수 있어야, 아내는 물론 나 자신의 인생도 보람이 있지 않겠는가. 마음을 가다듬고 다짐하기를 거듭하고 있다.

23 자식을 사랑할 줄 모른 아비

늘어서 할 일이 없으니, 한가롭게 그늘에 앉아 지난 일들을 자주 생각하게 된다. 젊은 날들을 돌아보면 언제나 회한(悔恨)이 밀물처럼 밀려온다. 가장 후회스러웠던 일을 세 가지만 들라고 하면, 하나는 학문하는데 길을 몰라 너무 방황했다는 사실이요, 또 하나는 건강을 해치는 어리석은 행동을 해왔다는 사실이요, 가장 중요한 일은 자식을 제대로 사랑할 줄 몰랐다는 사실이다.

학문의 길을 몰라 방황했다는 것은 영어와 한문을 제대로 공부했어야 하는데, 학부시절 희랍어와 라틴어에 엄청난 시간을 쏟아 부었지만, 지금은 아무 기억도 남아있지 않고 소용도 없는 엉뚱한 곳을 파헤치고 있었다. 또 불어도 엄청나게 공을 들였는데, 나이 들어서 빠리에 가보니 말을 하기는 커녕 간판도 읽기 힘들었다. 결국 영어도 제대로 못하고, 전공의 필수자료인 한문도 부실하니, 어찌 후회스럽지 않겠는가.

건강을 해쳤던 것은 대학 들어간 이후에 술을 조금씩 마시기 시작하여, 군대생활을 할 때와 사회생활을 하면서 자주 폭음을 했던 사실이 통탄스럽다. 또 군대생활을 하면서 담배를 피우기 시작하여 50년이 훌쩍 넘도록 아직도 담배를 못 끊어 더욱 한심스럽기만 하다. 너무 게을러 운동을 하지 않았을 뿐 아니라, 양치질도 제대로 하지 않아 오랜 세월 치주염을 앓았고, 이제는 이빨이 다 빠진 흉물이 되고 말았으니, 어찌 후회하지 않을 수 있으랴.

자식을 사랑할 줄 모르는 아비였으니, 이제 늙어서 자식 생각을 애틋하게 한들 이미 때는 늦었다. 자식들의 가슴속에 아비의 사랑을 심어주지 못했으니, 자식들인들 늙은 아비에 대한 사랑이 얼마나 남아 있겠는가. 이제 자식들은 뿔뿔이 흩어져 제각기 자기 인생을 살아가고 있으니, 늙은 아비로서는 자식들의 안부전화 한 번 받기도 쉽지 않은 형편이 되고 말았다. 어이하랴. 어이하랴.

큰 딸 여란(如蘭)은 어릴 때 너무 영리하여 어른들의 사랑을 독차지 하였었다. 그때 장인(丈人)영감께서 "영리한 자식을 키우기가 힘든 법이니, 세심하게 주의를 기울여야 한다."고 충고해주셨는데, 그 말씀만 들었지, 그 속뜻을 알아차리지 못한 것이 나의 큰 과오였다. 조금 커서 반항을 하기 시작했을 때, 자식을 제대로 사랑할 줄 알았다면, 자식의 마음을 더 세밀하게 읽고 따뜻하게 품어주었어야 했는데, 바르게 가르친다는 것이 회초리를 들었으니, 참으로 어리석은 짓을 하고 말아, 후회하고 또 후회했을 뿐이다.

둘째 딸 소천(笑泉)은 어릴 때부터 말이 없었고, 어른들의 말에 순종하였다. 또 충실하게 학교 공부를 하고, 섬세한 손재주를 보여, 어른들은 칭찬을 아끼지 않았다. 그런데 그의 자질과 생각을 제대로 살피지 못하고서, 아비의 학문을 잊게 하고 싶다는 엄마의 욕심으로 철학과에 보낸 것부터 잘못이었던 것 같다. 대학과 대학원을 다니며 방황하는 모습을 안타까워 했을 뿐이다.

둘째 딸이 미국에 유학을 가서도 잘 해내리라고 믿었지만, 10년 유학생활 끝에 병만 깊어져 돌아왔다. 너무 가련하여 그를 도와주려고 살던 집을 내주고 남은 가족들이 사당동 노모의 집으로 들어갔는데, 그 때문에 큰 딸의 마음을 살피지 못하여 큰 딸에게 마음에 큰 상처를 주고 말았다. 돌아보면 가족을 이끌어갈 능력이 없는 사람이 가장이 되어 일을 결정하다보니, 잘해본다는 것마다 엉뚱한 결과를 초래하는 어리석음을 저지르고 말았다.

막내아들 호범(昊帆)은 어릴 때 손재주가 뛰어나, 초등학교 삼학년 때 조립한 자동차 경주대회에 나가 많은 상급생들을 젖히고 우승을 하여 놀라게 하기도 했다. 엄마는 아들이 공부보다 손재주가 뛰어난 점을 눈여겨보고 공업고등학교에 보내겠다고 했는데, 내가 고집하여 인문고등학교를 보낸 것이 그의 장래에 장애를 만들어놓은 것은 아닌지 걱정스럽다. 그가 대학을 그만두고 음악을 한다고 떠돌 때, 엄마가 경제적 지원을 계속해주었는데, 나는 말리기만 했으니, 이 또한 나의 과오라 생각된다.

자식의 성격과 재능을 살펴서 이에 맞는 길을 열어주어야 하고, 또 자식의 판단과 의지를 존중하고 격려해주어야 하는데, 내가 옳은 길이라고 생각하는 대로 끌고가려 했던 것은 결국 사랑과 지혜가 부족했다는 말이 아니겠는가. 자식을 위한다는 생각으로 했던 판단들이 도리어 자식의 장래를 어렵게 하고 말았던 것이 아닌지, 생각할수록 후회가 앞을 가려, 가슴 아플 뿐이다.

여러 해 동안 부모가 먼저 연락하기 전에 안부전화 한 번 하는 자식이 아무도 없었는데, 어느날 큰 딸 여란이 부모의 결혼기념일날 점심을 초대해 주었다. 그때 얼마나 고마웠던지, 눈물이 났다. 그 후 여란은 원주 산골로 노부모를 찾아와 며칠 쉬다 가기도 하고, 엄마 아빠가 서울 올라갔다가 쉴 곳이 마땅하지 않으면, 여란이 자기 집에 와서 쉬시라고 이끌어 가서, 편안한 쉴 자리를 만들어 주기도 했다.

지난 겨울 내가 산골의 심한 추위를 피해 서울에 올라와 방배동에서 지내고 있을 때였다. 큰 딸 여란이 자주 찾아와 식당에 가서 함께 점심도 먹고, 날씨가 포근하면 둘이서 손잡고 걸으며, 한강의 고수부지나 피천득 산책길로 산책을 다니기도 하였다. 이 때 나는 노년에 들어서 모처럼 살아 있다는 사실에 보람을 느꼈고, 말할 수 없는 행복감을 가슴 벅차게 느꼈다.

또 봄이 오자 큰 딸이 아빠를 위해 헌팅 캡 두 개와 코로나 바이러스로 외출할 때 써야하는 마스크를 두 개 만들어 주었다. 긴 시간 재봉틀에 앉아 아빠를 생각하며 일하고 있었을 큰 딸 여란을 생각하니, 가슴이 벅찼다. 자식 사랑을 제대로 못했던 무능한 아비였으니, 이제 아무 쓸모없는 늙은이지만, 자식의 사랑을 받고 있다는 사실만으로도 행복감에 날아오를 듯하였다.

이제 자식들이 모두 40대의 중년이 되었으니, 머지않아 마음에 여유를 얻게 되면, 비록 무능한 아비라도 이해를 해줄 날이 오지 않을까 기대한다. 나는 젊은 날 자식을 제대로 사랑하지 못했던 죄를 지었지만, 늙어서 자식의 사랑을 못받아 인생의 허무함을 한탄하며 살아가고 싶지는 않다. 이제는 어떤 요구나 기대에서 벗어나, 부모자식으로서 정을 나누며 노년의 마지막을 마무리하고 싶을 뿐이다.

24 　　　　　　　　　　　　　　　　내 안에
　　　　　　　　　　　　　　　　계시는 하느님

　하느님은 나의 존재와는 본질적으로 다른 '절대타자'(絶對他者)라
하기도 하고, 지극히 위대하시고 지극히 크셔서, 인간으로서는 영원히
도달할 수 없으니, '초월적 존재'라 하기도 한다. 또 하느님은 세상의
모든 존재를 창조하고 모든 것을 알고, 모든 일을 결정하시니, 전지전
능(全知全能)한 '주재자'(主宰者)라 일컫기도 한다.

　하느님이 인간을 초월하는 존재라면, 인간이 마땅히 해야 할 일이
란, 하느님 앞에서 무릎 꿇고 엎드려 예배하거나 찬양하고 기도하는
일 뿐이라 하게 된다. 이렇게 하느님을 극진히 높이다 보면, 인간존재
는 지극히 작아질 수 밖에 없다. 어쩌면 태산 앞에 놓인 티끌 하나 보
다 더 작아질지도 모른다.

　그리스도교에서 사도 바오로는 자신을 '그리스도 예수의 종'이라 하
였다. 오직 예수를 주인으로 섬기며, 주인에게 복종하고, 오직 주인을
위해서 살아가는 종이라는 말이다. 이렇게 예수 앞에 자신을 낮추다

보면, 하느님 앞에서 인간이란 아무 것도 아니요, 종노릇도 과분할 수가 있는 것이 아닐까. 물론 인간이 자신을 낮추고 자신을 비우는 자세는 인격을 연마하는데 중요한 의미가 있는 것은 사실이다. 그렇다고 자기비하를 계속하다보면, 자기 존재가 사라질 위험이 있다.

이에 비해 하느님은 자신의 바깥에 지극히 높이 계시는 존재가 아니라, 나 자신의 안에 곧 내 마음속에 계시는 '내재적 존재'라는 인식도 분명하게 제시되고 있음을 주목할 필요가 있다. 예수 자신도 하느님이 인간의 안에 계시는 '내재적 존재'임을 말하기도 하였다. 곧 "그날이 오면 너희는 내가 아버지 안에 있다는 것과 너희가 내 안에 있고 내가 너희 안에 있다는 것을 깨닫게 될 것이다."〈『요한 복음서』14:20〉라 하였다. 하느님 안에 예수가 있다 하였고, 나아가 내 안에 예수가 있다고도 하였으니, 나는 예수와 일체가 되고, 동시에 하느님과 일체가 된다는 사실을 확인해주는 말이다.

나를 넘어서 있는 초월적 존재로서 하느님에 대한 인식과 내 안에 있는 내재적 존재로서의 하느님에 대한 인식은 인간이 지닌 하느님에 대한 인식의 양면성이라 할 수 있다. 여기서 하느님에 대한 초월자로서 인식은 신앙의 경건성을 드러내주고, 하느님에 대한 내재적 인식은 신앙의 신비성을 드러내준다고 할 수 있다. 초월과 내재의 어느 한쪽에만 빠져 있으면 신앙이 균형을 잃었다고 볼 수 있으며, 양면을 동시에 간직할 때 신앙이 조화롭게 깊어질 수 있는 것이라 할 수 있다.

불교에서도 불상(佛像) 앞에 나아가 무수히 절하고 염불(念佛)하면서도, 동시에 누구나 불성(佛性)을 마음속에 지니고 있음을 확인하고 있다. 특히 선학(禪學)에서는 부처를 마음속에서 찾는데 치중하고 있는 것이 사실이다. 혜능(六祖 慧能)스님은 "앞생각이 미혹하면 곧 범

부요, 뒷생각이 깨치면 곧 부처니라."(前念迷卽凡, 后念悟卽佛.〈『六祖壇經』〉)하여, 부처란 마음이 깨치는데서 드러나는 것임을 확인하였다.

또한 고려의 지눌(知訥)스님도 "한 마음이 미혹하여 가없는 번뇌를 일으키는 자는 중생이요, 한 마음을 깨쳐서 가없는 오묘한 작용을 일으키는 자는 여러 부처니라."(迷一心而起無邊煩惱者. 衆生也, 悟一心而起無邊妙用者. 諸佛也.〈「勸修定慧結社文」〉)고 하였다. 곧 부처를 바깥에서 찾고 자신의 마음은 끝없는 번뇌에 빠져 있다면 이런 모습이 미혹한 중생의 차원이요, 부처와 자신이 하나임을 깨친 상태는 바로 부처의 차원이라 구별하고 있다. 이처럼 염불하고 기도하여 부처의 자비를 구하는 신앙자세와는 달리, 선학에서는 '한 마음'(一心)이 깨달은 상태로서 마음속에 내재하는 불성을 강조하고 있음을 보여준다.

유교에서도 '하늘'(天, 上帝)에 대해서, 하늘을 공경하고(敬天), 하늘을 두려워하고(畏天), 하늘을 섬길 것(事天)을 강조하여, 하늘의 초월성과 주재성을 확인하고 있다. 그러나 이와 동시에 "하늘이 명령한 것을 성품이라 한다."(天命之謂性.〈『중용』〉)고 하여, 하늘이 인간의 내면에 성품으로 내재하고 있음을 강조하기도 한다. 여기서도 하늘이 자신의 마음속에 들어와 있다고 하여, 하늘을 두려워하고 섬기기를 소홀히 하는 것을 허용하는 것은 아니다.

나 자신의 소박한 이해에 따르면, 하느님의 초월성은 인간존재의 나약함에서 요청된 것이요, 하느님의 내재성은 인간존재의 책임의식에서 요청된 것이라 보인다. 인간은 누구나 지극히 나약하여 방황하기 쉽고, 절제를 잃기 쉬우며 온갖 고통이 견디기 어려우니, 어떤 강력한 존재에 의존하려는 경향을 지니고 있다. 동시에 온갖 문제를 처리하고 대응하면서 자신이 책임을 지고 해결하려는 의지나 신념도 가지고 있는 것이 사실이다.

그렇다면 가장 선하고 올바르고 힘있는 실재를 자신의 마음속에 간직하고 있는 것이 더 바람직할 것으로 보인다. 그래서 자신의 속에 간직한 내재적 하느님으로 자신의 삶을 지탱하여 온갖 난관을 헤치고 나가다가 최후에 벽에 부딪쳐서 주저앉게 되었을 때, 그 때에 내 운명을 지배하는 초월적 하느님께 호소하는 것이 마땅하다고 생각한다. 가장 사랑하는 자식이라도 그 스스로 문제를 헤쳐나가는 것이 아비의 눈에 대견스러울 것이요, 가장 절박한 상태에서 찾아와 호소한다면, 그 아비도 진심으로 자식을 돕고 싶지 않겠는가.

아마 자신의 신변에 생기는 모든 일을 도와달라고 호소하고 간구(懇求)한다면 하느님도 그 요구를 즐겁게 들어주지는 않을 것 같다. 더구나 교활하고 탐욕스럽고 난폭한 행위를 일삼는 사람이라면, 이미 마음속에 내재하는 하느님을 등지고 있는 것이니, 초월적인 하느님이 그 요구를 쉽사리 들어주려하지 않으리라는 생각이 든다. 진정으로 하느님을 찾고 부르고 싶다면 먼저 자신의 마음속에 내재하는 하느님을 찾고 더욱 뚜렷하게 확보해 가는 것이 올바른 순서가 아니겠는가.

물론 인간은 누구나 허물이 없을 수가 없다. 그래서 누구나 하느님 앞에서 종(從)으로 엎드리기 보다는 죄인으로 엎드리는 것이 마땅할 것으로 보인다. 끝없이 자신의 죄를 돌아보고 뉘우치며 고치는 것이 바로 자신의 마음속에 계시는 하느님을 섬기는 방법이라 생각한다. 초월적인 하느님의 징벌이 두려워 그 앞에 죄를 뉘우치는 것도 회개(悔改)하는 방법의 하나임은 분명한 사실이다. 그러나 자신의 마음속에 계시는 하느님께 부끄러워 스스로 죄를 뉘우치고 고친다면 자신에 대한 책임감이 강한 인격이 아니겠는가. 그렇다면 우리시대에서 교회의 가장 소중한 역할은 모든 신도를 하느님의 종으로 각성시켜 순종을 요구할 것이 아니라, 각자의 마음속에 계시는 하느님을 찾고 확인하고 지키도록 지도하는 데 있는 것이 아닐까 하는 생각을 해본다.

불교식으로 말하면 부처님께 엎드려 비는 '의타신앙'(依他信仰)에 매달려 있지 말고, 스스로 깨우침을 찾는 '자력신앙'(自力信仰)을 각성시켜야 할 때가 아닌가 한다. 솔직하게 말하면 나의 신앙 속에서 하느님은 초월하거나 내재하거나 하나의 하느님일 뿐이다. 그런데 드높이 계시는 초월자이신 하느님의 목소리보다, 내 안에 계시는 내재자이신 하느님의 목소리가 훨씬 더 뚜렷하게 들리는 것 같다. 꽃이 피고 새가 울고, 바람이 불고 눈이 오는 자연의 변화에서 우주 만물을 지배하는 하느님이 계신다고 느끼지만, 내 안에 계시는 하느님의 깜깜한 어둠 속에서도 나를 타이르는 소리를 두근거리는 가슴으로 들으며 얼굴을 붉히며 듣기도 한다.

25 하느님의 이해

  하느님은 우주의 궁극적 존재로서 신앙의 대상이 되고 있다. 유교에서는 '천'(天) 혹은 '상제'(上帝)라 일컬어졌으며, 도교신앙에서는 하늘에서 세상을 지배하는 최고신의 존재로서 '원시천존'(元始天尊) 내지 '옥황상제'(玉皇上帝)를 신봉해왔다. '옥황상제'는 인격신적 성격이 강하여 그림이나 소상(塑像)으로 나타내기도 하였다. 또한 그리스도교에서는 '하느님', '하나님'으로 일컫고, 천도교에서는 '한울님'이라 일컫었다.

  '하늘-천'(天)자를 해석하면서, 조선초기 성리학자인 권근(陽村 權近)은 '천'(天)이란 글자는 '한-일'(一)자와 '큰-대'(大)의 두 글자가 결합한 것이라 하였고, 여기서 '일'(一)이란 이치에서 상대가 없는 절대성(無對)이며, 운행에서 끊어짐이 없는 영속성(無息)을 의미하는 것이라 한다. 또한 '대'(大)란 실체에서 한계가 없는 극대성(無外)이며, 창조에서 한량이 없는 무량함(無窮)을 의미하는 것이라 하여, '일'

과 '대'에 각각 두 요소로 이루어진 '하늘-천'의 성격을 제시하고 있다.

또한 권근은 하늘과 인간 사이에 천리(天理)와 인성(人性)의 일치를 중심으로 천인합일(天人合一)의 구조를 그림으로 보여주기도 하였다. 이에 비해 조선후기 실학자인 정약용은 하늘을 상제가 계시는 장소로, 우리나라에서 대통령을 가리키는 별칭으로 '청와대'라 일컫듯이, '천'은 '상제'를 가리키는 별칭일 뿐이라 하였다. 또한 '상제'는 신(神)으로서 인간의 삶을 '내려와 감시하고'(降監) 있으며, 상제를 인간이 두려워하고 섬겨야할 신앙적 대상으로 확인하고 있다.

유교전통에서는 '천-상제'에게 제사드리는 제천(祭天)의례로서 '교'(郊)제사가 있었고, 삼국시대 이래 우리나라에서도 하늘에 제사드렸으며, 유교전통이 중국중심의 질서를 따르는 사대(事大)의식으로 제천(祭天)의례는 중국의 천자만이 드리는 고유한 권한으로 인정했다. 그러나 대한제국 시절에 우리의 자주성을 확립하기 위해 고종(高宗)이 황제(皇帝)로 등극했고, 제천(祭天)의례를 드렸다. 그 제천의례를 드리던 제단인 원구단(원구단던 제단인 원구단(圜丘壇)은 일제가 파괴하여 호텔을 지었고, 대한민국은 더 큰 호텔을 지었으며, 그 일부인 황궁우(皇穹宇)가 호텔 후원에 장식처럼 아직도 남아 있다.

일연(一然)의 『삼국유사』(三國遺事)에 수록된 단군신화에는 천신(天神)인 환인(桓因)을 불교의 제석천(帝釋天)에 해당하는 것으로 보고 있는 사실에서, 고대의 하느님개념이 불교의 천신(天神)개념과 일치시켜지기도 하였던 사실을 엿볼 수 있다. 불국사에서 청운교(靑雲橋)와 백운교(白雲橋)를 차례로 오르는 33계단은 불교의 하늘 위로 오르는 33천(天)을 상징한다면, 범영루(梵影樓)는 수미산(須彌山)을 상징하여 천상의 세계로서 바로 제석천(帝釋天)이 사는 곳을 상징한다고 본다.

하느님은 지고신(至高神)으로 초월자인 동시에 인간의 마음 속에 간직된 내재자이기도 하다. 유교에서도 하늘(天)은 인격신으로 상제(上帝)이거나 자연신으로 상천(上天)이나, 이법(理法)으로서 '천리'(天理)는 초월적이라 할 수 있지만, "하늘이 명령하는 것을 성품이라 한다."(天命之謂性.〈中庸〉)라고 한 '성품'(性)이란 하늘이 인간의 마음속에 부여한 것이니, '하늘의 내재' 곧 '내재된 하늘'이라 할 수 있다.

정약용은 '하늘'(天)이라는 호칭에 두 가지 의미가 있음을 제시하고 있다. 하나는 '푸르고 형체가 있는 하늘'(蒼蒼有形之天)로서 자연적 사물의 하나이며, 다른 하나는 '신령하고 밝으며 만물을 주재하는 하늘'(靈明主宰之天)로서 초월적 존재이며 인격신이라 구별하고 있다.(以爲高明配天之天, 是蒼蒼有形之天, 維天於穆之天, 是靈明主宰之天.〈『與猶堂全書』[1], 권8, 20, '中庸策'〉)

여기서 인간이 공경하고 섬기는 '하늘'(天)은 바로 '신령하고 밝게 아는'(靈明)는 존재이니, 형체를 지닌 사물을 초월하는 존재로서 밝은 지각능력이 있는 인격신(人格神)임을 확인하고 있다. 또한 이 '하늘'은 모든 사물의 세계를 지배하는 주재자(主宰者)로서의 지위를 갖는 사실이 강조된다. 따라서 정약용은 지각능력이 없는 '이치'(理)를 '하늘'(天)이라 파악하는 성리학의 이기론(理氣論)에 대해, 옛 경전의 정신에 어긋나는 것임을 비판하였다.

정약용은 지각능력이 있는 인격신으로서 자신의 '하늘'(天)개념을 옛 경전에 근거하여 확인하고 있지만, 그 '하늘'개념은 동시에 천주교 선교사인 마테오 리치(Mateo 꽞챠)가 저술한 천주교교리서인 『천주실의』(天主實義)에서 제시하고 있는 '천주'(天主)개념과 상통하는 것이 사실이다. 정약용이 '하늘'(天)의 개념을 두 가지로 구분하였던 것은 결국 '하늘'의 진실한 본질이 신앙적 대상이 될 수 있는 '신령하고 밝으며 만물을 주재하는 하늘'(靈明主宰之天)에 있음을 확인하고, '푸르고 형체가 있는 하늘'(蒼蒼有形之天)은 결코 숭배의 대상이 될 수 없는 사물의 하나일 뿐임을 분명하게 한정시켜 놓은 것이다.

조선왕조 말기에 발생한 동학은 우리민족의 뿌리 깊은 천신(天神) 신앙을 계승하여, '한울님'을 최고의 신으로 받아들였다. 동학의 창시자인 최제우(水雲 崔濟愚)는 '한울님을 네 마음에 모셔라'(侍天主)고 가르쳐, 신앙대상으로서 '한울님'의 존재를 분명하게 밝히고 있다. 그다음 2대 교주 최시형(海月 崔時亨)은 '사람 섬기기를 한울님 섬기듯이 하라'(事人如天)고 가르치고, 동시에 한울님이 자신의 안에 내재함을 주목하여, 바깥에 있는 초월적 신을 섬기는 것이 아니라, 자신의 안에 있는 내재적 신을 섬길 것을 강조하여, '자신을 향해 제단을 차릴 것' 곧 '향아설위'(向我設位)를 가르쳤다. 그후 3대 교주 손병희(義菴 孫秉熙) 때에는 '사람이 곧 한울님이다'(人乃天)라 선언하여, 초월적 주재자로서 한울님에 대한 신앙을 넘어서 인간 속에 내재되어 있는 한울님을 강조함으로써, 인간존중사상을 제시하고 있음을 보여준다.

26   얼굴에서
                                      마음을 읽다

　우리의 가슴 속에서 일어나는 기쁘고 노엽고 슬프고 즐거운 감정들
이 모두 얼굴에 나타난다. 곧 그 사람의 얼굴을 보면 그 사람의 마음을
어느정도 읽을 수 있다고 한다. 그래서 "얼굴은 마음의 거울이다."(顔
之心鏡)라는 말이 있다. 중국 운남성(雲南省) 성도(省都)인 곤명시
(昆明市) 근처에는 곤명호(昆明湖)가 있는데, 바다처럼 아득히 넓다.
곤명호를 관광하는 방법은 호수 가의 어느 산 봉우리 정상까지 차를
타고 올라가서, 산허리를 파서 뚫은 빙글빙글 돌며 내려가는 돌계단
길을 따라 걸어서 내려가며 호수를 바라보는 것이 아주 장관(壯觀)이
다.
　그런데, 산허리를 파서 만든 길을 따라 내려가며 호수를 바라보다
가 문득 머리 위에 바위를 깎고 다듬어 글씨를 새겨놓은 것이 눈에 들
어왔다. "하늘이 바다거울에 내려와 계신다." 곧 '천림해경'(天臨海鏡)
이라는 네 글자였다. 이 글씨를 보고나서 다시 호수의 수면을 바라보

니, 하늘의 구름 한 점까지 그대로 내려와 비쳐주고 있음을 확인하고 크게 감탄했던 일이 있다. '호수거울'(湖鏡)은 너무 넓어 끝이 안보이니 '바다거울'(海鏡)이라 말해도 잘 어울렸다.

그런데 '바다거울'(海鏡)은 바깥으로 하늘과 주변의 산과 숲을 비추어주지만, '마음거울'(心鏡)은 안으로 감정의 파동이 그대로 비쳐지고, 감정의 파동이 비쳐진 '마음거울'은 밖으로 얼굴에 드러난다는 사실에 차이가 보인다. 그렇다면 얼굴이 마음을 비쳐주는 거울노릇을 하고 있다는 말이 되기도 한다. 얼굴이 환하게 피어나기도 하고 험상궂게 찌푸려지기도 하는 온갖 변화가 바로 마음의 거울에 실린 감정의 파동을 그대로 반영하고 있다는 사실을 말한다.

옛날에는 '관상'(觀相)을 보는 관상가 혹은 관상쟁이들이 많았다. 얼굴만 보면 그 사람이 겪어온 지난 일들은 물론 앞으로 닥칠 운명까지 훤하게 읽어낸다고 한다. 탁월한 능력이 있는 관상가의 안목이 어떤 경지인지는 알 수 없지만, 안목이 없는 보통 사람도 고생을 많이 한 사람의 얼굴과 순탄하게 살아온 사람의 얼굴에 차이가 있는 것은 어느 정도 알아차릴 수 있다.

김구(白凡 金九)선생이 한 때 『마의상서』(麻衣相書)를 읽으며 관상 공부를 했다고 한다. 선생은 상서(相書)에 따라 자신의 관상을 보았더니, 길상(吉相)이 아무데도 없어서 실망했는데, 그러다가 『마의상서』의 책 끝에 "관상은 심상만 못하다."(觀相不如心相)이라는 구절을 읽고서야 마음을 다스려 심상(心相)을 아름답게 하겠다고 마음을 바꾸셨다는 이야기다. 그런데, 마음이 얼굴에 드러나는 법이니, 관상에는 분명 심상을 볼 수 있어야 제대로 관상을 보는 것이라 하지 않겠는가 하는 생각도 든다.

여자들은 얼굴을 아름답게 보일려고 곱게 단장하는데 많은 노력을 기울인다. 사실 얼굴이 아름다우면 누구나 칭찬하고 호감을 갖게 된다. 그런데 아름다운 얼굴이 마음의 아름다움을 그대로 반영하지는 않는 것 같다. 그러니 마음을 아름답게 하여 얼굴을 아름답게 보이려고 노력하는 것이 아니라, 얼굴 자체에서 아름다움을 찾으려고 노력을 기울일 뿐이다. 그렇다면 얼굴이 마음의 거울로 역할함이 매우 한정되었다는 말인가.

그러나 탐욕스러운 사람의 얼굴에는 개기름이 흐르고, 화를 잘 내는 사람의 얼굴은 주름이 사납게 잡혀있고, 나태하게 살았던 사람의 얼굴에는 정기(精氣)가 없이 풀려있다. 또 선량하게 살았던 사람의 얼굴에는 온화한 기운이 돌고, 진지하게 살아온 사람에게는 눈에서 총기(聰氣)가 흐른다. 얼굴만 보아도 그 사람이 온순한 사람인지, 성질이 사나운 사람인지는 쉽게 알아 볼 수 있는 것이 사실이다.

그렇다면 얼굴을 아름답게 다듬고 싶으면, 먼저 마음을 선량하고 온화하게 다듬어가야 한다고 하겠다. 그래서 "부유함은 집을 윤택하게 하고, 덕은 몸을 윤택하게 한다. 마음이 넓어지면 몸도 편안해진다. 그러므로 군자는 반드시 그 뜻을 성실하게 해야 한다."(富潤屋, 德潤身, 心廣體胖, 故君子·必誠其意.〈『대학』6:4)〉고 하였다.

"부유함은 집을 윤택하게 한다."(富潤屋)는 말은 우리가 일상생활에서 모두가 다 보고 있는 사실이다. 그런데 "덕은 몸을 윤택하게 한다."(德潤身)는 말은 확인하기가 그리 쉽지는 않다. 한 사람의 풍모(風貌)와 거동(擧動)을 자세히 살펴보면, 그 사람이 방탕한 사람인지 기품 있는 사람인지 쉽게 확인할 수 있다. 다시 말하면 한 사람이 인격 내지 덕을 갖추고 있다면 얼굴만이 아니라, 그 사람의 온 몸에서 그 품격이 풍겨나오는 사실을 알 수 있다.

"마음이 넓어지면 몸도 편안해진다."(心廣體胖)고 하였다. 과연 마음이 불안하고 초조하면 몸도 따라서 안절부절 못하지만, 마음이 넓어져 어떤 감정에도 흔들림이 없으면, 어찌 몸이 한가롭고 편안해지지 않겠는가. 마음이 너그러워지면 얼굴에도 온화한 기색이 돌지만, 온 몸도 긴장을 풀고 여유로우며 편안한 모습을 드러내게 된다. 그만큼 얼굴만 마음의 거울이 아니라, 온 몸도 마음이 변하는데 따라 변하는 사실을 알 수 있다.

그렇다면 얼굴을 다듬기에 앞서 그 마음을 먼저 다듬어야 하지 않겠는가. 마음을 아름답게 다듬으면 분명히 얼굴에 아름다움이 드러나게 된다. 그래서 군자의 인격을 이루려면 "반드시 그 뜻을 성실하게 해야 한다."(必誠其意)고 강조했던 사실을 알 수 있다. 이런 까닭에 공자는 "말을 교묘하게 하고 얼굴 빛을 꾸미는"(巧言令色.〈『논어』1-3〉) 사람에는 어진 사람이 드물다고 깊이 경계했었다.

27

달콤함에
취해

　내가 유독 단맛에 집착하기 시작한 것은 10년이 훌쩍 넘었던 것 같다. 40대 초반부터 무슨 병인지 앓기 시작했었다. 그래서 고명하다는 의사를 찾아서 네 곳의 의원을 찾아다녔는데, 네 가지 병명과 함께 각각 처방을 받아 약을 먹었으나, 병이 치료되는 효과를 얻지는 못했다. 그러다가 40대 말에 후배의 소개로 어떤 종합병원의 젊은 가정의학과 의사를 찾아갔는데 비번(非番)인 시간에 만나 여러 가지 검사를 하고 나서 '갑상선 기능저하'라는 진단을 받아 약을 먹기 시작했다. 그래서 조금 효과가 있었다.

　54세때(1996) 1년동안 방문학자로 미국의 버클리 대학 한국학연구소에 적을 두고, 사방으로 놀러다녔는데, 아주 우연한 기회에 안경을 새로 맞출까 하여 검안과(檢眼科)에 갔다가 한쪽 눈의 시야가 절반이 사라졌다는 사실을 발견하고, 카이저 병원이라는 곳에서 병의 실체가 '뇌하수체 종양'임을 확인하고 수술을 받았다. 그때부터 지금까지 여러 가지 약을 매일 먹고 살아가는데, 벌써 24년째 같은 약을 먹고 살아왔다.

약을 오래 먹다보니, 어느 때부터 입맛이 변한 것을 느끼게 되었다. 매운 것이나 신 것은 거의 못먹고, 단 것만 찾기 시작한지가 10여년이 되었다. 또 냄새도 잘 못맡는 현상도 나타났다. 그래서 그동안 사람들과 만나서 커피를 마실 때면, 다른 사람들은 설탕이 없이 블랙커피를 마시는데, 나만 혼자 커피 한잔에 설탕 4봉지를 넣어서 마시니, 모두들 설탕을 너무 많이 먹는다고 당뇨병을 걱정해 주기도 했다.

원주에 살면서 한동안 매실이나 자두나 앵두가 많이 열리니, 따다가 설탕에 절여서 쨈을 만들어 먹었다. 나는 그 쨈을 거의 독식하다시피 많이 먹어왔다. 노처도 걱정이 되어, 이제는 쨈을 만들지 않고, 내 음식에서 설탕을 빼기 위해 노력하고 있다. 그동안 설탕을 몇 포대씩 사다가 쌓아놓고 먹었는데, 이제 마지막 푸대를 열지 않고, 설탕을 포대 째 넘겨줄 사람을 찾고 있다.

그래도 나는 블랙커피는 못 마시고, 믹스커피나 큰 딸이 설탕대신 쓰라고 사서 보내준 '스테비아'라는 감미료를 몰래 넣어서 마신다. 집에서 설탕을 못 먹게 하니, 밖에 나와서는 실컷 탐닉하고 있다. 이렇게 하고서도 과연 앞으로 당류(糖類)를 점점 줄이고, 마침내 끊을 수 있을 것인지, 나 스스로 자신감이 별로 없다. 노처의 요구가 강력하니, 다만 노력을 해 갈 뿐이다.

나의 생활 속에서 탐닉하여 빠져있는 것은 설탕만이 아니다. 오래된 역사드라마를 보는 증상이 또한 심각하다. 드라마와 영화는 내가 부탁하여 딸이 무료로 다운 받을 수 있는 것을 외장 하드에 많이 담아서 보내주었는데, 나는 기운이 떨어져 아무 일도 할 수 없는 상태라,

무시로 드라마를 틀어놓는다. 좋아하는 드라마는 여러번 되풀이 보았기 때문에, 굳이 화면을 안보고 누워서 대사를 듣기만 해도 된다. 이것이 내가 쉬는 방법이다.

그래서 잠이 오지 않을 때는 드라마를 틀어놓고 누워서 듣다가 나도 모르게 잠이 드는데, 내가 자고 있는데도 드라마는 아침까지 계속 돌아가는 일이 자주 있었다. 노처는 나의 이런 태도를 무척 싫어하여 화를 내기도 하는데, 내 사정을 어떻게 해명하고 호소해야 할지 모르겠다. 이제는 더 이상 누워서 드라마를 듣다가 잠드는 달콤한 맛은 포기해야 겠다. 그뿐 아니라, 외장 하드를 가져가지 말아서, 드라마를 보는 즐거움을 아예 포기하려 한다.

설탕이 없는 세상은 나에게 시원한 그늘이 없는 뙤약볕 길을 걸어가야 되는 것과 같다. 어디서 위로를 받으며 이 노년의 무거운 몸을 쉴 수 있단 말인가. 건강을 위해 어쩔 수 없다고 타일러 보기는 하지만, 그리 쉽게 설득되지 않는다. 이제는 더 오래 살고 싶은 욕망도 사라졌는데, 그저 편하게 살다 갈 수는 없는 것인가. 그러나 내 뜻대로 할 수 있는 일이 아니라, 나를 보살펴주는 노처의 뜻대로 가야하는 것이 옳은 줄은 안다.

담배도 마찬가지다. 나 자신 무수히 끊으려 마음을 쓰지만, 의지가 약해서 끊지를 못하고 있는 자신이 한심하고 답답할 뿐이다. 그런데 노처는 담배냄새를 싫어할 뿐 아니라, 담배를 피우고 있는 사실 자체를 몹시 싫어한다. 온갖 구박을 받으면서도 숨어서 도둑담배를 피우듯 하고 있는 꼴이 스스로 생각해도 우습기 짝이 없다. 어찌 나의 노년이 이렇게도 누추하단 말인가.

물론 나쁜 습관에서 벗어나면 그 삶이 깨끗하고 밝으리라 상상은 한다. 그런데 나쁜 습관을 털고 일으서려는 일이 어찌 이렇게 어렵단 말인가. 젊을 때는 단칼에 베어내듯 결정도 쉽게 했는데, 오래 굳어진 습관이 되고 보니, 털어내기가 만만하지 않다. 때로는 이 나쁜 습관들을 다 털어내고 나면, 나는 빈 껍질만 남아서 낙엽처럼 허공에 떠다니고 있는 것이 아닐까 하는 두려움이 엄습할 때가 있다.

달콤한 맛에 취해 10년 이상 살아왔어도, 한 순간에 끊어버리면 연기처럼 아득히 사라지고 마는 것임을 나도 잘 알고 있다. 그래서 서울 왔다가 원주로 내려가면서, 이번 기회에 나름대로 결심을 다시 했다. 설탕을 끊고 잠시 동안 믹스커피를 하루 한잔씩 마시며 나를 달래겠다고, 믹스커피 40봉지를 챙겨 넣었다. 드라마는 아예 안보겠다고 결심하여 외장 하드를 가져가지 않기로 했다. 담배는 3곽만 가져가 그 후는 끊기로 했다. 부디 지금 결심이 순조롭게 지켜지기를 바랄 뿐이다.

28 지나간 자리는
감화되고

내가 대학에서 봉직하고 있을 때, 어느 날 사범대학의 건물 현관 안으로 들어갔었는데, 현관의 넓은 홀에는 벽에 '줄탁동시'(啐啄同時)의 네 글자를 붓글씨로 쓴 액자가 걸려 있는 것을 보았다. '줄탁동시'란 말은 병아리가 부화(孵化)할 때가 되면, 병아리는 껍질 속에서 나오고 싶어 "줄줄"하고 소리를 내는데, 이때 어미 닭이 그 소리를 듣고 밖에서 껍질을 부리로 쪼아 깨뜨려준다는 말이다. 배우는 자가 알아내려고 애쓸 때, 가르치는 자가 그 앎의 계기를 열어주어야 한다는 양방향의 노력이 합쳐지는 것이 바로 교육임을 생생하게 깨우쳐주는 비유라 하겠다.

나는 이 구절이 사범대학의 교육정신을 아주 잘 표현해준다고 감탄하면서 여러날 음미했다. 이때 문득 떠오른 문제는, 그렇다면 내가 근무하는 인문대학의 교육정신을 드러내는 한 구절의 말은 무엇일까 하고, 곰곰 생각해보았다. 그런데 어느 날 새로 인문대학 학장이 되신 분

146 꽃보다 붉은 단풍

을 지나가다가 우연히 만났는데, 인문대학에서 어떤 일이 대학의 분위기를 개선하는데 도움이 될 수 있을지 혹시 의견이 있으면 말해 달라고 나에게 요청을 했다.

그래서 내가 평소에 마음 속에 간직하던 소박한 생각 두 가지를 말씀드렸다. 하나는 인문대학에서 후문쪽으로 가려면 언덕을 오르는 돌계단이 있는데, 계단 입구를 지나갈 때마다 언제나 땅속에서 물흐르는 소리가 시원하게 들리니, 그 물줄기를 자하연(紫霞淵) 못으로 내려가는 길가에 개울물이 되어 흐르게 하면 어떻겠느냐는 의견이었다. 학장은 그 일은 쉽게 할 수 있다고 즉석에서 대답했는데, 과연 얼마 지나지 않아 돌틈으로 맑은 물이 졸졸 흐르는 아담하고 멋진 산골 개울물의 모습을 보게 되었는데, 내가 상상했던 것 보다 훨씬 더 아름다워 지나갈 때 마다 감탄하고 즐거워했다.

또 하나는 바로 돌계단 옆에 전혀 다듬어지지 않은 석벽(石壁)이 있는데, 이 석벽에다 인문학(人文學)의 정신이나 이상을 드러내주는 네 글자 명구(名句)를 새겨 넣으면 어떻겠느냐는 의견이었다. 학장도 평소에 그 석벽을 자주 보아왔던 터라, 어떤 명구를 새겨 넣으면 좋겠는지 물었다. 나는 바로 대답하기가 미안하여, 인문대학에는 한학(漢學)에 밝은 고명하신 분들이 많으시니, 의논해보시는 것이 좋겠다고 말씀드렸다. 그런데 끝내 석벽에 글씨를 써넣지는 못해서 나름대로 아쉬웠다.

내 짐작에 그 석벽에 글씨를 써넣지 못한 이유로 두 가지가 있을 것이라는 생각이 든다. 먼저 의견의 일치가 안 되어 적당한 명구를 못찾았거나, 다음은 석벽의 질이 화강암이 아니라 석질이 물러 쉽게 부스러져 글씨를 새겨 넣기 마땅하지 않았기 때문이라는 생각을 했다. 그 뒤로 학장과 다시 대면할 기회가 없었는데, 만약 내게 다시 의견을 물었다면, 석질의 문제에 대해서는 오석(烏石) 돌 판에 글씨를 새겨 넣어, 석벽을 다듬으면서 조금 파고 오석 글씨 판을 그 속에 붙여넣으면 해결될 수 있을 것이라 말하고 싶었다.

가장 어려운 문제는 인문학의 이상에 맞는 명구를 찾아내는 것인데, 그 때 내가 생각한 구절은 '과화존신'(過化存神) 네 글자였다. 이 구절은 맹자의 말인데, "무릇 군자란 지나간 자리는 감화되고, 머무는 자리는 신령스럽다."(夫君子所過者化 , 所存者神,〈『맹자』13-13:3〉라는 구절에서 끌어온 말이다. 과연 "지나간 자리는 감화되고, 머무는 자리는 신령스럽다."는 일이 이루어지려면, 어찌 군자의 수준에서 온전히 이루어지겠는가. 아마 성인의 경지라야 가능할 일이 아닌가.

그렇지만 인문학을 하는 사람은 군자가 되고 성인이 되는 인격의 완성을 꿈꾸어야 하지 않을까. 율곡은 요즈음의 우리로 보면 대학 1학년생 나이인 20세가 되던 해에, 자신을 경계하는 글인 「자경문」(自警文)을 지었던 일이 있다. 그는 이 「자경문」의 첫 머리에서 "먼저 모름지기 뜻을 크게 세워, 성인으로써 준칙을 삼아야 한다. 털끝만큼이라도 성인에 미치지 못하면 나의 일은 끝나지 않은 것이다."(先須大其志, 以聖人爲準則, 一毫不及聖人, 則吾事未了.)라 하였으니, 학문에 큰 뜻을 둔 사람이라면, 자신의 학문을 크게 이루고 인격을 완성하는 일을 목표로 삼아야 하지 않겠는가.

'과화존신'(過化存神)이란 구절은 내가 30대 초반에 국제대학 인문사회과학연구소의 연구원으로 일하고 있었을 때, 어느날 선배인 이동준(李東俊)교수가 내 사무실에 들렀다가, 만년필 글씨로 백지에 써주셨는데, 내가 그 글씨를 책상머리에 붙여놓고 이 구절을 잠시나마 내

꿈으로 삼았던 일이 있었다. 당시 연구소 소장이요, 이동준교수의 부친인 이정호(李正浩)교수가 내 사무실에 들리셨다가 이 글씨를 보시고, 지나가는 말로 "뜻이 너무 크다."고 한마디 하셨다.

내가 담기에 뜻이 너무 크다는 말씀으로 들려서, 그 때는 마음속으로 좀 섭섭했다. 그런데 이제 80 가깝도록 살고 나서 돌아보니, 실제로 '과화존신'이란 말은 나에게 너무 아득한 꿈이었을 뿐이다. 그러나 20대의 젊은 학생들이 모든 학문의 근본인 인문학을 공부하겠다면서, 그 포부와 이상은 불가능한 꿈을 꾸어야 한다고 생각한다. 내가 즐겨 보았던 뮤지컬 영화, 〈라만챠의 사나이〉에서 동키호테의 노래 속에, "Dream an impossible deram,"이라는 구절이 적어도 젊은이의 몫이라 믿는다.

평생을 돌아보면서, 온갖 실수와 나태함으로 무수한 상처만 남은 초라한 모습의 자신을 돌아보면서, 뼈아프게 후회한다. 그 후회 가운데 하나가 바로 젊은 날 잠시나마 '과화존신'을 꿈꾸고서, 너무 쉽게 너무 오랜 세월 동안 잊어버린 채 허둥거리며 방황했다는 사실이다. 그래도 뜻이 큰 젊은이를 만나면, 꼭 해주고 싶은 말이 바로 '과화존신'이다. 어미 게가 자신은 옆으로 걸으면서도, 자식 게에게 똑바로 걸으라고 가르치는 격이기는 하다.

29 　　　　　　　　　　　　　　혼란한 시대를
　　　　　　　　　　　　　　　　　사는 법

　　맹자는 "천하에 사람이 살아온 지는 오래 되었는데, 한 번 다스려졌
다가 한 번 어지러워졌다네.(天下之生久矣, 一治一亂.〈『맹자』6-9:2〉)
라 말했다. 과연 태평한 시대가 있으면 그 끝에는 혼란한 시대가 오고,
혼란한 시대의 끝에는 태평한 시대가 온다. 우리 역사를 돌아보면 태
평한 시대는 너무 짧고 혼란한 시대는 너무 길었던 것이 아닌가 하는
생각이 든다.

　　우리가 사는 '지금'의 시대는 어떠한가. 혼란한 시대가 오랫동안 이
어져 오고 있는 것이라 보인다. 시대가 혼란하거나 사회가 어지러운
것은 모두 사람이 스스로 만든 것이요, 특히 다스리는 지위에 있는 사
람들의 탐욕과 간악함 때문이었다고 하겠다. 이른바 유교지식인인 사
대부들이 당파로 대립하여 권력 쟁탈을 위해 서로 죽고 죽이던 '밥그
릇 싸움'의 결과로, 조선후기는 말할 것도 없고, 해방이후만 보더라도
비난하고 배척하는 갈등 대립의 물결은 끝없이 이어져 왔다. 동족상

잔의 참혹한 학살극은 무슨 벌을 받아야 할지 모르겠다.

벌써 몇 달째 '코로나 바이러스 19'라는 괴질이 만연하여 마음대로 밖에 나가 사람도 만나기 어렵고, 집 안에 갇혀 지내다 보니, 분명 하늘이 이 땅에 사는 인간들을 징벌하는 것이 아닌가 하는 생각이 드는데, 모두가 마스크로 입을 봉하고 살아갈 뿐이요, 아무도 깊은 죄의식으로 자책하는 사람이 없으니 어찌된 일인지 알 수가 없다. 모두가 불편을 느끼기만 할 뿐, 자신의 죄를 살펴보려고는 하지 않는 것 같다.

이렇게 혼란한 세상에서 사는 방법을 말해준 분이 있다. 곧 공자는, "위태로운 나라에는 들어가지 않고, 혼란한 나라에는 살지 않으며, 천하에 도리가 있으면 드러내고 천하에 도리가 없으면 숨어야 한다. 나라에 도리가 있는데 가난하고 비천한 것은 부끄러운 일이요, 나라에 도리가 없는데 부유하고 고귀한 것은 부끄러운 일이다."(危邦不入, 亂邦不居. 天下有道則見, 無道則隱. 邦有道, 貧且賤焉, 恥也, 邦無道, 富且貴焉, 恥也.〈『논어』8-13〉)

공자의 말씀이라고 우리 현실에 다 맞는 것은 아닌가 보다. '위태로운 나라에는 들어가지 않고, 혼란한 나라에는 살지 않는다'고 했는데, 우리는 나라를 마음대로 골라서 살 수 있는 여건이 아니다. 소수의 부유한 사람은 안정된 나라로 이민을 간다고 하지만, 대부분은 폭풍이 불면 폭풍을 맞고 폭우가 내리면 폭우를 맞으며 살 수 밖에 없다. 우리에게는 아직도 나라를 버릴 수 없다는 애국심이 남아 있지 않은가.

'천하에 도리가 있으면 드러내고 천하에 도리가 없으면 숨어야 한다'는 말도 안정된 생활기반을 확보한 사람이 아니라면 세상을 등지고 직장도 버리고서 숨어서 산다는 것은 굶어 죽을 수 밖에 없는 것이 현실이다. 현실은 이렇게 혼란한데 선거에 나서겠다는 사람들은 차고 넘치는 것 같다. 그렇다고 이들 모두를 비난할 수만은 없는 실정이다. 또한 도리가 있는 안정된 세상에는 나서지 않아도 되지만, 도리가 없어 혼란한 세상에는 뜻있는 사람이 나서서 바로잡아 주어야 하지 않겠는가.

 '나라에 도리가 있는데 가난하고 비천한 것은 부끄러운 일이요, 나라에 도리가 없는데 부유하고 고귀한 것은 부끄러운 일이다'라는 말은 도리가 있는 안정된 사회에서야 자신의 역할을 다해야 한다고 격려하는 말이요, 도리가 없는 사회에서 부정한 방법으로 재물을 모으는 것을 책망한 말이라 이해는 간다. 그러나 자신의 방법이 정당하다면 어느 사회에서나 부유하고 고귀한 것을 나무랄 수 없고, 자신의 방법이 정당하다면 어느 사회에서나 도리에 어긋나지 않은 가난함(淸貧)으로 살더라도 떳떳할 터이니 비난할 수 없지 않은가.

 차라리 "도리가 있는 안정된 나라에서 가난하고 비천하게 살더라도 떳떳함을 지켜 비굴하지 말아야 하고, 도리가 없는 어지러운 나라에서 부유하고 고귀하게 살더라도 나라를 생각하고 남을 돕는 마음을 잊지 말아야 한다."고 말하는 것이 세상을 살아가는 올바른 길이 아닐까 한다. 게으르고 무능함 때문에 가난한 자는 어느 사회에서나 비난받아야 하고, 근면하고 도리에 어긋남이 없이 재물을 모아 세상을 위해 정당하게 쓰는 부유함(淸富)은 어느 사회에서나 존중되어야 하지 않겠는가.

 그래서 혼란한 시대를 살면서 가난한지 부유한지를 가리려드는 공자의 말씀은 대체적 의미는 받아들일 수 있지만, 좀더 엄격하게 말하면 정당하다면 어느 시대나 가난하던 부유하던 아무런 상관이 없으리라 본다. 그렇다면 우리가 지금 살고 있는 이 혼란한 세상에서 어떻게 살아야 하는가. 이기적이고 탐욕적인 사람이라면, 자신의 이익을 위해서라면 무슨 짓이든지 교활하고 영악하게 살아갈 터이니 어찌 할 수 없다.

그러나 양심을 간직하고 있으며 이웃을 배려할 줄 아는 소시민이라면, 세상이 혼란스러워 권력과 재물의 무대 위에서 어지러운 춤판이 벌어지고 있더라도, 나라를 걱정하고 묵묵히 다음 세상을 가다리며 살아갈 것이다. 마치 지나가는 사람들의 발에 짓밟히면서도 다시 일어나 살아가는 잡초처럼 살아갈 것이다. 온갖 권력자와 모리배와 사기꾼과 폭력배에 끝없이 시달리면서도 길가에 노점을 벌이고 하루하루 입에 풀칠을 하면서도 남을 해치지 않고 남을 속이지 않으며, 또 부모를 모시고 처자를 보살피며 묵묵히 살아가는 소시민들의 사는 모습이 더 아름답게 보인다.

사회의 모순이나 비리를 고치겠다고 개혁을 주장하는 사람이 필요하다. 순응만 하고 살면 변화의 속도는 너무 느려서 안정된 좋은 세상이 언제 올지 아득할 수 밖에 없다. 그러나 개혁을 내세우고 나선 사람들 가운데 대부분이 또 하나의 권력추구자일 뿐, 자리에 오르고 나면 백성도 나라도 명분으로 이용만 할 뿐 오직 자신의 권력과 집단의 이익만 추구하는 모습으로 변하고 마니, 참으로 허무한 일이다.

백성이 나라의 근본이라는 '민본'(民本)을 내세웠던 조선시대 유교지식인 집단이 결과적으로는 백성 위에 군림하여 5백년 동안 백성의 고혈을 빨다가 나라를 망치고 스스로 멸망했던 사실을 익숙하게 보아왔다. 그래서 정치적인 이념이나 종교적인 신념이나 모두 자신이 세상을 지배하겠다는 것일 뿐, 결코 백성을 받들고 백성을 섬기는 결과를 이루지 않을 것임을 확신하게 되고 말았다.

이미 18세기 후반의 실학자 홍대용(湛軒 洪大容, 1731-1783)이 이념이나 명분의 거짓됨을 예리하게 꿰뚫어 보았던 일이 있다. 그는 "세상을 구제하겠다는 어진 덕이란 사실은 자신이 권력을 잡겠다는 마음에서 나온 것이다."(救世之仁, 實由權心.〈「毉山問答」〉)라 지적했던 일이 있다. 공산주의 이념을 내세운 북한이 김씨 왕조의 세습권력을 누리는 것이 현실이요, 자유민주주의 깃발을 내세운 대한민국에서 그 많은 집권자들 가운데 국민의 존경과 신뢰를 받는 자가 하나도 없다는 것이 현실이 아닌가. 이제는 이념의 깃발을 어떻게 세웠던 모두 권력투쟁의 싸움판일 뿐이라 보인다.

그래서 나는 혼란한 세상을 살아가는 방법의 정답은 어떤 구호나 이념이 아니라, 행동이라 생각한다. 그래서 소시민들이 묵묵히 정직하게 살아가는 모습이 새삼 아름답게 느껴진다. 도산 안창호(島山 安昌浩, 1878-1936)처럼, "나 하나를 건전한 인격으로 만드는 것이 우리 민족을 건전하게 하는 유일한 길이다."라 하여, 혼란한 세상을 도리 있고 질서 있는 세상으로 만드는 길은 자신의 인격을 바르게 실현하는 자아혁신에서 생명이 싹터 나올 수 있음을 호소했던 사실이 가장 깊이 가슴에 울려온다.

원주(原州)에서 협동조합운동을 시작했던 장일순(無爲堂 張壹淳, 1928-1994)은 '협동조합'을 '사람을 모시는 운동'이라 설명했었다. 그것은 "사람을 하늘처럼 섬겨라."(事人如天)고 가르친 동학(東學)의 2대 교주인 최시형(海月 崔時亨, 1827-1898)의 사상을 계승한 것으로 보인다. 교육을 받은 사람이라면 누구나 사람을 거느리고 지배하는 자리에 오르려고 노력하는데, 사람을 '섬기는' 삶, 사람을 '모시는' 삶은 바로 이 혼란한 세상을 살아가면서 도리가 있고 질서 있는 세상으로 바꾸어가는 삶의 모습을 행동으로 보여주고 있는 것이라 생각한다.

30 도덕의
어제와 오늘

옛날에야 도덕과 의리를 따지면 누구나 고개를 끄덕이며 인정하거나, 고개를 숙이고 옷깃을 여몄을 것은 당연하다. 그러나 오늘에야 누가 도덕을 입에 올리기라도 하면, 좌중은 하품을 하여 지루해 하거나 고개를 돌려 화제를 돌리려 하여, 흥미 없는 잠고대로 여기리라. 그렇다고 우리시대에는 도덕이 무의미하거나 필요 없다고 한다면 그야말로 무도(無道)하고 후안무치(厚顏無恥)한 태도가 아닐 수 없다. 비록 도덕이 변함없이 필요한 규범이라고는 하더라도, 시대마다 현실에 맞게 새로워져야 하는 것이 마땅하다. 그런데 우리 주변에는 낡은 도덕규범만 되풀이 하고, 우리에게 맞는 새로운 도덕규범을 듣기가 참으로 어려운 것 같다.

전통사회는 유교적 도덕규범이 지배하였던 시대이다. 이른바 삼강(三綱)과 오륜(五倫)은 꼭대기에서 바닥까지 누구나 지켜야할 필수적인 행동규범이었다. 그런데 어쩌다가 도덕이 가장 인기 없는 과제로 전락하여, 교과서에나 갇혀있는 형편이 되고 말았다. 오늘에 우리 생활을 온통 흔드는 일이야 먹고 마시는 것이 아니라면, 코메디와 스포츠로 집중되어 웃고 즐기는 일에 빠져있다고 해야 하지 않을까.

도덕이란 사람답게 사는 길을 따라가기 위해, 인간이 갖추어야 할 가치의 실천 원칙이라 할 수 있다. 그런데 옛날에는 필요했고 지금은 필요없다는 말은 성립하지 않는다. 사람답게 살기 위해서는 어느 시대에서나 없어서는 안 될 행동원리이니, 우리 시대에도 요구되는 것은 지극히 당연한 일이다. 그런데 어찌하여 우리시대는 '도덕'이라는 말만 들어도 고개를 흔든다는 말인가.

그 까닭은 '도덕'이란 옛날 사람들이 살아가던 원칙이었을 뿐, 지금 우리시대를 살아가는 우리들에게 필요한 '도덕'이 아니라는 생각을 하기 때문이다. 그렇다면 문제는 우리시대의 '도덕'이 무엇인지 찾아내어야 한다는 사실이다. 옛날의 도덕은 이미 폐기되었고, 우리시대의 도덕은 아직 제대로 정비되지 않았다면, 우리는 지금 도덕이 없는 '무도덕'의 상태에서 살아가고 있음을 보여준다.

벌써 사십년도 더 되었을 것 같은데, 충청남도 청주에서 〈전통적 도덕과 현대적 의의〉라는 주제로 서너 명의 학자들이 연설을 하는 강연회가 있었다. 그때 마침 지인(知人)이 발표자의 한 사람이라 나도 따라가서 청중으로 참석했었던 일이 있다. 무더운 여름날이었는데, 냉방시설이라고는 대형 선풍기밖에 없는 넓은 강당에 입추의 여지도 없이 청중들이 모여든 것을 보고 감탄했다. 그래서 나는 "역시 충청도는 전통의 뿌리가 아직도 잘 살아 있는 곳이라 '도덕'이라는 말을 반기고 있구나."라고 생각했다.

강연이 좀 따분하여 나는 청중석에서 빠져나가 넓은 마당의 나무

그늘에서 쉬려고 나왔다. 그런데 나보다 먼저 강연장을 벗어나 나무 그늘에 나와서 삼삼오오 모여 이야기꽃을 피우고 있었던 새하얀 모시 한복을 잘 차려입은 노인들이 있었다. 아마 그들도 강연이 따분했던 모양이다. 나는 그들의 이야기를 등 뒤로 귀 기울여 들었다.

어느 노인 한분이 "지금 세상은 개판인데 무슨 도덕이 있단 말이요."하고 비분강개하여 말했다. 그러자 다른 노인이 "개판이 아니라 쇠판이오. 집집마다 어린 자식들 에게 소 젖(牛乳)을 먹여 키우고 있으니, 쇠판이 아니고 무엇이겠소."라고 분기에 차서 자조적으로 한마디 했다. 모두가 "그렇지. 그래."하고 맞장구치면서 박장대소를 하였다. 이 노인들의 말을 들으며 새겨보니, 지금은 이미 전통도덕이 무너져 찾을 수 없을 뿐만 아니라, 우리시대를 이끌어가는 도덕이 전혀 보이지 않으니, 지금은 짐승들의 세상과 다를 바 없다고 비판하는 말임을 깨달을 수 있었다.

전통사회에 비교하면 현대사회는 근본적인 변화가 일어나 동일한 도덕규범을 적용시킬 수 없는 것이 현실이다. 전통사회는 상하의 질서를 기반으로 하는 수직적 사회질서였고, 이 질서를 지탱하는 도덕규범도 수직적 상하관계의 순종(順從)적 규범이었다. 그러니 전통사회에서는 두 사람만 모여도 벼슬이나 항렬이나 나이로 서열을 따진다. 벼슬이 누가 높은가를 가를 수 없으면, 누가 항렬이 더 높거나 나이가 더 많은지를 따져서, 끝내 상하관계로 만들어놓고야 만다. 단지 친구사이만은 예외적이지만, 그 속에도 은연중에 상하의 서열이 있는 것도 사실이다

임금에 충성하고, 부모에 효도하고, 형에게 공손하고, 남편에 순종해야 하는 수직적 도덕은 우리 시대의 수평적 사회질서에서 보면, '노

예도덕'이라 비판을 받는 것도 당연한 일인지 모르겠다. 그러나 오늘의 수평적 사회에는 어떤 도덕규범이 필요한 것인가. '친절'이나 '양보'가 가장 기본적 규범이라 보인다. 아무리 지위가 높고 재산이 부유하거나 나이가 많다고 다른 사람에게 함부로 대한다면, 그것은 도덕적 인격이 결여된 인간이라 비난받아 마땅하다. 누구나 다른 사람의 인격을 존중하여, 모든 사람에게 '친절'하고, 서로 '양보'하지 않으면 안 된다. 범죄자를 다루는 엄중한 법집행 기관도 친절을 바탕으로 이루어져야 하고, 복잡한 거리나 건물 안에서는 서로 양보하는 질서가 필요하고 옳은 일이라 하겠다.

우리시대에서 필요한 도덕규범으로 근본적인 것은 역시 '사랑'이라 해야 하겠다. 전통시대의 '인애'(仁愛)도 인간을 사랑하는 마음에 뿌리를 두고 있다. 그러나 전통사회의 '인애'는 효도나 우애의 경우처럼 남과 내 가족을 차별화하는데 초점이 있다. 그래서 전통의 유교도덕을 '차별애'(差別愛)에 근본한다는 지적이 있다. 이에 비해 평등을 바탕으로 삼고 있는 우리시대에서는 누구나 서로 존중하고 사랑하는 '박애'(博愛)의 정신이 소중하다. '박애'의 정신에서는 내 가족 먼저의 자세가 아니라, 불우한 이웃을 돕는데서 나아가, 나라 안팎의 약자를 위해 봉사할 수 있어야 한다. '사랑'은 점점 넓어지고 커가는 것이라, 인간중심주의를 넘어서 자연에 까지 뻗어나가 인간과 자연의 조화를 이루기 위해 자연과 환경을 보호하는 일에도 관심을 기울일 수 있어야 한다.

또한 인간관계에서 가장 중요한 덕목으로 '포용'과 '화합'을 강조할 필요가 있다. 나와 다르고, 나의 가치관과 어긋나는 상대에 대한 증오와 거부가 아니라, 참아주고 이해해주며 포용하여 화합을 이루어가는 것이 중요한 덕목이다. 가정이나 이웃 사이만 아니라, 나라와 나라 사이에서도 대립과 갈등을 해소함으로써, 자신뿐만 아니라 세상의 평화를 이루어갈 수 있기 때문이다.

또 하나 인간관계의 질서를 위해 소중한 덕목은 '공정함' 내지 '정의로움'이다. '공정함'은 나의 가치를 남에게 요구하는 것이 아니라, 모두가 동의할 수 있는 일체화를 바탕으로 한다. 이 '공정함'은 전통의 도덕과 오늘의 도덕에서 공통으로 소중한 덕목이었다는 사실을 주목할 필요가 있다.

이를 종합해보면 '친절-양보', '포용-화합', '공정-정의'의 세 가지 도덕규범이 우리시대의 사회적 질서를 지탱할 수 있는 도덕규범으로 제시될 수 있으며, 그 규범의 바탕은 '사랑'(박애)이라 이해하고 싶다. 그렇다면 신분적 상하분별의 '수직적 가치관'을 벗어나서, 서로 존중하는 평등의 '수평적 질서'를 받아들일 필요가 있다. 전통사회의 도덕규범과 현대사회의 도덕규범이 서로 모순되는 것으로 보이지만, 그 공통의 기반은 '질서'를 확보하고자 하는 것임을 알 수 있다.

이러한 세 가지 도덕규범의 기능을 보면, '친절-양보'가 선행하는 조건이 되고, '포용-화합'이 규밤의 성숙한 모습이라 할 수 있고, '공정-정의'가 일체감을 유지시키고 결속시킬 수 있는 조건이 되는 것으로 볼 수 있다. 또한 이 세 가지 도덕규범의 관계와 구조를 보면, '친절-양보'와 '공정-정의'가 두 날개가 되고, '포용-화합'이 정점이 되어, 삼각형의 세 꼭지점을 이루는 구조로 이해할 수 있지 않을까 생각한다.

31

나의
옛 친구들

나는 중고등학교 시절 평생에 소중한 친구들을 몇 명 사귀었다. 그러나 정작 그 시절 나 자신은 소심하고 내성적이라 진취적 기상이라고는 찾아볼 수 없는 겁쟁이요 촌놈이었다. 그래도 나를 친구로 받아주고 어울린 몇 명 친구 가운데, 주일청이 가장 일찍 사귀었던 친구였다. 그는 활달하고 재능도 많고 친구도 많아 나와 정 반대였지만, 마음이 너그러워 나도 친구로 받아주었던 것 같다. 고등학교 1학년때 우리 친구들 팀은 김기돈·노홍규·전풍일·주일청과 나 다섯으로 잘 어울려 방학 때는 배낭매고 설악산도 가고, 평일에는 몰래 숨어 극장에도 같이 가서 영화를 보았다.

대학에 들어와서도 철학과를 다니는 주일청과 종교학과를 다니는 나는 같은 교정에 있었으니, 가장 자주 만났다. 1962년 대학입학시험을 국가고시로 치른 다음날 그와 나는 장항선 기차로 예산까지 가서 첫날은 40리 걷고, 이튿날은 105리를 걸어 부여에 들어가기 위해 백

마강을 건너 직전인 은산까지 걷기도 했다. 입학식을 치룬 며칠 뒤 우리 둘은 혜화동 로타리에 있는 2층 중국집에서 빼갈 한독구리씩과 군만두를 안주로 먹고, 조금 걸어와 명륜동 성대 입구에 있는 2층 중국집에서 또 빼갈 한독구리씩과 군만두를 안주로 먹었다. 나로서는 그날이 처음 술을 마신 날인데, 빼갈 두 독구리를 먹고 길에 나오니, 발이 땅에 닿지 않는듯한 신기한 느낌에 젖었던 기억이 잊혀지지 않는다.

주일청의 이름에서 '청'(晴)자가 '개일-청'자 이므로, 수학과를 다니는 친구 김영관은 짓궂게 '주-일청'이라 이름을 부르지 않고, '개-일청'이라 부르며 놀렸고, 언어학과에 다니는 친구 신원선은 "너는 '개-일청'이라며."하고, 놀렸다. 그래도 그는 화를 내거나 부정하는 법이 없이 웃으며 받아들였다.

그는 KBS에서 드라마 PD를 하면서 박경리의 〈토지〉를 연출하기도 했고, SBS에서 드라마 제작국장을 지내다가 마지막에 SBS 연예문화원 원장을 하고 퇴직했다. 그래서 그는 원장시절 남들이 자신을 '주-원장'이라 불리웠던 사실이 좋아서인지, "내가 바로 명나라 태조인 '주-원장'이야."하고 과시하려 했다. 겉으로는 태연했지만 아마 속으로는 '개-일청'이라 놀리는 것이 싫었었는지도 모르겠다.

대학시절 그는 말술을 마시고 저질렀던 온갖 영웅담(?)을 자랑했는데, 나는 그의 호걸풍이 부러웠다. 졸업을 하고나서 제각기 군대를 다녀오고 직장을 다니며 바빴지만, 그래도 고등학교때 친했던 옛 친구들과는 꾸준히 만났다. 특히 나는 50대부터 건강에 문제가 있어서 일하기가 어려워졌는데, 60대가 되면서 전혀 집중을 할 수가 없어 무척 고통스러웠었다. 그러다 우연히 바둑을 두었더니 정신이 돌아오는 듯하여, 바둑을 두기 시작했는데, 내가 8급 정도의 너무 하수라 같이 대국을 해줄 사람이 거의 없었다. 그래도 옛 고등학교때 친구 둘이 나와 자주 대국을 해주었다. 서양사 전공인 김영한교수가 한달에 한번쯤 나를 불러내어 바둑을 두어주었고, 주일청은 일주일에 두세 번 두 사람 집의 중간지점에 있는 기원에서 만나 바둑을 두었다.

주일청(和鏡 朱一晴)은 1급에 접근하는 실력인데, 내가 너무 못 따라오는 것이 무척 답답했겠지만, 그래도 잘 참고 대국해 주었고, 나는 그를 '주-사부'(朱師父)라 부르며 배우려고 노력했다. 그런데 나의 병증이 깊어지면서 두 가지 문제가 생겼다. 하나는 맥주나 막걸리 두잔 정도 마시던 술을 거의 못 마시게 되었고, 또 하나는 바둑을 두는 것조차 힘들어서 아주 바둑을 그만두게 되었다. 그러다보니, 그렇게 자주 만나던 '주-사부'와 바둑을 두려고 만날 수 없게 되었고, 또 술을 못하게 되었으니, 그는 아직도 한자리에 앉아 소주 2병은 너끈히 비우는 주량인데, 내가 앉아 있기가 괴로워졌고, 더구나 내가 원주 산골로 내려와 살게 되자 '주-사부'와 만나지 못한지도 오래되었다. 그래도 항상 마음에 미안함이 남아 있다.

종일 빈 하늘과 산줄기를 바라보며 세월을 흘려보내고 있자니, 지나간 옛 일들이 생각나고, 친구들에 대한 추억이 밀려온다. 옛날 학교 친구로 꼽아보니, 노흥규(淡海 盧興圭)는 의사였는데 가장 먼저 세상을 떠났다. 그는 세심하게 살펴주는 친구인데 술버릇이 나빠, 술이 취하면 함부로 행동해 마지막에 내가 만나지 않고 끝이나 후회스럽기도 하다. 요즈음도 가끔 만나 나들이를 함께 하는 김기돈(靜潭 金基敦)은 내가 고등학교 1학년때 영어공부가 잘 안된다고 고민했더니, 그는 좋은 선생을 소개해주어 오랜 고민을 벗어날 수 있었다. 그는 법과대학을 나오고 탁월한 사업가로 성공했는데, 그 바탕이 되는 기억력과 통찰력의 탁월함에 항상 감탄하지만, 무능한 내가 어리둥절하고 있는 세상살이에 충고를 잘 해주는 나의 멘토(mentor)이다.

문리대 캠퍼스에서 같이 놀았던 친구들로, 김영관(靑羅 金永寬)은 수학과를 나왔지만, 내게 음악의 세계가 얼마나 넓고 깊은지를 보여주고, 세상사는 법을 알려주는 정다운 이야기꾼이다. 그는 아주 넓고 깊은 이야기 샘을 가지고 있어서, 어느 때나 그의 이야기에 빠져들면 시간 가는 줄을 모른다. 사학과를 나온 김영한(仙巖 金榮漢)은 내가 무엇에 관한 지식이 필요하면 언제나 자상하게 설명해주는 '걸어 다니는 사전'이다. 그런데 그가 노년에 병이 심해 기동이 어렵다 하니 안타깝기 짝이없다. 지리학과를 나온 이웅연(鵬棲 李雄淵)은 세계를 누비던 여행가인데, 언제나 활기에 넘치던 그도 병이 깊어졌는데도, 아름다운 꽃에 곁들인 격려의 말을 문자로 자주 보내주어 참으로 고맙다. 우리 집에서는 '브라자'로 통하는 신원선(嘉軒 辛元善)은 주일청과 바둑 둘 때 자주 나왔는데, 마음이 맑은 친구로 요즈음은 통 얼굴을 볼 수가 없어 안타깝다.

원자력공학과를 나온 전풍일(全豊一)은 말수가 적고 결단력이 있는 친구였는데, 비엔나에 있는 국제원자력 기구에 근무하면서, 오랜 외국생활을 한 뒤로 친구들과 자주 어울리지를 않아서 아쉽다. 연대 상대를 나온 성상현(井巖 成商賢)은 사업가로 크게 성공했던 일이 있는데, 언제나 진지하고 생각이 깊어 자주 만나고 싶지만, 사정이 여의치 않아 안타깝다. 육사를 다니다가 나와서 경희대 경영학과를 나온 장호남(犀舟 張好男)은 고교 1학년때 이웃에 살아 함께 학교를 다니며 친했는데, 점점 나타나지 않아 얼굴을 본지도 오래되었다.

옛 친구는 자주 못 만나도 늘 가슴 속에 간직하고 그리워하며 산다. 어쩌다 만나서 함께 밥 먹고 커피 마시며 담소를 나눌 때는 언제나 젊은 날의 그와 내가 오늘의 늙은 그와 내가 겹쳐져 떠오른다. 옛 친구를 만나면 내가 살아있음을 더욱 생생하게 확인하게 되고, 젊은 시절로 돌아갈 수도 있으니, 행복하기 이를 데 없다. 친구와 얼굴을 마주하면 그와 내가 함께 어울려 놀던 세월과 함께 그 속에서 내 얼굴이 여러 모습으로 떠오른다. 그래서 서양 속담에 "친구는 제2의 나"라는 말이 있나 보다.

제2부

공자에게 배움의 길을 묻다

01

공자에게
배움의 길을 묻다

　공자는 '배움'(學)의 중요성을 극진하게 강조하였지만, '배움'은 그의 사상에서 전체가 아니라 출발점이요 기반이라 할 수 있다. 배우기를 좋아하고(好學) 배움을 넓게 할 것(博學)을 중시하였다. 그러나 그에게서 '배움'이란 결코 책 속에서 배우는데 그치는 것이 아니라, 언제나 삶 속에서 배움이 완성될 수 있음을 분명하게 인식하고 있었다. 따라서 '배움'의 문제를 과제와 방법과 효과의 세 가지 측면으로, 공자에게서 '배움'의 길을 묻고자 한다.

　(1) 배움의 과제: 먼저 무엇을 배울 것인지(과제)와 무엇을 위하여 배울 것인지(목적)을 들어보면, 공자는, "글을 널리 배우고 예법으로 자신을 단속하면 또한 도리에 어긋나지 않을 것이다."(博學於文, 約之以禮, 亦可以弗畔矣夫.〈『논어』6-27와 12-15〉)라 하였다. 여기서 공자는 '글을 널리 배울 것'을 먼저 제시하고, 이와 더불어 '예법으로 자신을 단속할 것'을 배움의 두 기본과제로 제시하고 있다.

곧 문헌을 통해 지식을 섭취하는 일과 예법으로 인격을 수양하는 일을 수레의 두 바퀴나 새의 두 날개처럼 배움을 이루기 위해 반드시 갖추어야 하는 두 과제임을 확인하고 있다. 이렇게 배움을 통해 도달하여야 할 목표가 바로 '도리에 어긋나지 않는 것' 곧 '도리와 일치하는 것'임을 밝히고 있다. 지식의 섭취와 인격의 수양이 서로 떨어질 수 없는 일체라는 사실이 '배움'의 기본 성격임을 분명하게 보여준다.

또한 공자는 "옛날에 배우는 자는 자기를 실현하려 하고, 오늘에 배우는 자는 남에게 보이려고 한다."(古之學者爲己, 今之學者爲人.〈『논어〉14-24))고 지적하였다. '배움'의 올바른 모습은 '자기를 실현하는 배움'이요, '배움'의 그릇된 모습은 '남에게 보이려는 배움'이라는 말이다. 곧 배움의 올바른 목표는 자신의 인격을 실현하는데 있는 것이지, 남에게 보이려는 과시욕을 충족시키는데 있는 것이 아님을 역설한다.

배움의 바탕과 목적은 바로 자기를 실현하는데 있음을 확인한다면, 밖으로 자신을 드러내는데 관심을 기울이는 것은 바로 바탕이 허약한 배움이 되는 것이요 목적을 잃었으니 방향을 모르고 헤매는 배움이 되고 마는 것임을 의미한다. 배움은 세상에 유용하게 쓰이는 것이라야 한다는 뜻은 분명하지만, 세상에 유용하게 쓰이기 위한 힘을 갖추기 위해서는 반드시 배움의 바탕이 튼튼해야 하며, 곧 자신을 확고하게 정립하는 배움을 이루어야 함을 말하고 있다.

(2) 배움의 방법: 다음으로 무엇을 어떻게 배워야 할 것인지의 문제에 대해, 공자는 배움의 구체적인 방법을 제시하여, "군자는 먹을 때 배부르기를 바라지 않고, 거처할 때 편안하기를 바라지 않으며, 일하는데는 민첩하고 말하는데는 신중하며, 도리를 아는 사람에게 나

아가 자신의 말과 행실을 바로잡으니, 배우기를 좋아한다고 할 수 있다."(君子食無求飽, 居無求安, 敏於事而愼於言, 就有道而正焉, 可謂好學也已.〈『논어』1-14〉)라 하였다.

맛있는 음식을 배불리 먹으려 들고, 편안하게 거처하려 드는 것은 모든 사람의 기본적 욕망이다. 그러나 배우려는 사람은 먹고 마시고 자는 일상생활의 욕망에 사로잡히지 말고, 수도자처럼 자신을 절제할 수 있어야 함을 강조하였다. 나아가 일하는데 나태하거나 말하는데 경솔하지 않아야 한다는 것은 행동함에 부지런하고 말함에 삼가야 함을 제시하고 있다. 나아가 도리를 아는 스승을 찾아가서 가르침을 받아 자신의 말과 행동을 성찰하고 바로잡아가는 것이 바로 '배움'의 올바른 방법임을 지적하였다.

또한 배움의 방법으로 중시되고 있는 점은, 배움이 책 속에 사로잡혀 있는 것이 결코 아니요, 현실에 대한 인식이 있어야 한다는 사실이다. "배우고 때에 맞게 익히면 기쁘지 아니하랴."(學而時習之, 不亦說乎.〈『논어』1-1〉)라는 공자의 말씀은 『논어』 첫 머리에 수록되어 있을 만큼, 그 후학들도 이 말씀을 중시했던 것으로 보인다. 배움이야 우선 옛 성현의 말씀을 기록해 놓은 경전에서 시작하는 것이겠지만, 성인의 말씀이라도 자신의 시대와 현실에 알맞게 이해하지 못한다면 공허한 관념에 빠지고 만다는 사실을 일깨워주고 있다.

배우는 사람들이 쉽게 저지르는 폐단으로, 책 속의 말씀과 현실의 문제를 연결시켜 이해하지 못하고 책만 읽는데 빠져 있는 경우가 허다하다. 이러한 사람을 '책 속의 글자나 갉아먹고 사는 좀벌레' 곧 '책벌레'(蠹書蛞 · 蠹魚)라 일컬어 조롱하기도 한다. 그만큼 배움은 책에서 얻는 지식과 현실의 문제가 서로 떠날 수 없는 것이요, 책과 현실이 연결되어 소통할 수 있을 때, 그 배움이 살아 움직이는 배움이 되고, 배움이 깨달음의 희열(喜悅)을 얻을 수 있게 된다고 한다.

비슷한 맥락에서 공자는, "배우기만 하고 생각하지 않으면 속임을 당하게 되고, 생각하기만 하고 배우지 않으면 위태롭다."(學而不思則罔, 思而不學則殆.〈『논어』2-15〉)라 하였다. 여기서 '배움'은 밖으로 지식을 섭취하는 공부라면, '생각'은 안으로 이치를 궁구하는 공부이니, '배움'과 '생각'의 어느 한 쪽이 결여되면 속임을 당하거나 위태로움에 빠지는 병통이 있음을 강조하였다. 곧 안으로 '배움'(學)과 밖으로 '현실'(時)의 문제에 대한 깨달음은, 밖으로 '배움'(學)과 안으로 '생각함'(思)의 양 방향을 제시하고 있을 보여준다. 곧 '배움'이란 옛 성현의 글(經書)을 읽고 배우는 것으로 온전하게 이루어질 수 없는 것임을 명확히 밝히고 있다.

이와 더불어 공자는 배움에서 현실의 중요성을 강조하여, "하늘을 원망하지 않고, 남을 허물하지 않으며, 아래에서 배워 위로 통달한다."(不怨天, 不尤人, 下學而上達.〈『논어』14-35〉)고 하였다. 위로 '하늘을 원망하지 않고', 좌우로 '남을 허물하지 않는다'는 것은 책임을 바깥에다 돌리지 않고, 자신이 책임의 주체임을 확인하는 자세를 강조하는 말이다.

배움의 조건으로 자신이 배움에 책임지는 주체임을 확인하고 나서, 배움의 방법으로 '아래에서 배워, 위로 통달한다'고 제시하였다. 이 말은 '아래' 곧 비근한 현실에서 배움을 다져서 '위' 곧 진실이요 이상인 도리(道)에 통달함으로써 배움을 완성한다는 말이다. 그렇다면 배움의 방법은 밖(外)으로 책 속에 전해지는 지식을 익혀서 안(內)으로 현실 속에서 지식과 현실의 소통을 이루어야 하는 '내-외' 연결의 소통

방향이면서, 동시에 아래로 현실 속에서 익힌 배움을 위로 이상과 일치시켜가는 '상-하' 연결의 상승방향을 추구한다는 사실을 보여준다.

(3) 배움의 효과: 나아가 배워서 무엇을 얻을 것인가의 효과에 대한 해명으로는, 공자의 제자 자유(子游)에게, "군자가 도리를 배우면 사람을 사랑하고, 소인이 도리를 배우면 부리기 쉽다."(君子學道則愛人, 小人學道則易使也.〈『논어』17-3〉)라고 한 말에서 잘 드러나고 있다. 배움은 근본적으로 도리(道)를 배우는 것이다. 그런데 같은 도리를 배워도 배우는 사람의 역량이나 품격에 따라 그 배움의 효과도 달라 질 수 있는 것임을 분명하게 보여준다.

군자의 배움이란 도리를 체득하여 이를 실현하는 의지와 능력을 갖춘 인격의 수준이다. 여기서 군자는 도리를 배우면 '사람을 사랑하는'(愛人) 역량을 드러낸다는 효과를 말하고 있다. 따라서 '사람을 사랑한다'는 것은 바로 세상에 도리를 실현하는 핵심의 과제를 가리키는 말이다. 이에 비해 소인의 배움이란 도리가 무엇인지 알고 있으나 아직 스스로 이 도리를 실현할 역량을 갖추고 있지 못한 인격의 수준이라, 윗사람이 도리에 따라 일을 지시하면 이를 잘 따를 수 있으니, '부리기 쉬운'(易使) 효과가 드러난다고 지적하였다.

또한 제자 진항(陳亢)이 공자의 아들 백어(伯魚)를 통해 들은 공자의 가르침 두 구절에서도 배움의 효과에 대한 이해를 엿볼 수 있다. 곧 공자는 아들 백어에게 "시를 배우지 않으면, 말을 할 수가 없다."(不學詩, 無以言.) 하였고, 또 "예법을 배우지 않으면, 남 앞에 설 수가 없다."(不學禮, 無以立.〈『논어』16-13〉)고 말한 두 구절이다.

'시'(詩)는 옛 노랫말로 기록된 문헌 『시경』(詩經)을 통해 배울 수 있으며, '예'(禮)는 의례의 절도로서 기록된 문헌(『禮經』)을 통해 배우거나, 실제 의례를 행하는 현장에서 보고 배울 수도 있다. "시를 배우지 않으면, 말을 할 수가 없다."는 구절의 뜻은, 사람은 모두 말을 하지만, 말이라고 모두 같은 수준의 말이 아님을 밝히고 있으며, "예법을 배우지 않으면, 남 앞에 설 수가 없다."는 구절의 뜻은, 사람은 모두 남 앞에 서 있지만, 서 있다고 하여 모두 같은 수준의 자세로 서 있는 것이 아님을 밝히고 있다. 곧 아름답고 호소력 있는 말이라야 '진정한 말'이라 할 수 있고, 절도 있고 품위 있는 자세로 남 앞에 서는 것이라야 '예절 바르게 서 있는 것'이라 할 수 있다는 말이다.

여기서 '시를 배우지 않으면 말을 할 수가 없다'고 함은 인간의 아름다운 정서와 마음에 파고드는 호소력이 간직되어 있는 '시'를 배우지 않으면, 그 아름다운 정서와 깊은 호소력을 간직한 말을 할 수 없고 알아들을 수도 없다는 뜻이다. 또한 '예법을 배우지 않으면, 남 앞에 설 수가 없다'고 함은 절도 있고 우아한 품격을 간직한 예법을 배우지 않으면, 그 절도 있고 품격을 지닌 모습으로 남 앞에 설 수 없다는 뜻이다. 이렇게 배움은 인격의 변화를 일으켜 말과 행동에 변화를 일으키는 효과를 드러내고 있음을 보여준다.

02

명분과
실용

 무슨 일을 하는데서나 '명분'은 그 일의 정당성을 확보해주는 근거
이고, '실용'은 그 일의 성취를 이룬 결과이다. 그만큼 '명분'과 '실용'
은 모든 일에서 필요하고 중요한 두 가지 조건이다. 그런데 현실에서
일을 처리하다보면 '명분'에 집착하여 '실용'을 외면하는 경우가 있고,
'실용'에 사로잡혀 '명분'을 잊어버리는 경우도 있다. 문제는 '명분'과
'실용'의 어느 한쪽을 소홀히 하면 마치 수레의 두 바퀴에서 한 바퀴가
고장이 난 경우와 같아서, 그 일은 제대로 성취할 수 없다는 말이다.
공자와 제자 자로(子路) 사이에 '명분'과 '실용'에 관한 짤막한 토론이
벌어졌다.

* 자로, "위(衛)나라 군주가 선생님을 맞아들여 정치를 하려 하는데,
  선생님은 무슨 일을 먼저 하시겠습니까?"(衛君待子而爲政, 子將奚
  先.)

* 공자, "반드시 명분을 바로잡아야 할 것이다."(必也正名乎)
* 자로, "선생님께서는 실정에 너무 동떨어지셨습니다. 명분을 바로
  잡아가지고서 무슨 일을 하신다는 것입니까?"(子之迂也, 奚其正.)
* 공자, "① 명분이 바르지 않으면 말이 순조롭지 않고(名不正, 則言
  不順), ② 말이 순조롭지 않으면 일이 이루어지지 않으며(言不順,
  則事不成), ③일이 이루어지지 않으면 예법과 음악이 일어나지 않
  고(事不成, 則禮樂不興), ④예법과 음악이 일어나지 않으면 형벌이
  적절하게 행해지지 않으며(禮樂不興, 則刑罰不中), ⑤형벌이 적절
  하게 행해지지 않으면 백성은 손발을 둘 곳이 없게 된다(刑罰不中,
  則民無所錯手足).
** 그러므로 군자가 명분을 세우면 반드시 말을 할 수 있게 되고, 말을
  하면 반드시 실행할 수 있게 된다."(故君子名之必可言也, 言之必可
  行也.〈『논어』13-3〉)

당시 위(衛)나라의 사정은 임금이 되어야할 아비는 세자로 나라 밖
에서 망명한 상태인데 세자가 되어야 할 아들이 국내에서 왕위에 올
라 임금이 되어 정치를 하겠다고 나선 상태였다. 그래서 공자는 가장
먼저 아비가 임금이 되고 아들이 세자가 되도록 바꾸어서, '명분을 바
로 잡을 것'(正名)을 주장하였던 것이다. 이에 비해 자로는 이미 아들
이 왕위에 올라있는 상태이니 '명분'을 내세워 임금을 바꾸기 어렵다
는 현실을 주목하여, 명분을 내세우는 것은 아무런 실효를 거둘 수 없
음을 지적하였다. 여기서 같은 문제를 바라보는 두 입장, 곧 명분주의
와 실용주의가 갈라지는 갈림길이 선명하게 드러나고 있다.
  '명분을 바로 잡을 것'(正名)을 내세운 '정명론'에 대해, 공자의 해명
은 매우 구체적이고 설득력이 있다. 곧 '명분'의 바탕이 확보되어야 그

위에 '실용'도 제대로 이루어질 수 있지, '명분'의 바탕이 확보되지 않으면 '실용'도 왜곡되고 불안정에 빠질 수 밖에 없다는 말이다. '명분'을 먼저 확보해야 한다는 공자의 근본주의적 입장은 분명 정당성을 지니고 있지만, '실용'이 먼저 확보해야 할 시급한 과제라는 자로의 현실주의적 입장도 결코 정당성이 없는 것은 아니다.

비록 자로는 '실용'이 '명분' 보다 더 시급한 이유를 구체적으로 제시하지 않았지만, 자로가 반드시 스승 공자의 말씀에 승복했을 것이라고 단정하기는 어려운 것이 사실이다. '명분'과 '실용'의 두 가지에서 어느 것을 앞세워야 하는지는 한쪽 편의 설명만으로 충분히 해결되었다고 보기는 어렵다. 이 두 가지는 어느 한 쪽도 버릴 수는 없지만, 그러나 '명분'과 '실용'의 어느 쪽을 먼저 고려해야 할 것인지는 상황에 따라 달라질 수 있는 것이 사실이다.

공자는 '명분을 먼저 바로잡아야 한다'는 정명론(正名論)의 정당성을 내세우는 이론적 근거로서, 명분이 바로 잡히지 않았을 때, 그 결과로 초래되는 잘못된 사태의 진행과정을 다섯 단계로 제시하고 있다.

① "명분이 바르지 않으면, 말이 순조롭지 않다."--과연 명분이 바르게 제시되면 말도 당당해지고 의사소통도 순조로워지는 것은 사실이다. 그러나 오늘의 우리사회처럼 상반된 신념과 주장이 서로 대립되어 심하게 부딪치고 있는 현실에서는 어떤 명분을 세워도 어느 한쪽의 명분일 뿐이지, 전체가 공감하고 합의하는 명분이 될 수 없는 것이 사실이다. 따라서 명분으로 일치하기는 어려워도 현실의 당면문제에서 '실리'(實利)가 무엇인지에서 합의하기가 훨씬 더 쉬운 일이라는 사실을 외면할 수는 없다.

② "말이 순조롭지 않으면, 일이 이루어지지 않는다."--분명 말이

서로 잘 소통되지 않으면 믿음이 무너질 터이니, 일이 이루어지지 않을 것은 당연하다. 그러나 우리는 말이 순조롭지 않아서 서로 믿음을 잃었고 갈등이 끊임없이 일어나는 세상에 살고 있지만, 현실생활에서 요구되는 문제에 최소한의 합의를 바탕으로 일을 처리해가고 있는 것이 사실이 아닌가.

③ "일이 이루어지지 않으면, 예법과 음악이 일어나지 않는다."--'일이 이루어진다'는 것이 그 나라 체제의 기틀이 이루어지는 것이라면, 기틀이 잡힌 다음에 그 기반을 안정시켜야 함은 당연한 과정이다. 과연 일이 이루어지지 않아서 사회가 혼란에 빠져들면 '예법'이라는 질서의 규범이 정립되기 어렵고, '음악'이라는 화합의 장치가 기능하기 어려운 것은 사실이다. 그런데 예법과 음악은 나라의 기반을 안정시키는 기능이 분명히 있지만, 동시에 사회가 안정된 다음에 실현될 수 있는 상층의 문화라는 성격도 주목할 필요가 있다.

④ "예법과 음악이 일어나지 않으면 형벌이 적절하게 행해지지 않는다."--물론 예법과 음악의 교화가 잘 된 안정된 사회에서는 형벌의 적용도 적어질 것이요 적절해질 것이다. 또한 질서와 화합의 장치가 무너지고나면, 형벌의 집행이 과중하거나 편중되어 적절하게 시행될 수 없는 것도 사실이다. 그런데 예법과 음악을 중시하던 조선사회의 경우를 보아도 형벌의 적용이 적절해졌다고 보기에는 너무 혹독하거나 혼란스러웠던 사실을 지켜보게 된다. 어떤 면에서 형벌의 운영이 예법과 음악의 실현보다 사회질서의 유지를 위해 더 기초적 장치라 볼 수도 있다.

⑤ "형벌이 적절하게 행해지지 않으면, 백성은 손발을 둘 곳이 없게 된다."--형벌이 적절하게 행해지지 않는 가장 큰 요인은 예법과 음악

이 일어나지 않아서라기 보다는, 형벌을 운용하는 사법관이 공정성을 잃고 사사로움에 빠질 때 나타나는 현상으로 보이기도 한다. 과연 형벌이 적절하게 행해지지 않으면 백성은 손발을 둘 곳을 몰라 전전긍긍하지 않을 수 없다. "가혹한 정치는 호랑이보다 사납다"(苛政猛于虎.〈『禮記』檀弓下〉)라는 말도 형벌의 적용이 적절함을 잃고 혹독하게 되는 상황을 말하는 것이라 하겠다. 형벌이 혹독하고 정치가 가혹하면 백성들의 삶은 이른바 '하늘이 높아도 부딪칠까 염려하여 허리를 굽히고, 땅이 두꺼워도 꺼질까 걱정하여 조심조심 발을 디딘다'는 '국천척지'(跼天蹐地)의 꼴이 되어 어디서도 안심하고 살 수 없는 상태가 되는 것은 사실이다.

'명분'이 질서를 확보하는데 중요한 기준인 것은 사실이다. 문제는 '명분'에 사로잡혀 '현실'과 '실용'을 외면한 명분주의가 불러오는 폐단도 얼마든지 열거할 수 있다는 사실이다. 한 가지 사례를 들면 근세에 서양문물이 동양에 전파하는 서세동점(西勢東漸)의 시기에 서양의학서로 해부학에 관한 책이 전래되었을 때, 일본에서는 질병의 치료에 '실용성'을 주목하여 그 해부학 책을 간행하였던 사실과, 중국의 청(淸)나라 강희(康熙)황제는 해부학 책이 풍속에 장애가 있다는 '명분'을 내세워 간행과 유포를 금지하였던 일이 있다.

한마디로 '명분'과 '실용'은 새의 두 날개처럼 한 쪽이 없어서는 안되는 것이니, 무슨 일에나, 이 둘을 적절하고 균형있게 활용하여야 일이 이루어질 것이요, 예법의 질서와 음악의 화합이 이루어지며, 형벌도 적절하게 시행되어, 안정되고 강건한 나라를 이룰 수 있게 된다. 따라서 '명분'이나 '실용'의 어느 한 쪽에 사로잡혀 다른 한 쪽을 외면하는 명분주의나 실용주의의 폐단을 깊이 경계할 필요가 있다고 하겠다.

03

정통(正統)의
허상

진리에 대한 신념이나 종교적 신앙은 그 믿음의 정당성을 끊임없이 확인을 함으로써, 자신의 주장에 동조하는 세력을 넓혀가고자 한다. 자연과학에서야 그 이론에 어긋나는 사실이 하나라도 발견되면, 아무리 높은 명성과 많은 동조자를 확보했다 하더라도 한 순간에 그 진실성이 무너지고 말겠지만, 사상이나 종교에서는 어떤 반대 이론이 제시된다 하더라도 맞서서 싸우며 자신의 신념이나 신앙을 굽히지 않는 일이 허다하다.

진리에 대한 인식은 시대에 따라 해석이 달라질 수 있고, 같은 시대에서도 다른 관점에서 해석이 가능하다. 그러나 진리 자체는 오직 내가 믿고 주장하는 이것 하나가 있을 뿐이요, 이와 다른 견해는 잘못된 것이라 보는 태도는 사상전통과 종교집단에서 흔히 드러나고 있음을 쉽게 확인할 수 있다. 서로 다른 견해가 제각기 자기 견해는 완전하고 진실하지만, 나와 다른 모든 견해는 불완전하거나 거짓된 것이라는 상반된 주장이 서로 갈라져 부딪치고 대립하거나 분파를 이루어 딴 살림을 차리기도 한다.

"나는 길이요 진리요 생명이다. 나를 통하지 않고서는 아무도 아버지께 갈 수 없다."〈「요한복음서」14:6〉는 예수의 말씀을 그리스도교에서는 모두 받아들인다. 그러면서도 오직 그 하나뿐인 길이 무엇인지, 진리가 무엇인지, 생명의 의미가 무엇인지, 아버지는 어떤 존재인지를 해석하면서 견해가 달라지고, 이에 따라 온갖 분파가 일어나게 되는 것은 지극히 당연한 귀결이다.

그런데 공자는 자신의 입장을 밝히면서, "나는 타고나면서 아는 사람이 아니다. 옛 것을 좋아하여 민첩하게 얻고자 하는 사람이다."(我非生而知之者, 好古敏以求之者也.〈『논어』7-20〉)라 말씀했던 일이 있다. 이러한 공자의 가르침을 따르는 유교는 흔히 현실적이고 합리적이라 일컫기도 한다. 그런데도 유교전통에서는 공자의 가르침을 해석하면서, 여러 분파가 발생하여 대립하면서, 융성하거나 쇠퇴하기를 거듭해 왔던 사실을 쉽게 알 수 있다.

조선시대 유학자들은 주자학을 기준으로 삼아, 자신의 학문입장을 진리로 확인하면서, 이를 '정통'(正統) 내지 '도통'(道統)으로 선언하고 수호해 왔다. 따라서 이에 어긋나는 입장은 단호하게 '이학'(異學)으로 거부하거나, '사설'(邪說)로 배척해왔지만, 이러한 '정통'의 주장에 따른 진리의 수호가 얼마나 진실성에서 멀어졌던가를 쉽게 드러내 준다.

그 첫째는 중국의 송대 주자학을 진리의 기준으로 받아들이면서, 우리의 역사와 문화를 무시하거나 경멸하고 있다는 사실이다. 17세기초의 조찬한(趙纘韓)은 "기자(箕子) 이후에 신라와 백제를 지났는데도 능히 변화하지 못하여 도(道)와의 거리가 날로 더욱 멀어졌다."〈「高峯集跋」〉고 하여, 도학(주자학)이 융성하게 일어나는 조선시대 이전의 삼국시대와 고려시대까지 우리나라의 문화를 암흑기에 해당하는 것으로 인식하고 있음을 보여준다.

그 둘째는 도학을 진리의 기준으로 삼으면서, 진리의 올바른 계승으로서 '정통' 내지 '도통'을 제각기 자기 학맥의 연원에 해당하는 인물을 받들어 올림으로써, 분파를 조장하고 있다는 사실이다. 곧 조선시대 후반에는 주자학해석에서 퇴계를 정통으로 하는 퇴계학파(영남학파)와 율곡을 정통으로 하는 율곡학파(기호학파)의 분열이 일어나고, 이러한 학파의 분열이 끝내는 당파의 분열로 대립하게 되었던 것이다.

성호(星湖 李瀷)에 의하면, "도통이란 말은『논어』와『맹자』의 끝편으로부터 시작되었다."〈『星湖僿說』권10, 道統〉고 하였다. 곧『논어』요왈(堯曰)편에서 "아! 너 순(舜)이여! 하늘의 운수가 네 몸에 와 있구나."(咨爾舜 天之曆數 在爾躬)라는 요(堯)임금의 말씀이나,『맹자』진심하(盡心下)편에서, 맹자는 요와 순에서 탕(湯)까지 500여년, 탕에서 문왕까지 500여년, 문왕에서 공자까지 500여년은 성인의 덕이 이어져 왔음을 지적하고, "공자로부터 지금에 이르기까지는 100여 년인데,…성인의 덕을 이을 사람이 없구나."(由孔子而來至於今, 百有餘歲, …無有乎爾)라 탄식하면서, 사실상 자신을 도통의 계승자로 암시하고 있음을 보여준다.

또한 원(元)의 오징(草廬 吳澄)은 "도(道)의 큰 근원이 하늘에서 나왔는데, 신성(神聖)이 그 도를 계승하였다. 요·순 이상은 도의 원(元)이고, 그 이후는 도의 형(亨)이며, 공자와 맹자(洙泗·鄒魯)는 도의 이

(利)이고, 염·낙·관·민(濂洛關閩: 濂溪의 周敦頤, 洛陽의 程顥·程頤, 關中의 張載, 閩中의 朱熹)은 도의 정(貞)이다."〈「學統」〉라 하였다. 이처럼 '원-형-리-정'의 전개로 파악한다면, 이른바 송(宋)의 '도학'(주자학)을 도통의 마지막 단계로 제시한 것이라 하겠다.

조선후기에 와서 조찬한(趙纘韓)은 "다섯 현인(五賢: 金宏弼·鄭汝昌·趙光祖·李彦迪·李滉)이 서로 계승해 나왔는데, 퇴도(退陶: 退溪 李滉)에 이르러 비로소 완비되었다.…이에 사문(斯文: 儒學)이 융성하게 일어나서 도통(道統)이 마침내 동방(東方)으로 오게 되었다."〈「高峯集跋」〉고 하여, 우리나라 도통의 연원을 퇴계(退溪 李滉)로 삼고 있음을 보여준다.

이에 비해 송시열(尤庵 宋時烈)은 "도의 체용(體用) 전체가 다 나타나지 못하고 이(理)의 정미(精微)의 온축(蘊蓄)이 다 밝지 못하였다가 우리 율곡 선생이 나신 뒤에야 체용(體用)의 전체와 정미(精微)의 온축이 모두 뚜렷해져서 사문(斯文)이 여기에 있게 되었다."〈『송자대전』, 권171, 紫雲書院廟庭碑銘幷序〉고 하여, 율곡(栗谷 李珥)을 우리나라 '도통'의 연원으로 삼고 있음을 보여준다. 비록 우리나라 도통이 퇴계인지 율곡인지가 갈라졌지만, 퇴계나 율곡에 와서 주자의 도통이 중국이 아니라 우리나라가 계승하였다는 인식을 보여주고 있음을 알 수 있다.

'정통'의식의 폐단을 가장 신랄하게 비판한 인물은 18세기 중반의 실학자 홍대용(湛軒 洪大容)이었다. 그는 「의산문답」(毉山問答)에서 도학의 정통을 신봉하는 고루한 도학자들 비판하였다. 여기서 그는 "도술(道術)이 없어진 지 오래되었다."(道術之亡久矣,)고 통탄하면서, 다음과 같이 언급하였다. 그것은 도학자들이 내세우는 명분이란 모두 탐욕을 숨기는 허위의식임을 예리하게 지적하였던 것이다.

"그 업적은 높이면서 그 진리는 잊었고, 그 말씀을 익히면서 그 본의는 잃어버렸다."

(崇其業而忘其眞. 習其言而失其意.)

"정학(正學)을 붙든다는 것은 실상 자랑하려는 마음에서 말미암았고, 사설(邪說)을 물리친다는 것은 실상 남을 이기려는 마음에서 말미암았으며, 어진 덕으로 세상을 구제한다는 것은 실상 권력을 잡으려는 마음에서 말미암았고, 환하게 살펴 자신을 보전한다는 것은 실상 이익을 노리는 마음에서 말미암았다."

(正學之扶, 實由矜心, 邪說之斥, 實由勝心, 救世之仁, 實由權心, 保身之哲, 實由利心).

사실 예수의 말씀이 아무리 절실하고, 공자의 말씀이 아무리 진실하다 하더라도, 그를 추종하는 신도들은 "그 업적은 높이면서 그 진리는 잊었다."는 홍대용의 비판에서 자유로울 수는 없으리라. 사실 숭배하기는 쉽지만, 진리를 실현하는 고된 길을 가는 것은 어렵다. 또한 "그 말씀을 익히면서 그 본의는 잃어버렸다."는 지적처럼 입으로 그 말씀은 되풀이 해도, 그 본래의 깊은 뜻을 이해할 생각은 못하고 있는 것이 사실이다.

나아가 홍대용은 성인을 따르는 무리들이 지닌 '자랑하려는 마음', '남을 이기려는 마음', '권력을 잡으려는 마음', '이익을 노리는 마음'들은 바로 자신의 욕망을 실현하기 위해 '정통성'을 내세우고, 남을 '이단으로 배척'하고 있는 것이 우리가 살아가고 있는 현실임을 잘 보여주고 있다. 진리를 빙자하여 '권력을 잡아보려는 마음'이나 '이익을 노리는 마음'이 결국 분열을 일으키고 분파를 조장하여 왔던 것이 역사적 사실이요, 현실의 실상이었다. 그렇다면 그 신앙이나 신념의 진실은 사라지고 독선과 고집만 남은 모습을 보여주고 있을 뿐이다.

04

동지(冬至)와
순환

동짓날은 한 해에서 가장 길어졌던 밤이 이날 이후로 점점 짧아지기 시작하는 날이요, 동시에 가장 짧아졌던 낮이 이날 이후 점점 길어지기 시작하는 전환점이다. 따라서 태양이 비치는 시간의 길이를 기준으로 한다면, 진정한 한 해의 시작은 동짓날이라 할 수 있다. 그래서 조선시대에는 동짓날을 '작은 설'(亞歲)이라 일컬으며, 사람들이 서로 새해 축하인사를 하였다고 한다.

동짓날은 팥죽을 쑤어 먹는데, 팥죽의 붉은 색은 양기(陽氣) 곧 생명력을 상징하니, 새해의 왕성한 생명력을 부여해주는 상징적 의미를 보여준다. 또한 팥죽의 새알을 새로운 나이 수만큼 먹어야 비로소 나이를 한 살 더 먹게 된다고 하였으니, 동짓날 새로운 한 해를 맞는다고 믿어왔음을 잘 보여준다. 또한 대문 앞에 팥죽을 조금 내다 놓아, 한해 동안의 악귀나 재난을 물리치려하는 풍속이 있었다.

그리스도교에서 예수의 탄생일은 처음부터 12월 25일이 아니었다고 한다. 초대교회 시절에는 봄으로 알려져 있었는데, 그 후에 12월 25일로 결정되었다고 한다. 그것은 양력으로 12월 22일인 동짓날은 태양이 가장 짧아지는 날이니, 생명이 소멸되는 죽음을 상징하는 것인 동시에, 그날부터 사흘이 지난 12월 25일은 죽음에서 다시 살아나는 '부활'을 상징하는 것으로 보고 예수의 탄생일로 정했다는 설이 있다.

『주역』의 12가지 기본 괘 곧 '12벽괘(辟卦)'의 각 괘는 한 해 12개월의 순환질서를 상징하는데, 그 가운데 동짓달에 해당하는 괘가 '복괘'(地雷-復卦)이다. '복'(復)이란 '회복한다'는 뜻을 지니고 있으니, 낡고 쇠잔함을 벗어나 활기차고 강건함을 회복한다는 의미가 담겨 있다. '복괘'의 '단사'(彖辭)에서는 "'복'은 천지의 (만물을 생성하는) 마음을 볼 수 있겠구나."(復, 其見天地之心乎)라 하였다.

유교의 우주론은 영원히 반복되는 순환론이라면, 그리스도교의 우주론은 한 번 밖에 주어지지 않는 종말론(eschatology)이라 할 수 있다. 순환론에서는 생명의 끝이 죽음이지만, 죽음이후의 새로운 생명이 다시 태어난다고 본다. 마치 풀이 겨울에 시들어 죽어도 봄이 오면 새싹이 터져나오는 것처럼 반복한다는 말이다. 우주의 순환질서에서도 소멸의 끝에는 반드시 다시 소생하는 전환점이 있다고 믿는다. 곧 만물이 생명을 잃었다가 그날에 다시 살아난다는 '부활'(復活)을 상징한다고 하겠다.

조선말기 도학자인 이항로(華西 李恒老)와 그의 제자들의 집단인 화서학파(華西學派)에서는 동짓달과 더불어 '복괘'를 소중하게 여겼는데, 여기서 '복괘'의 의미는 악(惡)이 극성을 부려서 이 세상의 질서가 극도로 침체하는 시기이지만, 동시에 한 가닥 선(善)이 다시 살아나 생명의 활력을 얻기 시작하는 회복의 시기를 상징하는 것으로 중시하였다.

따라서 태양이 가장 짧아졌다가 다시 길어지기 시작하는 '동지'의 상징적 의미를 확장하여, 사회의 도덕적 쇠퇴와 국가의 질서가 무너져 멸망의 위기에 이르렀다가, 새로운 활력으로 살아나는 회복의 전환점으로 강조하여 주목하였다. 사실 19세기 후반인 당시 조선왕조는 서양과 일본의 제국주의적 침략을 받으면서 나라가 멸망하는 역사적 위기의 상황에 놓여있었다.

여기서 화서학파는 조선왕조가 외세의 침략으로 극심한 혼란과 침체에 빠져 있는 위기상황에 놓여 있음을 진단하고, 이 극한적 침체와 몰락의 국면에 이른 당시를 바로 반전하여 유교문명이 새로운 활력으로 다시 살아나는 전환의 계기가 열리는 시점으로 인식하고, 이러한 전환의 계기는 순환적 역사변동의 필연적 현실이라 믿었다. 이러한 희망의 근거로 동짓달에 해당하는 '복괘'의 의미를 찾아서 드러내었다.

곧 화서학파의 이념인 중화문화를 존숭하고 오랑캐를 배척한다는 '존화양이'(尊華攘夷)의 정신을 바위에 새겨 다지는 곳으로 경기도 가평군(加平郡 下面 大報里)의 조종암(朝宗巖)에 있는 큰 바위에 '견심정'(見心亭) 세 글자를 세겼는데, 이것은 바로 『주역』에서 동짓달에 해당하는 '복괘'(地雷-復卦)의 '단사'(彖辭)인 "천지의 마음을 본다"는 '견천지지심'(見天地之心) 다섯 글자에서 첫 글자와 마지막 글자를 따온 명칭이다.

여기서 '하늘의 마음'(天心)이란 도덕적 가치에서 보면, "어진 덕이란 (만물을) 살리고 살리니 하늘이라 한다."(仁者, 生生之謂天.〈高攀

龍;『高子遺書』, '語'〉)라 말한 것처럼 만물을 살리고 살리는 하늘의 어진 마음임을 알 수 있다. 또한 『주역』에서는 "살리고 살리는 것을 '역'이라 한다."(生生之謂易.〈'繫辭上'〉)고 하였으니, 자연의 순환질서에서 보면, '역'(易)의 변화원리는 만물을 살리고 살리는 것임을 확인하고 있다.

따라서 동지는 삶과 죽음의 순환질서로서, 죽음에서 새로운 삶으로 넘어서는 전환점을 의미한다. 동지가 지닌 의미는 먼저 도덕성에서 보면 만물을 살리고 살리는 하늘의 어진 미음을 드러내고 있는 것이며, 다음으로 자연의 변화원리에서 보면 끝없이 새롭게 살려가는 순환질서의 전환점으로서, 죽음에서 다시 살아나는 중생(重生: 再生, 復活)의 의미를 간직하고 있다.

그만큼 동지는 매우 신성시 되고 있었고, 따라서 동짓달에는 윤달을 두지 않았으며, 책력의 끝이요, 새로운 시작이라는 의미를 지니는 것이다. 동짓날은 '지일'(至日)이라 하여, 멀리 갔던 사람들도 모두 집으로 돌아와서 동짓날을 맞으며, 이날은 외출을 삼가고 집안에서 고요히 한 해 동안 자신의 삶을 돌아보고 반성하는 시간으로 삼는다. '제야'(除夜)도 한해의 마지막날 밤을 의미하지만, 동시에 동지 전날밤을 가리키기도 한다.

05

믿음의
올바른 힘

　스스로 포기하는(自暴自棄) 경우가 아니라면, 사람은 누구나 자신을 좀 더 소중하고 가치 있는 존재로 이루어내기 위해 힘을 기울이기 마련이다. 그래서 온갖 어려운 여건에도 불구하고 노력해가다가, 마침내 그 꿈을 이루어, 사람들의 입에 칭송을 받거나, 다음 시대에 아름다운 이름을 남기기도 한다. 그러나 때로는 좋은 환경에 좋은 교육을 받고, 또 사회에서 높은 지위에 올랐는데도 그 행실이 신의가 없거나 올바르지 않다면 사람들의 지탄을 받다가 도중에 무너지는 수는 비일비재하다. 왜 그렇게 달라지는 것인가?

　공자는 제자 재여(宰予)가 공부한다고 말해놓고서 낮잠을 잤던 사실을 보고는, "썩은 나무는 조각을 할 수 없다."(朽木不可雕也,〈『논어』5-10〉)고 말씀하셨던 일이 있다. 이 말은 비유를 들어 엄중하게 꾸짖는 말씀이었다. 그 사람의 말을 듣고 그 행실을 믿어왔었는데, 제자가 평소에 하는 말과 그 행실이 서로 다른 사실을 보고 나서, 공자는 남의

190 꽃보다 붉은 단풍

말을 듣고도 그 행실을 직접 살펴 확인하지 않고서는 믿을 수 없게 되었다고 탄식하였음을 보여준다.

'믿을-신'(信)이라는 글자는 '사람-인'(人)자와 '말씀-언'(言)자가 결합된 글자이다. 말만 듣고서 그 사람의 행실을 믿을 수 있는 것이 '신'(信)자의 뜻이다. 사람의 말을 듣고나서도 그 말과 행실이 일치할지를 알 수 없거나 의심스러우면 믿을 수 없으니, 이것이 믿을 수 없는 것 곧 '불신'(不信)이 된다. 이런 믿음은 하루아침에 이루어지는 것도 아니고, 한두 번 만나보고서 가질 수 있는 것도 아니다. 여러 번 겪어보면서 말과 행동이 일치함을 확인한 뒤에야 '믿음'을 가질 수 있고 또 줄 수도 있다.

믿음이 확고해지면 혹시 말과 행동이 얼마간 어긋났다 하더라도 곧바로 믿음을 거두어 불신하지는 않는다. 먼저 어쩔 수 없는 사정이 있었던 것이나 아닌지를 자세히 살피게 된다. 이것이 바로 믿음의 힘이다. 일을 하다가 실패하여 그 말을 지키지 못하는 경우라 하더라도 불신을 보이는 것이 아니라, 도리어 그 어려운 사정을 안타까워 해주는 것이 진정한 우정과 신뢰의 모습이다. 남으로부터 이러한 믿음을 받을 수 있으면, 어떤 어려운 일에도 도전할 수 있는 엄청난 힘을 얻을 수 있다.

이와 반대로 믿음을 얻지 못하면, 비록 그 행동의 결과가 말과 일치하더라도 곧바로 믿지 않고, 혹시 어떤 의도나 술수가 숨어있는 것이 아닌지 의심부터 받기도 한다. 그만큼 믿음이 없이는 어떤 큰일도 도모하기 어려운 것이 현실이다. 이런 의미에서 "너의 믿음은 너를 구원하였다."라고 말하거나, "너에 대한 불신이 너를 멸망의 구렁텅이에 떨어뜨렸다."라고 말할 수 있지 않겠는가. 그만큼 믿음은 모든 덕의 중심이요, 사람으로서 살아가고 자신을 이루는데 원동력이 되는 것이라 하겠다.

어짐(仁), 의로움(義), 예절(禮), 지혜(智)는 사람의 핵심적 덕목으로, 동서남북에 해당된다면, 그 중앙에는 믿음(信)이 자리잡고 있다. 그래서 서울 성곽에 흥인문(興仁門-東), 돈의문(敦義門-西), 숭례문(崇禮門-南), 소지문(炤智門-北)이 있다면 중심에 보신각(普信閣-中)이 있다. 보신각에서 종이 치는데 따라 사대문이 열리고 닫히듯이, 믿음은 언제나 중심에 자리잡고 다른 모든 덕목을 실현하는 힘으로 역할을 하고 있는 것이라 하겠다. 다시 말하면, 믿음이 없으면 다른 모든 덕목이 중심을 잃고 썩은 담장처럼 허물어질 수밖에 없다는 말이다.

믿음은 밖으로 남에 대한 믿음이나 남으로부터 받는 믿음만이 아니다. 안으로 자신에 대한 믿음이 지극히 소중하고, 또 믿음의 근본이라 할 수 있다. 자신에 대한 믿음이 없이는 위태롭고 어려운 난관을 넘어서 나아갈 수가 없다. 사람이 살다보면 고난에 빠지기도 하고 위험에 놓이기도 하는데, 이를 헤쳐 나가기 위해서는 용기와 믿음이 필수적이다. 용기도 자신에 대한 믿음에서 나오는 것이니, 믿음이 없으면 자포자기(自暴自棄)하게 되기가 일쑤다.

자신에 대한 믿음 곧 자신감은 두려움도 깨뜨리고 어떤 위험이나 난관도 뚫고 나가는 용기를 불러일으킨다. 자신감이 과도하면 만용을 부릴 수도 있지만, 자신감이 없으면 아무 일도 감당하지 못하고 두려움과 우유부단함에 빠지기 마련이다. '저질러놓고 보자'는 태도는 바르고 좋은 결과를 보장할 수 없는 만용이다. 그만큼 자신감은 무모하지 않고 지혜로워야 한다. 자신감에 넘치는 빛나는 눈빛과 행동을 결코 무모한 만용에 충혈된 눈빛과 혼동해서는 안 된다.

믿음은 다른 모든 덕목의 중심이요 바탕이 되지만, 믿음을 올바르게 실현하려면 다른 덕목들과 화합하지 않으면 안 된다. 믿음이 다른 덕목들을 외면하면 '눈먼 믿음'(盲信)이 되기도 하고, '미혹된 믿음'(惑信)이 되기도 한다. 한 성전에서 똑같은 신을 섬기는 사람들의 종교적 신앙에도 올바른 믿음이 있고 그릇된 믿음이 있다. 어짐(仁)과 의로움(義)의 덕을 외면한 신앙에서는 저주와 폭력이 난무하기도 하고, 예절(禮)과 지혜(智)를 외면한 신앙에서는 난잡함과 미신이 활개를 치기도 한다.

믿음은 "산도 움직일 수 있다."고 말할 정도로, 모두가 불가능하다고 말하는 일도 해 낼 수 있는 강력한 힘을 지닌다. 그만큼 믿음은 끊임없이 자기절제를 통해 바른 방향을 지켜나가야 한다. 믿음이 절제력을 잘 유지한다면 빛나고 아름다운 믿음을 지닌 큰 힘으로 발휘될 수 있다.

믿음이 절제력을 잃으면 난폭하고 방자하게 되기도 한다. 중세의 가톨릭교회가 종교재판으로 무수한 사람들을 학살한 사실이나, 현대에 폭탄테러가 많은 인명을 앗아가는 현상도 그들 나름의 그릇된 믿음에 말미암은 결과이다. 믿음은 칼과 같아서 사람을 살리는 칼(活人劍)이 될 수도 있고, 사람을 죽이는 칼(殺人刀)이 될 수도 있다. 따라서 믿음 자체가 선한 것이 아니라, 믿음이 선하게 되어야 하는 것이다.

믿음은 먼저 안으로 자신을 믿을 수 있어야 하고, 나아가 밖으로 사람을 믿을 수 있어야 하고, 궁극적으로는 위로 하늘(하느님)을 믿을 수 있어야 한다. 어느 한 쪽이 결핍되면, 그 온전함을 잃을 수 있다. 자신만을 믿고 사람을 믿지 않는 경우는 자만에 빠지고, 남을 믿으면서 자신을 믿지 않으면 꼭두각시가 되고 만다. 또한 하늘만 믿고 자신도 남도 믿지 않으면 맹신(盲信)에 빠지게 된다. 이처럼 균형을 잃은 믿음을 경계해야만 한다.

06

유교와
종교

　내가 종교학과에서 유교에 관해 가르치고 있다 보니, 여러 사람으로부터 받는 질문 중에 두 가지 질문을 가장 자주 접하게 되었다. 한 가지 질문은 "유교(儒教)와 유학(儒學)의 차이는 무엇인가?"라는 질문으로 '유교'와 '유학'이 혼동되어 쓰이고 있는 사실에 대해 제기하는 의문이다. 또 하나의 질문은 "과연 유교가 종교인가?"라는 질문으로, 유교는 종교적 성격이 매우 미약한데 종교라 할 수 있는지를 묻는 의문이다.

　먼저 '유학'과 '유교'를 흔히들 구분하는 논법(論法)에 따르면, 유교에서는 '유학'이 본체요 '유교'는 응용이라 구별하기도 한다. 혹은 '유교'는 종교적 성격을 말하는 것이요, '유학'은 학문적 영역을 가리키는 것이라 대비시키기도 한다. 나의 견해로서는 "'유교'가 가르침을 말하고, '유학'은 배움을 말한다 하더라도, 가르침과 배움은 하나의 양면이라, 같은 것으로 혼용해서 쓰이고 있는 것이 자연스럽다."고 대답한다.

다음으로 '유교'가 종교인가라는 문제는 학자들 사이에 오랫동안 논쟁이 벌여져 왔던 문제로서, 명쾌하게 대답하기가 매우 어려운 문제이다. 먼저 일본과 중국에서 유교의 종교문제에 대한 논쟁을 검토하여 정리한 참고문헌으로 두 가지를 소개하면 다음과 같다.

하나는 일본 학계에서 벌어졌던 '유교가 종교인가'라는 문제에 대한 논쟁의 입장들을 정리한 저술로서, 교토(京都)대학 교수인 이케다 슈조(池田秀三)의 저술,『자연종교의 힘-유교를 중심으로』(1998, 東京, 岩波)이 있다. 저자는 철저히 중립적 입장에 서서 양쪽 견해를 매우 정밀하게 검토하고, 각 입장의 타당성과 문제점을 분석하고 있다.

다른 하나는 중국에서 일어났던 여러 주장과 논쟁을 임계유(任繼愈)박사가 편집한『유교문제쟁론집』(儒教問題爭論集, 2000, 北京, 宗教文化出版社)이 있다. 이 책은 안유경(安琉鏡)박사와 나의 공역으로 지식과 교양 출판사에서『유교는 종교인가(1)--유교종교론』과『유교는 종교인가(2)--유교비종교론 및 토론』(2011, 지식과교양) 두 권이 있다. 중국에서도 두 입장이 팽팽하게 맞서고 있음을 잘 볼 수 있다.

나의 입장은 유교를 종교로 보는 것이다. 그러나 여기에는 몇 가지 조건이 따른다. 기본적으로 '종교'의 개념을 어떻게 이해하느냐에 따라 유교는 종교로 볼 수도 있고, 종교가 아니라 윤리체계나 학술로 볼 수도 있다는 것이다. 종교의 조건으로 숭배하는 신(神)존재가 있는지 아닌지를 묻는다면, 유교에서는 숭배대상인 신(神)존재가 없으니 종교가 아니라 보는 견해가 많다. 그러나 나는 유교에 뚜렷한 '상제'(上帝)나 자연신과 조상신 등 다양한 신존재가 있으며, 다신론(多神論)으로 볼 수도 있지만, '상제'는 분명하게 지극히 높은 유일신(唯一神)으로 인식되고 있음을 지적하고 싶다.

유교에 신앙의례가 있느냐고 묻는다면, 모든 신들에 대한 제사의례가 있고, 조상신에 대한 제사의례도 유교사회의 보편적 신앙의례라 확인할 수 있다. 다만 유교에 교회와 성직자가 없다는 지적에는 나로서도 어느 정도 동의하지만, 제사가 드려지는 공간은 교회의 기능이 있고, 제사에서 제주(祭主)가 성직자의 기능을 얼마간 담당하는 사실을 지적할 수 있을 뿐이다. 유교사회에서 기본적으로 국가와 가정이 교단의 기능을 미약하나마 나름대로 수행해 왔던 것이 사실이다.

무엇보다 전통사회에서 유교인은 종교적 신앙심이 확고하였지만, 오늘날 유교를 공부하는 사람들 대부분은 그 신앙심을 잃고 학문으로 접근하는 사실을 주목할 필요가 있다. 그렇다면 전통사회에서 유교는 살아있는 종교였으나, 오늘날 유교인은 신앙심도 종교의식도 상실하고 있다는 사실을 확인할 필요가 있다. 따라서 유교의 종교성에 대해서는 제시되고 있는 여러 가지 의문점들을 열거하여 확인해볼 필요가 있다.

(1) 과연 종교로서의 유교의 의미는 무엇인가?

(2) 유교는 종교가 아니라는 주장과 엄연한 종교라는 주장 사이에 논리적 타당성의 정도는 어떠한가?

(3) 도대체 유교의 교조(敎祖)라는 공자(孔子)의 의식 속에는 도(道)가 진리를 의미했던 것인가, 종교를 의미했던 것인가?

(4) 오랜 역사를 통해 유학자들은 유교를 분명하게 종교로 인식했었던가?

(5) 천명(天命)을 논하고 성인(聖人)과 군자(君子)의 도리(道)를 제시하고, 예법(禮)과 의리(義)와 효도(孝)를 가르치지만 사상의 발생기에 가능한 복합적 사유로서 애매한 것이 아닌가?

(6) 보다 분석적 사유체계에 견주어 본다면, 유교는 종교로서 뿐만 아니라, 철학, 윤리학, 정치학, 사회학 그 어느 것으로도 체계적으로 성립할 수 있는 근거가 매우 빈약하지 않은가?

(7) 인간의 내면에는 다양하고 심오한 여러 요소들이 있는데, 이것을 인(仁)·의(義)나 사단칠정(四端七情) 등에 온전히 귀속될 수 있을까?

(8) 불교, 그리스도교 등 다른 종교에서 근본문제인 인간내면의 죄의식에 대한 각성이나 구원에 대한 갈망을 유교는 의식하지 못하거나 의식이 매우 빈약한 것이 아닌가?

(9) 그리스도교 등의 종교에서는 신과 인간의 관계를 거듭하여 강조하고 있으니, 신(神)중심적 종교라 할 수 있는데, 유교는 인간중심적 종교라 할 수 있는가?

이러한 질문들의 어느 하나도 완전히 부정할 수 없다. 어쩌면 어느학자의 지적처럼 "유교는 종교성이 있으나 매우 미약하다."는 말에 동의할 수도 있다. 그만큼 관점에 따라 유교의 종교로서 한계가 크게 인식될 수 있는 것은 사실이다. 유교의 종교로서 한계에 무엇보다 핵심적 초점이 되고 있는 것은, 과연 유교에서 천(天)·상제(上帝)의 존재에 대한 신앙이 유교인의 의식 속에 얼마나 진지하고 생생하게 살아있는지의 문제이다. 신(神)관념은 있지만, 유교인의 일상생활 속에서 신(神)존재가 너무 추상적이거나 관념적일 뿐, 현실에서 신과 인간의 교류가 너무 미미하여, 인간의 세속적 일상생활 속에 '신'이 차지할 수 있는 자리가 거의 없다는 사실을 인정하지 않을 수 없다.

물론 서양종교의 충격을 받은 이후, 유교학자들 가운데, 유교의 종교성을 강조하였던 인물들이 있다. 곧 중국의 강유위(康有爲)나 한국의 이병헌(李炳憲) 등 유교의 종교화 운동으로서 '공교'(孔敎)운동을 벌인 경우도 있다. 강유위에 의한 공교운동은 한 때 중국인의 화교(華僑)사회에서 상당히 성행하였던 일도 있었다. 그러나 그 생명력이 미약하여 오래 지속되지 못하고, 다시 망각 속에 빠져들고 말았던 것이 현실이다.

문제는 유교의 종교성에 대한 각성과 그 운동이 다시 일어날 수 있는 가능성을 지닌 침체기의 유교인지, 그렇지 않으면 종교로서의 생명력을 완전히 잃고, 고전에 대한 지식이나 도덕적 생활관습으로만 남은 죽은 종교인지도 확인할 필요가 있다. 그러나 지금으로서는 단정하기가 이르고 좀 더 긴 시간동안 지켜볼 필요가 있지 않을까 생각한다.

07 역경(逆境)을 이겨내는 강인한 절개

여러 줄이 늘어서 있는 매표소 창구에서 가장 짧은 줄을 찾아가 섰다고 나무랄 사람은 아무도 없다. 먼저 온 사람이 조금이라도 더 편안한 자리를 차지하고 유리한 쪽을 고르려 하는 것은 지극히 당연한 일이다. 그러나 여러 사람이 둘러 앉아 식사하는 식탁에서 자기 입맛에 맞는 반찬을 혼자 독차지 하려 들면, 그 때는 남을 배려할 줄 모르는 이기심이나 탐욕에 대해 비난을 받을 수 있다. 그렇지만 이런 행위는 무례하다고 비난을 받을 수 있지만, 죄로 다스릴 수 있는 큰 허물이라 할 수는 없다.

그런데 침몰하고 있는 여객선에서 선장이 승객을 버려두고 자기만 살겠다고 먼저 배를 버렸다면, 자신의 임무와 책임을 저버린 사실에 대해서 단지 무책임하고 파렴치하다는 비판을 받는데 그칠 수는 없다. 그보다 한층 더 심하게 법률로 책임을 저버린 죄를 물어 처벌해야 한다. 우리는 얼마전에 세월호 선장이 탑승한 많은 학생들을 버려두고 먼저 배에서 빠져나갔던 사실에 대해, 법률적 처벌만 아니라, 사회적 공분(公憤)이 얼마나 컸었는지 잘 지켜보았던 일이 있다.

여기서 '절개'(節槪)란 단지 예의바름이나, 법을 잘 지키는 준법의 차원이 아니다. '절개'는 신념의 차원이라 할 수 있다. 곧 '절개'는 사람답게 살아가는데 지켜야 할 도리가 무엇인지를 알고, 그 도리를 따르겠다는 신념과 의지를 확고하게 지니며, 이를 실현하기 위해 어떤 고통이나 위험 속에 놓여서도 변함없이 지켜가는 굳센 '지조'(志操)요, 당당한 '의기'(義氣)이다.

공자는 "삼군의 군대에서 장수를 빼앗을 수는 있지만, 필부에게서 그 뜻을 빼앗을 수는 없다."(三軍可奪帥也, 匹夫不可奪志也.〈『논어』 9:26〉)고 하였다. 인간은 누구에게도 빼앗기지 않고 지켜야 하는 '뜻' 곧 '지조'를 지닐 수 있는 존재라는 말이다. 자신의 뜻을 지킨다는 것은 확고한 가치관이 서 있어야 하고, 생명보다 더 소중히 여기는 신앙 내지 신념이 있을 때 가능한 일이다.

사람답게 사는 품격으로는 여러 가지 덕목을 찾아 볼 수 있다. 예를 들면 평상시에 남들과 어울려 살아갈 때는 친절하고 예의바르며 너그러운 아량이 중요한 덕목이 된다. 그러나 곤궁하거나 위급한 처지에 놓였을 때는 평소 가슴 속 깊이 간직했던 소신 곧 지조를 굳게 지키는 절개가 소중한 덕목이 된다. 그만큼 '절개'는 평상시가 아니라 위급하고 곤궁한 상황에서 빛난다.

이익만 따라가며 거짓과 배신을 거리낌 없이 하는 사람이라면, 애초부터 절개를 논할 거리도 안된다. 우리 사회에서도 지위가 높고 큰 권력을 지닌 지도층 인물 가운데 위급한 처지에 놓이면 책임을 외면한 채 변명과 거짓말을 늘어놓으며 빠져나갈 궁리만 하는 사람들을 자주 볼 수 있었다. 이런 인물들은 그 가슴 속에 간직하는 지조가 없었으니, 지켜야할 절개도 없는 사람임을 쉽게 알 수 있다.

평상시에 지조가 높은 사람도 심한 고난으로 절망에 빠지면, 가슴 속에 간직했던 신념을 지키다가 마지막에 가서 꺾이고 마는 경우가 있다. 일본강점기에 육당(六堂 崔南善)이나 춘원(春園 李光洙)처럼 독립운동에 앞장섰던 인물들이, 마지막에 지조를 꺾었던 경우를 보면서 누구나 안타까워한다. 그만큼 지조를 마지막까지 온전하게 지키기는 지극히 어려운 일이다.

그래서 변사또가 죽이겠다고 위협해도 끝내 굴복하지 않고 지켜내는 춘향(春香)의 굳은 절개가 소중하게 여겨진다. 고려 말의 선비들은 두 왕조의 임금을 섬기는 것이 절개를 잃는 것이라 하여 크게 부끄러워했고, 조선왕조에 저항하여 끝까지 지조를 지키다 생명을 버린 선비들이 많았다. 조선시대 여성들도 두 지아비를 섬기는 것은 절개를 잃는 것이라 하여, 목숨을 버려서라도 지켰으며, 이 지조를 저버린 여성은 남들로부터 심한 경멸을 받아야 했다.

신라의 박제상(朴堤上: 金堤上)이 보여준 것처럼, 왜국 임금이 혹독한 고문을 하면서, 왜국의 신하라 밝힌다면 높은 벼슬과 많은 녹봉을 주겠다고 유혹했지만, 조금도 흔들리지 않고, "차라리 신라의 개나 돼지가 될지언정, 왜국의 신하는 되고 싶지 않다,"고 단호하게 밝혔다. 이처럼 박제상의 강인한 절개는 후세의 역사를 통해 절개를 지키는 선비의 모범으로 고귀하게 여겨 높여져 왔다. 절개는 어려운 처지와 온갖 고난 속에 놓였을 때 더욱 뚜렷하게 드러난다.

신라 진평왕(眞平王)때 백제의 대군이 침입하여 변방의 성이 위태로운 상황이었는데도, 나라에서 파견한 원군이 적의 세력을 두려워해서 진격하지 못했다. 이때 성을 지키던 장수인 눌최(訥催)는 군사들을 격동시키면서 "따스한 봄날 온화한 기운에 초목은 모두 꽃이 피지만, 추운 겨울이 온 다음에는 소나무와 잣나무만 시들지 않는다. 이제 고립된 성에 원군이 오지 않으니, 날이 갈수록 더욱 위태로워진다. 이러한 때는 진실로 뜻있는 선비와 의로운 사내가 마음과 힘을 다해 절개를 지켜 이름을 드날릴 때이다."(陽春和氣, 草木皆華, 至於歲寒, 獨松柏後彫, 今孤城無援, 日益阽危, 此誠志士義夫盡節揚名之秋.〈『삼국사기』, 列傳〉)라 하여, 성이 무너질 때까지 용감하게 싸우다 장졸이 다 함께 장렬하게 죽었다.

공자는 "겨울이 온 다음에라야 소나무와 잣나무가 시들지 않는 줄을 알겠도다."(歲寒然後知松柏之後彫也.〈『논어』9:28〉)라 하였다. 겨울의 추위에도 소나무와 잣나무의 푸른 잎이 시들지 않는 것처럼, 혹독한 고난을 견디는 절개가 더욱 빛난다는 것을 말해준다. 대나무가 거센 바람을 맞으면서도 꺾어질지언정 허리를 구부리지 않는 것도 어려움 속에 지켜내는 강인한 절개를 의미한다. 그래서 옛 지사(志士)들은 자신이 지키는 절개의 상징으로 흔히 소나무와 대나무를 들고 있다.

신라 선덕여왕 때 변경을 지키던 성주(城主)가 백제군의 침략을 받아 위급하게 되자, 성문을 열고 나가서 항복하고 말았다. 이때 하급 장교에 불과한 죽죽(竹竹)은 성문을 다시 닫고 항전하였다. 동료들이 죽죽에게 우선 항복하고 나서 뒷날을 도모하자고 권유하자, 그는 "나의 아버지가 내 이름을 죽죽(竹竹)이라 지어준 것은 겨울이 되어도 잎이 시들지 말고, 꺾어질지언정 굽히지 말라는 뜻이다. 어찌 죽기를 두려워하여 살아서 항복하겠는가."(吾父名我以竹竹者 使我歲寒不凋 可折

而不可屈 豈可畏死而生降乎〈『三國史記』, 列傳〉)라 자신의 지조를 밝혀, 위기에서 절개를 지키는 의연함을 보여주었다. 이처럼 장수들이 외적으로 부터 국토를 방어하기 위해 목숨을 버리면서 나라를 위한 충성심을 다하였던 절개를 확인할 수 있다.

08

진정한
의리

　정몽주(鄭夢周)가 고려왕조를 지키겠다는 뜻을 밝힌 시조 「단심가」 (丹心歌)에서 말한, '임향한 일편단심(一片丹心)'은 나라에 충성한다는 의리를 밝히고 있는 말이다. 조선사회에서는 조선왕조 건국에 가장 큰 공을 세운 정도전(鄭道傳)이나 학문의 기초를 세웠던 권근(權近) 보다 오히려 고려왕조를 지키기 위해 조선왕조 건국에 저항하다가 목숨을 잃은 정몽주의 의리정신을 더 소중하게 여기고 높였다.

　어떤 위기에서도 변함없이 지켜야 하는 도리는 한마디로 묶어서 말하면 '의리'(義理)라 할 수 있다. 유교문화 속에서 의리를 지키는 것이 바로 절의(節義)요 절개(節槪)이며, 선비정신의 핵심이라 할 수 있다. 따라서 일본의 무사도(武士道)나 우리사회의 조직폭력배들에서 보여주는 주인에 대한 맹목적 복종을 '의리'라 내세우는 것과는 본질적으로 다름을 확인해둘 필요가 있다.

　진정한 '의리'는 무엇이 정의인지 불의인지에 대한 명확한 인식을 전제로 한다. 이에 따라 정의를 지키고 실현하거나 불의에 대해 단호히 비판하다가 자신의 목숨을 내놓고 저항하는 것이 진정한 '의리'요, '절개'의 기준이다. 진정한 의리가 무엇인지, 어떤 것이 의리에 맞는지를 인식하는 것은 인간의 이성을 따라 인식할 수 있고, 양지(良知) 내지 양심으로 알 수 있으며, 동시에 성인(聖人)의 말씀과 선현(先賢)의 모범을 통해 배울 수 있다.

조선시대의 선비는 나라가 실현해가야 할 정의로운 이념과 인간이 지켜야 할 정의로운 가치를 '의리'로 제시하였다. 따라서 올바른 선비는 임금의 권위 앞에서도 목숨을 걸고 간언(諫言)하여, 과감하게 의리를 밝히고 불의를 비판하는 지조를 보여주었다. 중종(中宗)임금에게 강경하게 간언하여 권력을 잡은 공신들이 저지르는 불의와 탐욕에 빠진 사회적 병폐를 고칠 것을 요구했던 조광조(靜菴 趙光祖)는 결국 임금과 간신이 합작하여 유배를 당하고 잇따라 사약을 받고 죽음을 당하고 말았다.

당시에 공신세력들은 이어서 조광조를 지지하던 선비들을 일망타진하여 죽음으로 몰아넣었던 기묘사화(己卯士禍)를 일으켰다. 그후 여러 차례 사화(士禍)가 일어나 많은 선비들이 죽음을 당했지만, 조선사회는 이 선비들의 죽음에 대해 도리를 지키다 희생당한 '순도'(殉道)로 높이고, 선비를 희생시킨 권력집단을 탐욕스럽고 사악한 간신배(奸臣輩)들로 지탄하고 경멸해왔다.

임진왜란 때나 조선 말기에 일본의 침략을 당해 나라가 위기에 빠졌을 때, 선비들은 무기도 제대로 갖추지 못했지만, 불의한 침략자에 항거하여 '의병'(義兵)을 일으켜 싸우다가 많은 희생를 당했다. 이들에 대해 의리를 지키다 죽음을 당한 '순의'(殉義)의 지조와 절개를 높이 기려왔다. 조선왕조를 멸망시킨 일본의 침탈에 항거하여 자결하였던 많은 지사(志士)들이나 무력으로 저항하였던 많은 의사(義士)들의 애국심은 불의한 침략자에 맞서서 싸우는 의리를 지켰던 선비로 높여졌다.

의리는 선비들의 일상생활 속에서도 항상 소중하게 간직되었던 가치였다. 지조 있는 선비들이 초야에 파묻혀 극심한 빈곤을 견디면서도 벼슬과 녹봉을 탐내지 않고, 권세에 아첨하지 않으며, 죽임을 당하더라도 불의와 타협하지 않고 의리를 지키는 '지조'는 평소 선비의 생활 속에서 그대로 살아있었음을 엿볼 수 있다.

퇴계는 만년에 도산서당 동쪽에 단(壇)을 쌓아서 모진 풍상(風霜)에도 잘 견뎌내는 솔·대·매화·국화를 심고, 절우사(節友社)라 하였다. 그는 이 네 가지 꽃과 나무로 절개를 함께하는 벗으로 삼아, 결사(結社)를 맺었던 것이다. 이때 그가 읊은 시에서도 "나는 이제 (솔·대·매화·국화와) 함께 풍상계(風霜契)를 맺었으니/ 곧은 절개 맑은 향기 가장 잘 알았다오."(我今併作風霜契, 苦節淸芬儘飽諳.〈「節友社」〉)라 읊었다.

윤선도(孤山 尹善道)는 물·바위·솔·국화·달을 다섯 벗으로 삼아 「오우가」(五友歌)를 지었던 일이 있다. 이 노래 가운데서 솔(松)에 대해, "더우면 꽃 피고 추우면 잎 지거니/ 솔아 너는 어찌 눈·서리를 모르는가/ 구천(九泉: 黃泉)에 뿌리 곧은 줄을 그로 하여 아노라."라 읊고, 대(竹)에 대해, "나무도 아닌 것이, 풀도 아닌 것이/ 곧기는 뉘 시켰고, 속은 어이 비었는가/ 저렇게 사시(四時)에 푸르니 그를 좋아하노라."라 읊었다. 솔과 대의 곧고 변함없는 절개를 사랑하여 벗으로 삼아 마음에 깊이 간직하고 있음을 보여준다. 이 절개는 바로 의리를 지키는 선비의 마음이다.

의리를 높이 내걸고 죽음도 두려워하지 않으며 절개를 지키는 것은 강한 신념과 용기를 지녀야 하니, 누구나 쉽게 할 수 있는 일은 아니다. 절개를 지키는 선비의 모습은 비굴한 사람도 부끄러운 줄 알게 하고, 나약한 사람도 분발하여 일어서게 하는 힘의 원천이 되었다. 그러나 절개를 지키는 선비의 정신적 근거인 의리는 관점에 따라 정당성에 대한 해석이 달라질 수 있으며, 시대의 변화에 따라 가치기준이 변할 수 있다. 너무 편협한 관점의 의리나 독선적 확신의 의리는 한 국가나 인간의 가치를 실현하는데 역기능을 하는 경우도 있다는 사실을 주목할 필요가 있다. 마치 독선에 빠진 신앙의 폐단처럼 독단에 빠진 의리의 폐단을 심각하게 성찰해야 한다.

조선후기에 이미 멸망한 명(明)나라를 높이 받들고, 실질적으로 중국을 지배하는 청(淸)나라를 오랑캐로 배척하는 '숭명배청'(崇明排淸)의 의리를 내세운 경우나, 조선말기에 서양의 근대문물을 배척하고 쇄국정책을 고수하는 것으로 의리를 삼았던 '위정척사'(衛正斥邪)의 의리는 시대변화에 역행하면서 국가에 심각한 위기를 불러오기도 했던 것이 사실이다.

또한 조선시대 여성들이 두 지아비를 섬기지 않는다는 절개를 지나치게 강조하여, 개가(改嫁)를 못하게 강압했던 것은 의리에 대한 편협한 해석이라는 비판을 면할 수 없다. 따라서 의리를 지킨다는 것은 독선적 관념에 빠지지 않고, 깊은 성찰과 현실적인 인식을 통해 건강하고 실용적인 사회질서를 이루고 인간다움을 조화롭게 실현할 수 있을 때에 그 정당성과 진실성을 확보할 수 있음을 돌아볼 필요가 있다.

09

퇴계학의
현대화와 세계화

내가 퇴계학회(국제퇴계학회)가 주최하는 해외 학술회의에 처음 참여하였던 것은 1983년(10.9-10.25) 미국 하바드대학에서 개최된 회의였고, 이 회의가 끝난 후 미국 동부지역(뉴욕, 워싱턴, 나이아가라 폭포 등)을 관광하였다. 이어서 안병주교수 등을 따라 LA, 하와이 까지 관광하였는데, 나 자신의 첫 해외여행이기도 하였으니, 깊은 인상을 간직하고 있다.

그후 1985년 8월 일본 쓰꾸바(筑坡)대학에서 열린 회의, 1989년 10월 중국 북경에서 열린 회의, 1990년 8월 쏘련 모스크바에서 열린 회의에 참여했다. 모스크바의 회의는 고르바쵸프가 수상이던 시절이었는데, 회의를 마치고 레닌그라드(현재 뻬쩨르부르크)와 중앙아시아 우즈베키스탄의 수도 타쉬켄트를 여행할 수 있었던 것도 깊은 인상을 남겨주었다. 1995년 10월 중국 북경대학에서 열린 회의에도 참석하였다.

이렇게 퇴계학회 학술회의가 해외에서 자주 개최되었던 것은 당시 퇴계학회 회장이셨던 이동준(李東俊)선생의 퇴계학을 국제사회에 알리고, 또 퇴계학이 세계 여러 나라 학자들의 관심 속으로 파고들게 하며, 동시에 한국학자들이 세계무대에서 학술토론을 경험할 수 있는 기회를 주기 위함이었다. 사실 퇴계학을 국제무대에 정착시키기 위한 이동준 회장의 탁월한 추진력과 열정적 노력은 매우 큰 반향과 성과를 거두었던 것으로 볼 수 있다.

퇴계학회에서는 국내 학술회의와 국제 학술회의를 지속적으로 개최하였으며, 이와 더불어 학술지로서 『퇴계학보』를 처음에 반년간(半年刊) 뒤에 계간(季刊)으로 발행하였는데, 나 자신 한동안 『퇴계학보』 편집위원으로 참여하였던 일이 있다. 나는 1990년 쏘련 모스크바에서 열린 국제퇴계회의에 참여한 뒤에, 『퇴계학보』 편집후기로 다음과 같은 글을 실었던 일이 있다.

"이번호는 사회주의 종주국인 쏘련에서 퇴계학 국제학술회의를 열었던 풍성한 결실로 묶은 특집호이다. 이제 우리는 퇴계학연구의 뜨거운 열기가 동·서의 벽을 넘고, 다시 이데올로기의 벽도 허물어 세계학(世界學)으로 비상하는 새로운 단계에 이르렀음을 보고 있는 것이 아닌가. 점점 넓게 펼쳐지는데 비례하여 점점 깊게 심화시켜가는 연구자의 땀을 이 두툼한 특집호에 흡수하고 나니 어느 때보다 육중한 무게를 느끼게 된다."

퇴계학이 국내 소수학자들의 연구성과로 머물면서 국제 학계의 관심을 받지 못하고 매몰되어 있다가 미국, 일본, 대만 등을 비롯하여 사회주의 국가인 중국, 쏘련에 까지 파고드는 모습을 보면서, '퇴계학의 세계화'가 우리시대에 현실화되고 있음을 실감하게 되었다. 퇴계학은 한국철학의 한 봉우리이지만, 세계무대에서 평가받고, 관심을 받는다는 사실은 밖으로 '퇴계학의 세계화'인 동시에 안으로 '퇴계학의 내실화'를 의미하는 것임을 각성하지 않을 수 없었다.

16세기 한국 성리학의 큰 봉우리인 퇴계학은 20세기 말엽에 와서 새롭게 조명되면서 부딪친 과제는 '퇴계학의 현대화' 문제였다. 우리시대는 이미 동양과 서양이 한 마당으로 통하고 있으니, 관심의 범위가 엄청나게 확대되고 시각이 다양화되었다. 이제는 퇴계의 말씀을 반추하고 있는 것으로 그칠 수가 없다. 따라서 이제는 우리시대의 학문과 사상의 수준에 퇴계학이 대응하여야 하고, 동시에 우리시대의 현실에 퇴계학이 발언할 수 있어야 한다는 요구를 받고 있음을 눈여겨 보게 된다. 이 무렵 『퇴계학보』 편집후기에 나는 다음과 같은 문제 제기를 하였다.

"퇴계사상의 현대화를 위해서 수백 년 전통의 유산을 용광로에 넣고, 동·서와 남·북의 바람을 모두 모아 세차게 풀무질을 하여, 또 한 차례 쇳물을 녹여내어야 한다. 그러나 현대화란 새로운 생명으로 태어나는 일이기에, 그만큼 잔재를 제거하고 정광(精鑛)을 추출해내는 정련(精鍊)의 작업을 거듭하지 않을 수 없다. 여기서 현대화에로 재창조되어 나오는 길은 언제나 고전에로 돌아가 더욱 심화시켜가는 길을 거치지 않을 수 없다는 법칙을 잊지 않고자 한다."

'퇴계학의 세계화'는 국제무대에서 활발한 논의를 지속시키는 일에서 출발한다면, '퇴계학의 현대화'는 새로운 사상과 이론으로 퇴계학을 조명하고 분해하고 재구성해가는 작업이다. 그만큼 퇴계학이 '국제화'하는 문제와 '현대화'하는 문제는 깊이 서로 연결되어 있다. 다시 말하면 국제화는 현대화를 촉진시키고 현대화는 국제화로 확산되어 갈 수 있는 것이 사실이다.

'퇴계학의 현대화'는 한국의 전통사상이 전반적으로 당면한 과제이므로, 그 선구적 역할을 하는 것이기도 하다. 전통사상으로서 퇴계학이 '현대화'한다는 것은 전통을 허물고 탈바꿈하는 것이요, 재창조되는 것이다. 그러나 동시에 퇴계학 자체의 이해가 심화되지 않고 서양의 새로운 이론에 적응시키려고만 한다면, 자칫 퇴계학의 정체성에 손상을 입을 수도 있음을 주의하지 않을 수 없다.

공자가 "옛날 배운 것을 익혀서 새로운 것을 알아내어야 한다."(溫故而知新,〈『논어』2-11〉)고 말한 것처럼, 옛 原典에 대한 이해를 심화하여 우리 시대의 문제에 대응하는 새로운 대답을 찾아가는 일이다. 말하자면 사람들의 관심에서 멀어져 숨만 쉬고 있는 고전으로서의 퇴계학에 새로운 생명력을 불어넣어, 활기차게 살아 움직이도록 하는 어려운 작업이다. 그것은 퇴계학에 대한 열정과 신념을 요구하는 일이기도 하다.

10

썩은 나무는
조각을 할 수 없다

공자는 제자 재여(宰予)가 공부한다고 말해놓고서 낮잠을 잤던 사실을 꾸짖으면서, "썩은 나무는 조각을 할 수 없다."(朽木不可雕也.〈『논어』5-10〉)라 하여, 썩은 나무의 비유로 아무 것도 이룰 수 없음을 꾸짖었다. 물론 사람들 가운데는 아무런 희망도 목표도 없이 자포자기(自暴自棄)한 경우가 있지만, 그렇지 않다면, 누구나 자신을 소중하고 가치 있는 존재로 이루어내고 싶어 한다.

그래서 온갖 어려운 여건에도 불구하고 노력함으로써, 마침내 자신이 꿈꾸던 자신을 이루어 내기도 한다. 이러한 입지전적(立志傳的) 인물에 대해서는, 사람들이 칭송을 아끼지 않고, 다음 시대에 아름다운 이름을 남기기도 한다. 어린 시절 읽었던 영웅전의 인물들은 대부분 어려운 역경을 이겨내는 초인적 힘을 발휘했던 인물들이다.

그러나 때로는 좋은 환경에 좋은 교육을 받고 또 높은 지위에 올랐는데도 부정이나 비리를 저질러서 신문과 방송에 그 이름과 얼굴이 오르내리니, 사람들의 지탄을 받다가 도중에 무너지는 수도 있다. 이런 인물들은 말을 뻔지르르 하게 좋은 말만 골라 잘도 하는데, 뒤로는 온갖 부정한 짓을 저지르고 있었던 사람들이다.

왜 그렇게 겉과 속이 달라지는 것인가? 그 사람의 말을 듣고 그 행실을 믿었는데, 너무 상반된 결과를 드러내고 말았을 때 얼마나 실망스럽겠는가. 공자도 제자 재여가 평소에 하는 말과 그 행실이 다른 사실을 발견하고서 크게 실망했었나 보다. 그래서 공자는 전날에 남의 말을 들으면 그 행실을 믿었는데, 앞으로는 남의 말을 듣고 나서도 그 행실을 살펴 확인하지 않을 수 없게 되었다고 하였다.

"썩은 나무는 조각을 할 수 없고, 거름흙으로 쌓은 담장은 흙손질을 할 수 없다."(朽木不可雕也, 糞土之牆不可杇也)는 말은 혹독한 질책이다. 그래서 낮잠 한 번 잤다고 너무 심한 질책을 하신 것이 아니냐고 항의하는 사람도 있을 수 있다. 그러나 한 사람의 허물을 엄격하게 꾸짖는 것은 그 허물을 철저히 고치게 하기 위한 사랑이 담긴 채찍으로 받아들이는 것이 옳다고 생각한다.

나 자신을 돌아보아도, 천성이 게으르고 의지가 나약하여, 자신의 허물을 알면서도 못 고치는 경우가 너무 많다. 이런 나를 관심 깊게 보고서 이렇게 엄격하게 꾸짖어주는 스승이 있었다면 얼마나 좋았을까 하는 생각을 하며, 이렇게 꾸짖어주는 스승이 없었던 것이 한 없이 아쉽다. 칭찬해주신 스승은 나를 격려해주기도 했지만, 동시에 나를 자만심에 빠지게 했다는 사실을 돌아보게 된다.

우리는 이제 정치인의 말을 그대로 믿는 경우는 거의 없다. 그 행실이 말과 너무 다름을 익숙하게 알기 때문이다. 좋은 말, 아름다운 말이 듣는 사람의 귀를 즐겁게 하고, 희망으로 가슴을 부풀게 할 수 있지만,

그동안 너무 여러번 실망만 해왔기 때문에, 말이 아니라 행동으로 보여주기를 간절히 바랄 뿐이다. 말과 행동이 일치될 때, 그 말에 믿음이 따른다. 그러나 말과 행동이 서로 어긋나면, 그 말은 거짓말이거나 공허한 말이 될 뿐이다.

말한 만큼 행동으로 그 말을 뒷받침 할 수 있다면, 그 말은 아무리 어눌한 말이라도 진실한 말이요 아름다운 말이 된다. 그래서 "말만 앞세우지 말라."고 타이르기도 한다. 문제는 말이야 하기 쉬운데, 실행은 하기 어렵다는 데 있다. 이제 실행하기를 기약하고 말을 하려면, 참으로 말하기가 어려워진다. 그래서 공자는 "군자는 말은 어눌하게 하고 행동은 민첩하게 하고자 한다."(君子欲訥於言而敏於行.〈『논어』4-24〉)고 하였다.

그래도 우리는 사람들에게 깊은 감명을 주는 말을 유창하게 하고자 한다. 그래서 웅변(雄辯)을 배우러 다니기도 하고, 웅변대회를 열기도 한다. 교회에서 설교하는 사람은 자신의 말이 실천이 따르는 진실성을 지녔는지 따져보려 애쓰지 않고, 오직 신자들의 마음에 감동을 주는데만 집중하고 있다. 그래서 농담으로 목사가 죽으면 천국의 강물에 입만 동동 떠다닌다고 빈정거리기도 하는가 보다.

그런데 말이 행동으로 진실성을 입증 받아야 하는 방향과 더불어, 말을 함으로써 행동을 촉진하는 방향도 있다. 우리가 맹서(盟誓)를 하면 우리 자신이 그 맹서의 말을 행동으로 지키려고 노력하게 된다. 그렇다면 행동이 못 따를까 염려하여 말을 아껴야 하는 소극적 자세도 필요하지만, 동시에 자신이 입밖에 내 놓은 말을 행동으로 지키려고 노력하는 적극적 자세도 필요하지 않겠는가.

사실 말과 행동은 서로 떠나서는 안된다. 만약 서로 떠나면, '말은 말대로 행동은 행동대로'가는 꼴이 되고 만다. 그래서 공자는 "말은 행동을 돌아보고, 행동은 말을 돌아보아야 한다."(言顧行 行顧言.〈『중용』13:4〉)고 말했던 일이 있다. 말이 행동을 돌아보지 않으면 공허한 말이 되고, 행동이 말을 돌아보지 않으면 길을 잃은 행동이 될 위험이 크다. 말과 행동이 일치할 때 말은 진실한 말이 되고, 행동은 아름다운 행동이 되니, 진실함과 미더움도 그 가운데 살아있는 것이 아니겠는가.

11

서로 어긋나지 않고
함께 운행되는 도리

세상에는 사람마다 자신이 살아가는 방법이나 길이 있다. 그 길은 자신이 추구하는 목적을 향하여 뻗어있고, 생각하는 가치에 따라 방향이 달라질 수 있다. 그러니 그 길은 여러 갈래가 될 수밖에 없다. 이렇게 여러 갈래로 갈라지는 것은 '개성'이라 중시하기도 하지만, 자신이 가는 길에 다른 사람도 같은 길을 가면, 서로 '길벗'(道友)이 된다. 같은 길을 많은 사람이 같이 가면 그 길은 넓고 평탄한 '큰 길'(大道)이 된다.

그러나 가는 길이 서로 다르다보면 때로는 서로 부딪치거나 싸우는 경우가 생기는 것은 어찌 보면 당연한 일이다. 이때 서로 한 발짝의 양보도 없이 상대방에게 '내 길에서 비켜나라.'고만 요구한다면, 비난으로 시작하여 힘에 의지한 충돌이 벌어질 수밖에 없다. 여기서 서로 상대방을 인정하고 양보하게 되면, 여러 가지 길을 자유롭게 가면서도 서로 충돌하지 않고 화목하게 갈 수는 없을까.

신봉하는 종교가 서로 다르거나, 지지하는 정치노선이 서로 다르거나, 심지어 살고 있는 지방이 서로 다르다고, 서로 미워하고 경멸하며 공격하는 사실을 흔히 볼 수 있다. 과연 이런 행태를 누가 정당하다고 인정할 수 있겠는가. 우리의 역사는 당쟁으로 갈라져 피투성이 나게 싸웠고, 그 결과 나라가 멸망하기에 이르렀다. 그런데 아직도 서로 이해하고 존중하며 함께 어울려 살아갈 수 있는 길을 찾지 못하고 있는 것이 아닌가.

　　『중용』(30:3)에서는 "(서로 다른) 도리가 함께 운행되지만, 서로 어긋나지 않는다."(道並行而不相悖.)라는 말을 하고 있다. 이 말에 상응하는 또 하나의 구절은 "(서로 다른 개체로 이루어진) 만물이 함께 자라면서도 서로 해치지 않는다."(萬物並育而不相害)는 말이다. 만물이 제각기 생명을 유지하면서 상대방을 해치거나 파괴하지 않는다는 것은 자연에서 자주 볼 수 있는 질서이다.

　　자연에서도 살기 위해서는 다른 생명을 잡아먹어야 하는 경우가 많으니, 약육강식(弱肉强食)이 일어나고 있는 것은 사실이다. 그렇더라도 배가 부르기만 하면 다른 생명을 죽이지는 않는다. 이것이 공존하여 살아가는 방법으로 전체적 균형을 이루어가고 있는 길이다. 나와 다르다거나 나에게 순종하지 않는다고 모조리 다 죽이려 드는 것은 인간에게서만 볼 수 있는 현상이 아닐까.

　　먹고 살기 위해서가 아니라 즐기기 위해 사냥을 나가 살상을 하거나, 상대방을 전멸시키려드는 행위는 자연에서 찾아 볼 수 없다. 오직 인간에서만 상대방을 철저히 파괴하고 전멸시키려드는 경우를 볼 수 있을 뿐이다. 히틀러가 유태인을 학살하거나 일본군이 남경대학살을 저지르는 것만이 아니다. 동족끼리도 이념이 다르다고 대량학살을 자행하는 것은 동남아시아 어느 나라에선가 일어났던 남의 일이기만 한 것이 아니다.

자기가 믿는 신앙을 받아들이지 않으면 모두 지옥 불구덩이에 떨어질 것이라 목청껏 거리에서 외쳐 데는 독선적 신앙도 인간만이 지닌 자기중심의 독선적 신념과 이에 따른 파괴적 잔학성을 잘 보여주고 있다. 중세의 가톨릭교회가 이단제판을 벌여 신앙에 거스르는 무수한 사람들을 화형으로 살륙했던 것도 잔학한 성질을 지닌 인간이 독선적 확신에 차서 저지른 광기(狂氣)가 아니랴.

19세기초와 중반에 조선사회에서 천주교도에 대해 벌였던 학살극은 중세 가톨릭교회가 마녀사냥으로 이단을 탄압했던 사실과 비슷한 모습을 보여준다. 그런데 천주교교회에서는 자신이 중세에 저질렀던 만행이나, 당시 천주교도가 신앙의 자유를 얻기 위해 나라에 반역적인 계획을 했던 사실에 대해서는 침묵하면서, 조선사회의 혹독한 탄압을 지탄하며 희생된 천주교도를 복자(福者)나 성인(聖人)으로 올려받들고 있다. 우리사회는 6.25때 좌우가 갈라져 전쟁터에서만 아니라, 마을에서도 반동을 처단한다는 이름이나 부역자를 처단한다는 이름으로 무수한 양민을 살륙했던 일이 있었다. 그렇지만 우리 사회는 이를 덮어두고 외면하며, 스스로 반성할 줄 모르면서, 다만 일본의 식민지배가 벌인 만행만 나무라고 있지 않는가.

잔학성과 독선이 저지르는 인간의 광기는 특히 종교나 정치집단에 의해 가장 참혹한 만행이 저질러지는 것으로 드러났다. 토마스 홉스(Thomas Hobbes)가 '사람은 사람에게 있어서 늑대이다'(homo homini lupus)라고 했던 말처럼 서로 증오하고 살상하는 '상극'(相克)의 비극적 대립을 탈피하여, 서로 이해하고 존중하며 서로 돕는 '상생'(相生)의 조화로운 질서로 옮겨갈 수는 없는 것인가.

인간이 제시하는 어떤 이념, 어떤 지식, 어떤 판단도 완전무결할 수는 없다. 반드시 오류나 문제점이 있다는 한계를 지니고 있다. 자신의 주장을 내세우기에 급급하지 말고, 자신의 주장 속에 어떤 허점과 오류가 가능한지 성찰하는데 주의를 기울이는 사람은 남의 의견을 훨씬 더 잘 듣는 귀를 가질 수 있다.

남의 주장과 남의 신념에 적극적인 관심과 이해를 가질 수 있으면, 그만큼 독선에 빠지지 않을 수 있다. 그렇게 할 수 있으면 폭넓은 아량이 생기고, 남의 장점으로 자신의 단점을 보완하여 자신을 다듬고 성숙시켜가는 넓게 열린 마음을 가질 수 있다. 이렇게 남의 말을 잘 알아듣는 귀와 남의 견해를 잘 받아들일 수 있는 열린 마음이 있다면, 대립의 길이 아니라 화합의 길로 들어설 수 있을 것은 당연하다.

'민주주의'나 '국민의 뜻'이라는 말도 정치인이나 시민단체나 대학생들에서까지 제각기 목청을 돋우어 주장하지만, 그 내용이 서로 일치하는 경우를 아직까지 본 일이 없는 것 같다. 차라리 도리니 진리니 이념 따위를 내세우지 않았더라면 그렇게 악착같거나 잔혹한 짓을 저지르지는 않았을 것이 아닐까?.

"도리가 함께 운행되지만 서로 어긋나지 않는다."는 구절은 사실을 서술하는 말이 아니다. 오늘의 우리 주변을 둘러보아도 온갖 종류의 도리니 진리니 이념이니 양심들이 제각기 옳다고 자기주장을 하지만 만나기만 하면 서로 부딪치고 대립하는데 어찌 어긋나지 않는다 할 수 있겠는가?

사실을 서술한다면 "도리란 함께 운행되기만 하면 서로 어긋난다."고 말해야 할 것 같다. 또한 사실을 말한다면 "인간의 성품은 원래 선한 것이 아니라 악한 것이다."라고 말하는 것이 옳을지도 모르겠다. 그래도 인간은 선하게 살아야 마땅하고, 선하게 살아야 한다는 희망을 간직하고 있으니, "인간의 성품은 선하다."라고, 격려할 필요가 있을 것으로 보일 뿐이다.

현실에서는 사람마다 자기가 내세우는 도리를 옳다고 하지만, 진정한 의미에서 도리는 "내가 옳다."고 주장하는 것은 옳지 않은 것이라 해야 마땅할 것 같다. 다만 모두의 도리가 서로 화합하여 서로 양보하고 함께 운행하더라도 어긋나거나 충돌하지 않을 때라야, 비로소 "우리 모두가 함께 화합하였다."라고 말할 수 있고, 이러한 때에 비로소 그 도리는 진실로 올바른 도리, 선한 도리가 되는 것으로 볼 수 있다.

서로 이해 못하는 도리는 잘못된 도리요, 서로 조화를 이루지 못하는 진리는 잘못된 진리요, 서로 남을 인정할 수 없는 이념은 애초부터 잘못된 이념이라는 것을 확인하자는 것이 필요하다. 나만 진리요 나만 올바른 도리라는 주장은 진리에 역행하고 도리에 어긋나는 것임을 밝힐 필요가 있다. 서로 이해하고 화합하고 조화를 이룰 수 있는 것이 도리요 진리요 이념의 가장 근본적 전제조건임을 가르쳐주는 말씀이 진정 소중하다.

12

무엇이
진정한 강함인가

    제자 자로가 스승 공자에게 '강함'(强)에 대해 묻자, 공자는 먼저 '남
방의 강함'과 '북방의 강함'을 구별하였다. 곧 '남방의 강함'이란, "너
그럽고 부드러움으로 가르치고 무도한 짓에 보복하지 않는 것이 남방
의 강함이니, 군자가 이렇게 산다."(寬柔以敎, 不報無道, 南方之强也,
君子居之.〈『중용』10:3〉)라 하고, '북방의 강함'이란, "무기와 갑옷을
입고 싸우다 죽더라도 싫어하지 않는 것이 북방의 강함이니, 강한 자
가 이렇게 산다."(衽金革, 死而不厭, 北方之强也, 而强者居之.〈『중용』
10:4〉)라 하였다. 군자의 강함과 강한 자(무사)의 강함을 대비시켜주
고 있다.

    경찰이나 군대가 없다면 한 나라의 치안과 방어를 수행할 수 없으
니, 현실에서 강한자(무사)의 강함이 필요한 사실을 인정하지 않을 수
없다. 그러나 강한 자가 필요하지만, 강함으로 그 나라를 이끌어 갈 수
는 없다. 그렇다면 진정한 강함의 기준은 군자의 강함에 있는 것임을

확인할 수 있다. 따라서 공자는 진정한 강함의 모습으로서 '군자의 강함'이 꿋꿋함을 예찬하면서, 그 강함의 구체적 내용을 4가지 요소로 제시하였다.〈『중용』10:5〉

(1) "조화로우면서 휩쓸리지 않는다."　　　　　　　　(和而不流)
(2) "중심에 서서 기울어지지 않는다."　　　　　　　　(中立而不倚)
(3) "나라에 도리가 행해져도 군색했을 때의 지조를 바꾸지 않는다."

(國有道, 不變塞焉)

(4) "나라에 도리가 없으면, 죽더라도 지조를 바꾸지 않는다."

(國無道, 至死不變)

실제로 진정한 강함이란 한 사람의 인격에서는 참된 가치를 지켜가는 꿋꿋함에서 찾아볼 수 있다. 곧 안으로 보면 (1)널리 포용하면서 어떤 세력에도 휩쓸리지 않고 조화로움을 이루는 덕과 (2)중심을 확고하게 세워서 어느 쪽으로도 기울어지지 않는 덕이 중요하고, 밖으로 보면, (3)자신이 살아가고 있는 시대사회가 질서를 이룬 사회라면 고생하며 견딜 때의 지조를 잃지 않아야 하고, (4)혼란한 사회를 살아간다면 의로움을 지켜 목숨을 걸고 불의와 싸우는 지조를 잃지 않아야 한다고 하였다..

안으로 자신을 올바르게 지키는 지조와 밖으로 세상을 올바르게 실현하는 방법은 서로 동떨어진 과제가 아니라, 서로 연결되어 상응하고 있는 과제이다. 속으로 심지가 허약하면 겉으로 아무리 거센척하더라도 쉽게 주저앉기 마련이요, 밖으로 세상을 올바르게 지키고 이끌어가는 지조가 있는 사람이라면 분명 안으로 그 흉금이 넓고 지조가 확고함을 알 수 있다. 그래서 "겉볼안"이라 하지 않는가.

우리가 사는 세상에는 사람마다 제각기 생각이 다르고 욕심이 다른 다양한 사람들이 함께 살고 있다. 더구나 제 생각과 주장을 내세워 고집을 부리거나, 제 욕심을 채우려고 억지를 쓰는 광경은 우리 주변에 흘러넘치는 것이 사실이다. 그러니 입만 열면 서로 비난하는 소리가 시끄럽고, 잘못이 드러나도 뻔뻔하게 변명만 하고 있으니, 우리의 가슴을 한없이 답답하게 한다.

과연 이렇게 제각기 다르고 서로 충돌하는 대중을 모두 포용하여 화합시킬 수 있다면, 그 사람은 천하를 짊어질 수 있는 진정한 지도자라 할 수 있겠다. 어찌 진실로 강한 사람이 아니겠는가. 이런 어려운 일을 맡아서 해내는 사람이라면, 그는 마치 제각기 제소리 밖에 못내는 악기를 들고 다니는 악사들을 한 자리에 모아서 아름다운 음률의 조화를 이루어내는 탁월한 지휘자와 같다고 할 수 있지 않을까.

모든 악기를 조화시키려면 모든 악사들이 공감하는 가장 아름다운 음률의 세계를 찾아내어 제시해야 한다. 마찬가지로 제각기 생각과 욕심이 다른 대중들을 하나로 결합시켜 조화를 이루게 하려면, 모든 사람이 공감하는 공통의 이상을 제시하여, 모두가 믿고 따라올 수 있는 신뢰를 얻어야 한다. 그것은 모든 사람들의 가슴에 호소하여 공감하는 울림을 이끌어낼 수 있어야 가능하다.

이때 한 악단의 지휘자나 한 나라의 지도자는 어느 한 순간이라도 사사로운 생각이나 욕심에 빠지면, 그 순간에 그 집단의 조화는 산산이 깨어지고 만다. 휩쓸린다는 것은 우리 자신의 마음속에 항상 출렁거리고 파도치는 사사로운 감정에 빠지는 것을 말한다. 기울어진다는 것은 밖에서 밀려오는 힘의 충격에 따라 기울어지는 것을 말한다. 자신의 중심이 확고하면 휩쓸리거나 가울어질 까닭이 없다. "뿌리깊은 나무는 바람에 흔들리지 않아서, 꽃이 좋고 열매 맺나니."〈「龍飛御天歌」〉라 읊은 노래에서처럼, 중심이 확고함은 나무에 뿌리가 깊은 것에 비유될 수 있다.

개인적인 욕심, 친분, 이해관계에서 완전히 벗어나 가을하늘처럼 투명하고 의로운 정신을 중심에 확고하게 세울 수 있는 인격이라야, 작게는 자신을 조화로운 인격으로 세울 수 있고, 자기 집안을 화목한 가정으로 이끌 수 있으며, 나아가 자기 직장과 자기 이웃, 자기 나라를 조화롭게 이끌어갈 수 있다. 조화로움을 확고하게 유지하려면 무엇보다 온갖 유혹과 압력과 욕심에 휩쓸려 떠내려가지 않아야 한다는 조건이 요구된다는 말이다.

이러한 인격의 바탕 위에서 세상을 살아간다면 혼란한 시대를 만나도 의로움을 지킬 수 있고, 질서 있는 시대를 만나도 방탕하거나 나태하지 않을 수 있으니, 어찌 강건한 사람이요 지조있는 사람이라 일컫지 않겠는가. 이렇게 진정으로 강건한 사람은 안으로 마음이 맑고 바르며 조화롭고 확고하며, 동시에 밖으로 한 시대의 온갖 난관을 극복하여 바르게 이끌어갈 수 있으니, 어찌 진실로 강함이라 하지 않을 수 있겠는가.

13   조상의 큰 뜻을 잘 계승하고, 사업을 잘 발전시켜야

   공자는 효도의 진정한 의미를 밝혀주는 해석으로, "조상의 큰 뜻을 잘 계승하고, 조상의 사업을 잘 발전시켜야 한다."(善繼人之志, 善述人之事.(『중용』19:2))고 말씀하셨다. 이 말을 줄여서 '계지술사'(繼志述事)라 일컫기도 한다. 아침저녁으로 문안을 드리며 부모의 몸을 편안하게 봉양하는 일이나, 부모의 말씀을 어김없이 받들어 순종하는 일은 '효도'로 널리 강조되어 왔던 것이 사실이다. 그러나 봉양하고 순종하는 일은 오히려 '효도'의 작은 절목에 지나지 않는 것이라 보면서, 진정한 효도가 무엇인지 새롭게 깨우쳐주고 있다.

   진정한 효도란 부모가 가슴에 품고 있던 큰 뜻이 무엇인지를 깨달아서, 돌아가신 뒤에도 그 큰 뜻을 잘 계승하는 일이요, 부모가 이루고자 했던 큰 사업이 무엇인지를 잘 살펴서, 돌아가신 뒤에도 그 큰 사업을 잘 펼쳐내고 발전시키는 일이 진정한 효도임을 제시하고 있다.

   옛 조상을 받들어 제사를 성대하게 지내거나, 살아계신 부모가 즐거워하고 만족하도록 정성을 다해 봉양하는 것이 효도의 과제인 것은 분명하다. 그러나 앞 세대만 바라보는 효도는 과거지향적 의식에 사로잡힌 도덕규범의 틀에서 벗어나지 못하고 있다는 문제가 제기된다. 오히려 부모의 큰 뜻과 사업이 자손을 통해 다음 세대로 이어가며 발전하게 된다면, 그것은 미래를 내다보고 나아가는 미래지향적이요 진취적인 도덕규범이라는 점에서, 효도의 의미가 더욱 크고 깊게 드러난다고 하겠다. 진정한 효도는 과거와 미래를 동시에 내다보는 양쪽 눈을 밝게 떠야 한다는 말이다.

자식을 굶겨죽이면서 부모를 잘 봉양했다거나, 임종을 맞은 부모를 한 순간이라도 더 살게 하기 위해 자기 손가락을 잘라 부모의 입에 피를 흘려 넣었다는 '효자'의 일화들을 줄줄이 싣고 있는 효행(孝行)의 기록들은 너무 극단적으로 앞 세대를 향해 기울어진 과거지향적 도덕의식이라 지적하지 않을 수 없다.

물론 조상과 부모의 큰 뜻과 사업을 미래로 이어가며 실현하려면, 과거의 조상과 부모에 대한 깊은 관심과 이해가 필요하다. 따라서 조상과 부모가 돌아가셨다고 잊어버린다면, 자기 한 몸만 남게 되니, 자신이 이어가야할 큰 뜻과 사업도 세우기가 어려워지고 만다. 세상에는 출세하여 높은 지위에 오른 사람이 이기적 탐욕에 빠져 뇌물을 받았다가 법정에 서는 경우도 심심치 않게 보인다. 이들은 자신의 조상과 부모를 욕되게 하였을 뿐 아니라, 조상과 부모가 지녔던 큰 뜻과 사업을 망각하였으니, 크게 불효한 사람들이 아닐 수 없다.

혹시 자신의 조상이나 부모가 출세를 해보려고 뇌물을 바치며 부정한 짓을 했고, 벼슬자리에 나가서는 탐관오리로 백성들의 고혈이나 짜냈던 인물들이라면, 자신의 조상에서는 아무런 큰 뜻도 큰 사업도 없었으니, 이어가야할 일이 없다고 말할 수도 있다. 그렇다면 조상이 마땅히 가졌어야 할 바람직한 큰 뜻과 큰 사업을 찾아서 계승하고 발전시키는 것이 조상을 아름답게 빛낼 수 있는 참된 효도의 길이라 해야겠다.

한 나라도 미래에 큰 성취를 이루고자 하면, 반드시 과거 자기민족의 역사를 잘 살펴서, 앞 시대의 큰 뜻과 사업을 분명하게 인식해야 하고, 앞 시대의 과오를 깊이 경계하여 되풀이 하지 않도록 경계해야 한다. 조선시대의 유교지식인들은 사람의 도리를 밝히고 정의로움을 실현하려는 큰 뜻을 가졌으나, 독선에 빠져 당쟁을 일삼다가 나라를 망치고 말았으니, 어찌 안타까운 일이 아니겠는가.

그런데 오늘날 우리사회의 지도층들이 조선시대 지식인들의 큰 뜻은 망각하고 독선에 빠져 끝없이 분열을 일삼던 폐습만 되풀이 하고 있다면, 이것은 어찌 역사에 죄를 저지르는 불효한 자들이라 하지 않을 수 있겠는가. 국론이 일치되고 국민이 단합하여 밖으로 뻗어나가야 하는데, 안에서 끝없이 서로 갈라져 싸우다가 나라를 멸망하게 하였던 사실을 오늘에도 되풀이 하고 있다면, 우리에게 미래가 없는 것이 아니겠는가.

때로 우리는 고구려가 강대국에 맞서서 민족의 자주정신을 지켜왔던 웅장한 기백(氣魄)을 자랑스러운 마음으로 기억하고 있으면서, 명나라를 하늘처럼 받들던 조선시대의 사대주의자들을 비루하다고 비난한다. 그러나 조선시대의 사대주의자들을 비난하기에 앞서서, 우리나라의 현실이 강대국에 굴종하고 있는 사실에 부끄러움을 느끼는 것이 마땅하다. 언제나 조선시대의 사대주의자들처럼 국가의 안전을 위해 '사대'를 한다는 군색한 현실논리를 우리시대에 아직도 내세우고 있다면, 어찌 부끄러운 일이 아니겠는가.

조상의 큰 뜻과 사업을 계승하는 일이 중요하고 옳은 일임을 인정한다 하더라도, 이를 실천하려고 나서는 사람을 찾아보기는 참으로 어렵다. 그 가장 큰 장애는 자신에 대한 집착 때문이 아닐까 생각한다. 자신의 욕망을 충족시키는데 바쁜 사람들은 조상을 생각하고 역사를 생각할 이치도 마음의 여유도 없다. 우리사회에 개인주의가 팽배하여, 가정도 언제 허물어질지 모르는 위기에 놓였는데, 어느 세월에 조상을 생각하고 역사를 생각하려 들겠는가. 어려운 일이 아닐 수 없다.

시작은 작은 일에서부터 착수해야 한다. 우리시대를 살고 있는 우리 자신에게 개인의 생각과 감정이 존중받아야 하지만, 동시에 서로가 어울리고 화합하는 일이 시급하고 중요함을 각성할 필요가 있다. 서로 외면하는 이웃이 아니라, 서로 웃어주고 손을 내미는 가족을 찾고 이웃을 찾아야 한다. 그래서 화합하는 마음을 열고 함께 나가는 길을 열어가야 하는 일이 급하다. 남북의 화합은 퍼주는 것이 가져다바치는 비굴한 모양이 되어서는 안 된다. 당당하게 주고받아야 서로의 자존심을 지켜주고 서로 존중하는 마음도 지켜줄 수 있지 않겠는가.

14

채움과 비움의
균형점

뱃속이 계속 비면 굶주리게 되니, 음식을 먹어 채워야 살 수 있는 것이 사람이 살아가는 방법이다. 그러나 뱃속을 항상 가득 채우고 비우지 않는다면, 필경 큰 탈이 나서 그 목숨조차 해칠 수 있는 것도 사실이다. 그렇다면 늘 비워놓기만 할 수도 없고, 늘 채워놓기만 할 수도 없는 법이니, 채워야 할 때 채우고, 비워야 할 때 비워야 하는 것이 바람직하다 하겠다. 곧 때를 알아서 때에 맞게 대응하는 것이 옳다는 말이다.

그런데 왜 옛 사람들은 채우는 일을 경계하고 비우는 일을 권장하였던 것일까. 사람이 살아가는 동력의 기본조건으로 '욕망'이라는 것이 있는데, 이 욕망은 끝없이 채우고자 하고 비우려 들지 않기 때문이다. 아무 욕심이 없이 숨만 쉬고 살아갈 수야 없지만, 그렇다고 욕심에만 끌려 다니며 살아가려들지 말고, 욕심을 적절하게 견제하는 또 하나 '비움'의 삶이 필수적 조건이 되어야 하지 않겠는가, 이것이 '욕심'

을 견제하는 '이성'(理性)이라 하겠다.

욕망의 대상이 올바른 것인지 그릇된 것인지 끊임없이 판단해서 잘못된 길에 빠져들지 않도록 절제해주는 것이 '이성'이다. 또한 욕망의 추구가 지나친지 못 미치는지도 판단하여 그 적절한 수준을 유지하도록 조절해줄 수 있는 것이 바로 '이성'의 역할이다. 물론 사람이 살아가는데 욕망과 이성의 어느 쪽도 없어서는 안 된다. 왜냐하면 욕망은 동력이 되고, 이성은 통제장치의 역할을 하고 있기 깨문이다.

그래서 플라톤은 『파이드로스』(Phaedrus)에서 사람의 뜻을 잘 알아듣고 순종하는 흰말과 그 반대로 귀먹고 성질 사나운 검정말의 두 마리 말이 끄는 마차를 비유로 들고 있다. 곧 이 마차를 몰고 가는 마부는 흰말과 검정말의 두 말을 잘 조절하여 달려야 목적지까지 안전하게 도달할 수 있다고 하였다. 여기서 검정말은 '욕망'을 비유하고, 흰말은 '이성'을 비유하는 것임을 알 수 있다.

마찬가지로 사람은 어떤 일을 할 때, 자신이 생각하고 마음먹은 그대로 일이 이루어지는 것은 아니다. 자신의 마음속에 전혀 다른 방향으로 자신을 끌고 가려는 힘이 작용하고 있다는 사실을 깨닫지 않으면 안 된다. '욕망'의 충동이 거세게 날뛰면, 이 욕망을 굴복시키고 길들여서 방향을 잃지 않고 속도를 적절히 유지하기란 무척 어렵고도 힘든 일임을 각성하지 않으면 안 된다. 방향을 제대로 찾고 속도를 적절히 유지하여 올바른 길을 안전하게 가도록 지켜주는 힘이 '이성'이다.

공자는 "이득을 보면 그것이 의로운지를 생각하라,"(見得思義.〈『논어』16-10〉)고 가르쳤지만, 현실에서 이익을 만나게 되면 의로움이 무엇인지는 까맣게 잊어버리고, 오직 그 이익을 서로 차지하겠다고 다투는 것을 흔히 볼 수 있다. 명예로움이나 정의로움을 외치고 있는 집단이나 조직에서도, 이익을 서로 차지하겠다는 이른바 '밥그릇 싸움'이 일어나거나 '자리다툼'이 벌어지고 있는 것이 현실이다.

조선시대의 선비란 성현의 글을 읽고, 성현의 가르침을 따라 의로움을 지키기 위해 생명도 바치는 지조를 간직한 지성인 집단임을 자처하였다. 그런데 16세기 후반부터 이 선비들이 '의리'를 명분으로 내세우면서 당파싸움(黨爭)을 벌이기 시작했다. 선비들은 당쟁을 벌여 끝없이 서로 다투다가, 결국은 국론을 분열시켰고, 마침내 국가를 망국의 비극 속으로 굴러 떨어지게 한 다음에, 스스로 무너지고야 끝이 났다.

'당쟁'의 실상을 들여다보면, '의리'라는 숭고한 이념으로 그럴듯하게 포장하고 있지만, 그 실지는 권력과 이익을 차지하기 위해서라면 온갖 모략과 중상으로 사람의 목숨을 살상하는 일도 마다하지 않는 이전투구(泥田鬪狗)의 '밥그릇 싸움'이었음을 드러내고 있다. 여기서 보면, '의리'가 '이성'의 판단에 따라 제시되는 정당한 가치라 하더라도, 그 '의리'나 '이성'도 '욕망'의 그물에 걸려 병들고 왜곡되어, 추악하게 일그러진 '의리'와 간교하게 변질된 '이성'이 드물지 않게 나타나고 있다는 사실을 엿볼 수 있다.

그렇다면 욕망이 날뛰지 못하도록 통제할 수 있기 위해서는 재갈을 물리거나 고삐를 달아야 하는데, 웬만큼 튼튼한 재갈이나 고삐가 아니면 욕망을 견제할 수가 없을 것이다. 그러나 여기서 욕망을 무조건 억누르려고만 하지 말고, 욕망이 스스로 한도를 넘지 않고 절제할 수 있도록, 욕망 속에 이성적 성찰능력을 길러준다면, 훨씬 더 부드럽게 욕망이 통제될 수 있을 것으로 보인다. 가득 채우려는 욕망으로 하여금,

가득 채우는 것이 도리어 고통과 불행을 초래할 수 있음을 각성시킴으로써, 적정한 선에서 멈출 줄 알고 균형을 이룰 수 있게 한다면 가장 바람직한 욕망의 자기 절제가 될 수 있겠다.

따라서 채움은 비움을 잊지 않아야 그 바른 길을 잃지 않을 수 있으니, 채움과 비움은 서로 떠날 수가 없는 것임을 깨달을 필요가 있다. 어떤 의미에서는 비움이 없이는 채움도 불가능하고, 채움이 없이는 비움도 불가능하다는 것이 사실이다. 욕망과 이성도 서로 상응하여 작용하고 양자가 균형을 이룰 때에 건전한 욕망이 되고, 건강한 이성이 될 수 있음을 잊지 말아야 한다는 말이다.

『주역』에서는 "천도(天道)는 가득 찬 것을 이지러지게 하여, 겸허한 것에 보태어 주며, 지도(地道)는 가득 찬 것을 변화시켜서 겸허한 것에로 흘러들게 하며, 귀신은 가득 찬 것에는 해를 끼치고, 겸손한 것에 복을 주며, 인도(人道)는 가득 찬 것을 싫어하고 겸손한 것을 좋아한다."(天道虧盈而益謙, 地道變盈而流謙, 鬼神害盈而福謙, 人道惡盈而好謙.〈謙卦, 彖辭〉)고 하였다.

하늘도 땅도 귀신도 사람도 모두 가득 참을 파괴하거나 싫어하는 것임을 안다면, 욕망이 어찌 가득 채우려고만 하겠는가. 그런데도 가득 차기는 쉬운데 비우기는 어려운 현실은, 채우려는 욕망의 힘이 너무 강하고, 비우려는 이성의 힘이 상대적으로 약하기 때문이다. 그래서 채우려는 욕망을 절제하고 비우려는 이성의 노력을 강조하는 것이 균형점을 찾아가는 길임을 말해준다.

공자는 '거처하는 옆에 두고 교훈으로 삼는 그릇'(宥坐之器)을 설명하면서, "비게 되면 기울어지고, 알맞으면 바로 서고, 가득 차면 엎어진다."(虛則欹, 中則正, 滿則覆.〈『荀子』, 宥坐〉)고 말했다고 한다. 채움과 비움이 균형을 이룰 때 그릇이 바르게 서지만, 가득 차면 엎어지고 텅 비면 기울어지니, 채움과 비움의 어느 한 쪽이 정당한 것이 아니라, 균형과 조화를 이루도록 요구하고 있는 사실을 주목할 필요가 있다.

다시 말하면 욕망과 이성의 어느 한 쪽만 강조해서는 안 된다. 욕망과 이성의 양쪽 모두가 필요함을 전제로 인정해야 한다. 그 다음 욕망과 이성 양자의 균형을 이루는 것이 가장 바람직한 목표인데, 그 균형점은 결코 저절로 이루어지지 않는 것임을 각성하도록 가르치고 있다. 균형점은 끊임없는 성찰을 통해 도달하려고 노력해가는 어떤 이상적 목표이다. 인간은 그 균형점에 도달하지 못한다하더라도 끝없이 노력해가야 하는 존재라 보인다.

15

마음(心)의
의미

'마음'이 사람의 내부 어디에 있는 것인지 알기가 쉽지 않다. 마음이 충격을 받으면 심장이 두근거리니, 옛 사람들은 '마음'이 '심장'에 있다고 생각했던 것 같다. 그래서 '마음-심'(心)자는 원래 심장을 그린 상형문자였다. 옛 사람들이 심장과 마음을 긴밀하게 연결시켜 이해했던 것은 사실이나, 그렇다고 마음과 심장을 완전히 일치시켰던 것은 아니었다.

마음에는 몇 가지 구성 요소가 있는 것으로 인식되어 왔다. 곧 "뜻-생각'(意)은 마음이 펼쳐 나오는 것이요, '감정'(情)은 바깥으로부터 자극을 받아 마음이 움직이는 양상이요, '의지'(志)는 마음이 바깥을 향해 나아가는 것이다."(意者, 心之所發; 情者, 心之所動; 志者, 心之所之,《『朱子語類』5:88》)라 이해했다. 또한 마음에는 밖으로부터 마음속으로 들어와 있는 요소가 있는데, 그것이 바로 하늘로부터 부여되어 마음이 간직하고 있는 '성품'(性)이라 한다.

조선초기 성리학자 권근(陽村 權近)은 『입학도설』(入學圖說)의 「천인심성합일도」(天人心性合一圖)에서 '心'자가 갈고리처럼 생긴 그릇의 좌우와 윗 쪽에 하나씩 점 세 개가 찍혀 있는 모습으로 보았다. 여기서 왼쪽 점은 생각(意)이요, 오른쪽 점은 감정(情)이요, 중심의 위쪽 점은 성품(性)이라 풀이하였다. 이렇게 마음이 여러 요소로 이루어 있다면, 마음은 단순히 심장에 붙어있는 것이라기보다 머리 쪽과 더 긴밀하게 연결되어 있는 것으로 볼 수도 있다.

시인 김동명(金東鳴)은 「내 마음은」이라는 시에서 자신의 마음을 호수, 촛불, 나그네, 낙엽의 여러 가지로 비유하고 있는데, 그만큼 마음은 한 가지 모습으로 고정되어 있는 것이 아니라 출렁거리고 흔들리고 떠나려하는 등 여러 모습으로 보이는 것인가 보다. 마음이 이렇게 쉬지 않고 흔들리는 것이라면, 마음의 기준 내지 중심축이 필요하다. 마음의 기준 역할을 해주는 것이 바로 성품(性)이라 할 수 있다.

성품은 마음에 흔들리지 않는 중심으로 마음을 붙들어주고 있는 것이며, 마음속에 성품이 있음을 인식함으로써, 사람의 마음은 육신에 붙어있는 하나의 기관을 넘어서 하늘과 통하는 초월적 성격을 지니게 된다. 그래서 사람의 마음은 자신의 한 몸을 통제하는 역할을 한다 하여, "마음은 한 몸을 주재하는 존재이다."(心者一身之主宰.〈『朱子語類』5:88〉)라 하여, 마음이 육신에 붙어 있지만 이 육신을 지배하는 역할을 하는 주체적 존재임을 보여준다.

그래서 정약용(茶山 丁若鏞)은 '心'을 세 등급으로 나누어 제시하고 있다. 곧 가장 아래 등급은 오장(五臟)의 하나인 심장을 가리키고, 중간 등급은 감정(感動)과 생각(思慮)이 발동하는 단계를 가리키고, 가장 높은 등급은 영명한 지각(靈知)의 전체를 가리키는 것이라 하였다.

우리가 통상적으로 '마음'이라는 것은 중간 등급과 가장 높은 등급을 가리키는 말이라 할 수 있다. 인간의 마음에는 가장 높은 등급인 영명한 지각(靈知)이 있기 때문에, 마음을 '신명(神明)의 집'(神明之舍: 神明之所宅)이라 일컫기도 한다.

우리의 마음은 온갖 욕심에 사로잡히기도 하고, 위협을 받아 두려움에 빠지기도 하며, 유혹을 받아 흔들리기도 하는 것이 사실이다. 그러나 우리 마음에는 이러한 욕심과 위협과 유혹을 이겨내고, 우리 자신을 의로운 존재로 지켜내어, 당당하게 일어서게도 하며, 나아가 사랑으로 너그럽게 포용하기도 하며, 선(善)을 행하여 진실한 기쁨을 누리게 하기도 하는 힘이 있다.

이렇게 어질고 의롭고 선한 마음이 바로 우리 마음의 중심에 자리 잡고 있는 '성품'이요, '영명한 지혜'라 할 수 있다. 순자(荀子)는, "물과 불(水火)은 기질(氣)이 있어도 생명이 없고, 풀과 나무(草木)는 생명이 있어도 지각이 없으며, 새와 짐승(禽獸)은 지각이 있어도 의리가 없다. 그런데 사람은 기질도 있고 생명도 있고 지각도 있고 또 의리(義)도 있다. 그러므로 사람을 천하에서 가장 귀하다고 한다."(水火有氣而無生, 草木有生而無知, 禽獸有知而無義, 人有氣有生有知亦且有義, 故最爲天下貴也.〈『순자』, '王制'〉)고 하였다.

성호(星湖 李瀷)는 순자의 이 말에 대해 "전성(前聖)이 발명하지 못한 말을 발명한 것이니 마음을 다스리는 학문에 큰 도움이 되겠다."(〈『星湖僿說』, 권19, 經史門, 荀子〉)고 극찬하였던 일이 있다. 아리스토텔레스의 『영혼론』(De Anima)에서는 초목에 생혼(生魂, anima vesetativa), 금수에 각혼(覺魂, anima sensitiva), 인간에 영혼(靈魂, anima rationalis)이 있다고 한다. 인간의 영혼은 생혼·각혼을 기초로 포함하고 있다는 설명이다. 곧 순자의 '의리'가 아리스토텔레스의 '영혼'과 아주 정교하게 상응하고 있음을 보여준다. 그렇다면, 마음은 바로 '의리'요 '영혼'을 가리키는 것이라 이해할 수 있다.

『서경』 대우모(大禹謨)편에서는 "인심은 오직 위태롭고, 도심은 오직 희미하니, 오직 정밀하게 하고 한결같이 하여, 그 중심을 잡을 수 있어야 한다."(人心惟危, 道心惟微, 惟精惟一, 允執厥中.)고 하여, 사람의 마음에 욕심을 따르는 '인심'(人心)과 도리를 따르는 '도심'(道心)의 두 요소가 함께 작용하는 것으로 제시하고 있다. 그렇다고 '인심'을 제거하고 '도심'만 남겨놓을 수는 없다. 두 요소가 사람의 마음에 필연적인 구성요소라면, '인심'을 적절히 견제하고 조절함으로써, '도심'을 잘 배양하여 '도심'이 '인심'을 주도할 수 있게 만드는 것이 가장 바람직한 마음의 관리방법이라 하겠다.

이처럼 마음은 다양한 요소들이 작용하고, 때로는 마음의 작용들 사이에 충돌이 일어나기도 한다. 우리는 자신의 마음속에서 서로 다른 요구가 충돌하여 갈등을 일으키는 경험을 자주하게 된다. 때로는 망설이다가 어느 쪽으로 결정을 내리기도 하지만, 때로는 자신이 원하지 않는 방향으로 자신도 모르게 끌려가는 일도 있다. 그만큼 마음은 복잡하기 때문에 마음을 다스리는 일, 곧 수양(修養)이 인격형성에 필수적 요소로 요구된다. 인간은 마음속에서 일어나는 욕심에 끝없이 끌려들 때에, 이를 이겨내고 바른 방향으로 나아가도록 마음을 다잡아야 하는 조심(操心)이 필요하지 않겠는가.

16

성품(性)의
의미

인간의 마음속에는 타고나면서 지니고 있는 요소와 살아가면서 형
성된 요소가 있는 것으로 보고 있다. 타고나면서 지니고 있는 요소를
'성품'이라 한다면 살아가면서 형성된 요소는 '성질'이라 할 수 있다.
'성품'이나 '성질'을 모두 '성'(性)이라는 글자 속에 담을 수 있다. 그래
서 성리학에서는 '성품'을 본래에 있었던 것이요 변함없는 것이라는
의미에서 '본연지성'(本然之性)이라 하고, '성질'을 기질에 따라 변하
는 것이라는 의미에서 '기질지성'(氣質之性)이라 구별하기도 한다.

그러나 '성'(性)의 본질 적이요 참된 모습은 '성품'으로 보고 밖으
로 드러나는 임시적 모습은 '성질'이라 보기 때문에, '성'(性)은 주
로 '성품'을 가리키고, '성질'은 '기질'이라 일컫고 있다. 공자의 말씀
에, "'성품'은 서로 가깝지만, '익힌 것'은 서로 멀다."(性相近也, 習相
遠也.〈『논어』17-2〉)고 하였는데, 그 손자인 자사(子思)가 편찬한『중
용』의 첫머리에서는, "하늘이 내려주신 것을 '성품'이라 한다."(天命之

謂性)고 말했다.

공자의 말씀에서 '성품'은 인간 마음의 바탕으로 공통적인 측면을 가리키는 것으로 보이는데, 자사가 말한 '성품'은 '성품'의 근원이 하늘이요, 하늘이 명령한 절대적이고 불변적인 것임을 의미하는 것으로 보인다. 여기서 공자는 인간의 내면을 경험적 시각에서 현실적 화법으로 말하고 있다면, 자사는 하늘을 인간존재의 궁극적 근원으로 확인하는 교조적 시각에서 관념적 화법으로 말하는 차이를 보여주는 것이라 하겠다.

'하늘이 내려주셨다'는 것은 인간의 '성품'('성질'까지 포함할 수도 있겠지만)이 저절로 이루어진 것이 아니라, 하늘이라는 지고(至高)의 존재가 인간이 태어날 때에 부여했다는 말이다. 여기서 하늘이 인격신적 주재자인지, 자연법칙적 원리인지는 보는 사람의 입장에 따라 달라질 수 있다. 어떻던 인간의 사유나 의지의 한계를 넘어서는 세계를 인정할 수 있으면, 그 이름을 '신'이나 '하늘'로 부를 수도 있고, '자연'이나 '도'(道)로 부를 수도 있을 것이다.

이 세계의 초월적 근원으로서 '하늘'이나 '신'이나 '도'가 나의 위에 있는지, 내 안에 있는지, 어디에나 있는지, 아무데도 없는지, 어느 경우든 상관없이 거부할 수 없는 존재로 인간의 가슴속이나 머릿속으로 파고드는 것이 사실이다. 이처럼 '하늘'이란 인간의 의식 속에 거부할 수 없는 존재라면, 분명하게 인정하지 않을 수 없는 것은 이 현실 세계의 근원이요, 결정자라는 사실이다. 이 점에서 '하늘'(天)이 내려주시거나 명령하신 것이 바로 인간의 '성품'임을 인정할 수 있다.

인간이 자신에게 부여된 '성품'을 따르면 거기에서 어떻게 살아가야 하는지 '도리'가 드러나게 된다. 따라서 자사(子思)는 "'성품'을 따르는 것을 '도리'라고 한다."(率性之謂道)고 하였다. 나아가 인간이 '도리'를 올바르게 살아가는 기본원리로 받아들인다면, 이 '도리'가 무엇인지, 어떻게 실행해야 하는 것인지를 현실에 맞게 가르치고 배워야 한다. 그래서 자사는 "'도리'를 닦는 것을 '가르침'이라 한다."(修道之謂敎)고 하였다.

'하늘(天)→성품(性)→도리(道)→가르침(敎)'의 순서는 근원에서 현실로 내려오는 순서이다. 이에 비해 인간의 일상적 삶은 가르치고 배우는 일에서 시작하니, '가르침(敎)→도리(道)→성품(性)→하늘(天)'의 순서는 기준과 근원을 찾아 올라가는 순서이다. '가르침'의 기준이요 원리는 '도리'임을 인식하기는 쉽다. 그러나 '도리'의 기준이요 근거를 '성품'이라 확인하는 것은 좀 더 복잡한 문제를 안고 있다.

사람이 살아가야 하는 '도리'는 현실주의자야 '경험'에서 찾을 수 있을 것이요, 자연주의자는 자연의 '법칙'에서 찾을 것은 당연하다. 사실 '경험'에서 얻는 지혜나 자연의 '법칙'을 거부하고서는 사람이 살아가는 '도리'를 올바르게 찾을 수가 없다. 그러나 사람이 살아가는 '도리'의 근원은 무엇보다 먼저 인간다운 가치를 따르는 것으로 확인하는 데서 출발하지 않을 수 없다.

생활 속에서는 '경험'에 따라 이로운 길과 해로운 길을 분별해낼 수 있을 것이지만, 그것은 인간다운 가치를 보장해주는 것이 아니다. 자연의 '법칙'을 벗어나면 삶에 치명적인 위험이 따를 수 있지만, 자연의 '법칙' 속에서 인간다운 가치를 확보하기는 어렵다. 과학기술이 발달하면서 인간의 삶은 풍요로워졌지만, 비인간화(非人間化)의 심각한 문제가 발생하고 있는 것이 사실이다.

'성품'은 인간다움의 근거이니, '성품'을 떠나서는 삶의 가치를 확보할 수 없을 것이요, 천박하고 난폭한 삶의 모습을 드러낼 수밖에 없다. 사실 '성품'이 타고나면서 주어진 것인지, 살아가면서 형성된 것인지는 관점에 따라 다른 주장이 가능하다. 어떤 주장의 경우라도 인간다운 삶의 가치를 '성품'이라 일컫는 것이니, '성품'을 내버려두는 삶이란 인간다움을 저버리는 일이 되고 만다. 그래서 '성품'을 돌보지 않은 인간의 삶을 "금수(禽獸)만도 못하다."거나 "실성(失性)했다."고 꾸짖기도 한다.

자사가 "하늘이 내려주신 것을 '성품'이라 한다."고 말했을 때, '하늘'이 어떤 존재인지 한마디로 단정하기는 참으로 어려운 일이다. 인간의 마음속에 '성품'을 부여했다는 것은 인간의 의지와 노력으로 얻어진 것이 아니라 태어나면서 부여되었음을 보여주는 것은 분명하나, 인간을 초월한 신적(神的) 존재인 '하늘'이 부여한 것인지, 인간의 선택을 벗어난 '자연'이 부여한 것인지는 해석하는 사람에 따라 입장이 달라질 수 있다.

그리스도교에서는 유일신(唯一神)인 하느님이 인간에게 영혼을 불어넣어주었다는 인식이 분명하다. 그러나 유교에서는 '하늘'이 궁극적 존재이지만, 그것이 인격신(人格神)인지 자연질서인지 단정하지 않거나 여러 가지 측면으로 서술해 왔던 것이 사실이다. '하늘'을 지극히 높은 인격신으로 알고 받들거나, 자연질서로 알고 순응하거나, 혹은 성리학자들처럼 '하늘'을 '이치'(理)라 하거나, 인간의 '성품'을 온전하게 알고자 하면, 그 근원인 '하늘'을 제대로 알아야만 한다.

'하늘'을 주자(朱子)는 '이치'(理)라 했고〈『朱子語類』〉, 원니리 왕욱(王旭)은 '기질'(氣)이라 했고〈『蘭軒集』〉, 왕양명(王陽明)은 '마음'(心)이라 했고〈『傳習錄』〉, 정약용은 '신령스럽고 밝게 아는 주재자'(靈明主宰)라 했으니〈『中庸自箴』〉, 입장에 따라 엄청난 차이를 보여준다. 어느 하나가 옳다고 보기 보다는 시각의 다양함을 보여주는 것이라 하겠다. 한마디로 '하늘'은 인간에게 '성품'을 부여한 인간존재의 인격적 근원으로 받아들여지고 있다는 사실이다. '하늘'에 근원함으로써 '성품'은 인간의 삶에 정당성의 기준으로 확인되고 있음을 주목할 필요가 있다.

물론 '성품'을 맹자(孟子)는 '선(善)하다' 하여, 인간의 삶에 기준이 되는 것이라 확인하였고, 이와 반대로, 순자(荀子)는 '성품'을 '악(惡)하다' 하여 '성품'이 인간의 삶에 기준이 되는 것이 아니요, '예법'(禮)이 인간 삶의 기준이라 하여, '예법'으로 '성품'을 통제해야 하는 것이라 주장하였다. '성품'에 대한 이처럼 극단적으로 상반된 해석이 있지만, 각각의 논리적 설명체계가 성립하는 것이 사실이다. 그러나 유교 전통은 맹자의 '성선설'(性善說)을 정통으로 받아들여 왔던 사실을 확인할 수 있다.

17 다섯 가지 미덕(五美)
〈『논어』〉

제자 자장(子張)이 어떻게 해야 정치에 종사할 수 있는지를 묻자, 공자는 "대중을 다스리는 일에 종사하는 사람은 '다섯 가지 미덕'(五美)을 높이고, '네 가지 악행'(四惡)을 물리치면 정치에 종사할 수 있을 것"이라 하였다. 정치하는 사람이 지켜야 할 미덕의 조목은 적극적으로 실행하여야 할 과제이니, 핵심의 문제이다. 이에 비해 경계해야 할 악행은 막아야 할 소극적 과제이니 부차적 문제라 하겠다.

여기서 잠시 공자의 말씀에서 군자로서 경계해야할 '네 가지 악행'을 먼저 들어보면 다음과 같다. ①가르치지 않고 죽이는 것은 '잔학하다'함(不敎而殺謂之虐)/ ②미리 경계하지 않고서 눈앞의 성공을 추구하는 것은 '난폭하다'함(不戒視成謂之暴)/ ③명령을 태만하게 하고서 기일을 엄격하게 하는 것은 '해친다'함(慢令致期謂之賊)/ ④사람들에게 똑같이 주어야 하는데 내주고 받아들일 때 인색하게 구는 것은 '벼슬아치 본새'라 함(猶之與人也, 出納之吝謂之有司).

정치하는 사람이 '잔학함'이나 '난폭함'은 권력이 저지르기 쉬운 가장 큰 폐단이다. 백성을 사랑하여 배양하려는 마음을 잃은 권력이 부리는 가장 심한 횡포라 하겠다. '해친다'함이나 '벼슬아치 본새'는 백성을 위해 정치에 정성이 없이 태만하거나, 타정에 젖어 거만한 태도로서, 정치하는 사람들이 고쳐야 할 가장 일반적인 병폐라 할 수 있다. 이 '네 가지 악행'을 고치지 않으면 '다섯 가지 미덕'을 행하는데 큰 장애가 되니, 어떤 의미에서 '미덕;을 행하기에 앞서 '악행'부터 제거할 필요가 있다.

다음으로 핵심적인 문제는 군자가 실행해야 하는 '다섯 가지 미덕'인데, 그것은 ①은혜롭게 베풀되 허비하지 않음(惠而不費), ②수고롭게 하되 원망받지 않음(勞而不怨), ③하고자 하지만 탐내지 않음(欲而不貪), ④태연하면서 교만하지 않음(泰而不驕), ⑤위엄이 있지만 사납지 않음(威而不猛)을 제시하였다. 공자는 이 '다섯 가지 미덕'(五美)의 의미를 다음과 같이 구체적으로 설명하고 있다.

① 〈은혜롭게 베풀되 허비하지 않음(惠而不費)〉--백성의 이로운 바를 따라서 이롭게 해주니, 이것이 또한 은혜롭게 베풀되 허비하지 않는 것'이 아니겠는가. (因民之所利而利之, 斯不亦惠而不費乎.)

② 〈수고롭게 하되 원망받지 않음(勞而不怨)〉--수고롭게 할 만한 것을 가려서 수고롭게 하니, 또한 '누가 원망하겠는가.(擇可勞而勞之, 又誰怨.)

③ 〈하고자 하지만 탐내지 않음(欲而不貪)〉--어진 덕을 행하고자 하여 어진 덕을 얻으니 또한 어찌 탐내는 것이겠는가.(欲仁而得

仁, 又焉貪. 君子無衆寡, 無小大, 無敢慢, 斯不亦泰而不驕乎.)

④ 〈태연하면서 교만하지 않음(泰而不驕)〉--군자는 사람이 많거나 적거나, 일이 작거나 크거나 가리지 않고 감히 오만함이 없으니, 이것이 또한 태연하면서 교만하지 않는 것이 아니겠는가.(君子無 衆寡, 無小大, 無敢慢, 斯不亦泰而不驕乎.)

⑤ 〈위엄이 있지만 사납지 않음(威而不猛)〉--군자는 옷과 갓을 반 듯하게 하고 바라보는 눈길을 존엄하게 하고, 엄숙하여 사람들이 바라보고 두려워하게 하니, 이것이 또한 위엄이 있지만 사납지 않다는 것이 아니겠는가?"(君子正其衣冠, 尊其瞻視, 儼然人望而 畏之, 斯不亦威而不猛乎.〈『논어』20-2〉)

'정치에 종사한다.'(從政)는 말은 요즈음 말로 행정이나 정치를 담 당하는 공직을 의미하는데, 좀 더 확대하면 누구나 세상을 살아가면 서 다른 사람을 상대할 때 지켜야 할 덕목이라 할 수도 있을 것이다. 여기서는 먼저 '다섯 가지 미덕'(五美)을 하나하나 음미함으로써, 공 자의 가르침이 우리의 현실에서 어떤 의미로 이해되어야 할지를 검토 해 볼 필요가 있다.

첫째, '군자는 은혜롭게 베풀되 허비하지 않는다.'는 말은 '백성의 이로운 바를 따라서 이롭게 해주는 것'이라 하였다. '백성들의 이로운 바'란 백성들이 이롭게 여기는 것일 수도 있고, 백성들에게 실제로 이 로운 것일 수도 있다. 사실 공직자는 백성들이 무엇을 이롭게 여기지 를 살펴야 하지만, 동시에 무엇이 백성들에게 진정으로 이로운 것인 지를 알아내야 한다. 이 두 가지는 서로 일치할 수도 있지만, 어긋날 수도 있다는 점을 주의할 필요가 있다

부자의 재물을 거두어 가난한 자에게 나누어주는 것이야 가난한 백성들이 모두 이롭게 여기는 바가 될 터이지만, 그것이 진정으로 가난한 백성들에게 이로운 것은 아니다. 공짜로 나누어주는데 좋아하지 않을 사람은 없겠지만, 그것은 욕심에 부응하는 것이지 이치에 부응하는 것은 아니다. 또한 일시적 방책이 될지 몰라도 멀리 내다보는 항구적 방책은 분명 아니다.

부모 자식 사이나 친구 사이에서도 상대방이 좋아하는 것을 살펴서 들어주는 것이 필요하다. 쓴 것을 좋아하는 사람에게 단 것을 주거나, 단 것을 좋아하는 사람에게 쓴 것을 준다면, 아무 효과가 없을 뿐 아니라, 거부감만 불러일으키게 된다. 그러나 그 사람이 아무리 매운 것을 좋아하더라도 위장병이 있는 사람에게 매운 것을 권하는 것은 결코 그 사람에게 이로운 것을 따르는 일이 아니다. 감정이나 욕망을 무시할 수는 없지만, 감정이나 욕망에 끌려 다니면 더욱 심각한 문제를 일으킬 수 있다는 사실을 인식해야만 한다.

둘째, '수고롭게 하되 원망 받지 않는다.'는 말은 '수고롭게 할 만한 것을 가려서 수고롭게 한다.'고 하였다. 수고롭게 할 만한 것만 골라서 수고롭게 한다면, 결코 원망을 받지는 않을 수 있다. 그러나 '수고롭게 할 만한 것'이란 현재 그 사람의 역량에 따른다는 것을 의미한다. 현실에서도 사람의 역량은 계발하는데 따라 훨씬 더 크게 향상될 수도 있다.

그렇다면 현재의 역량에 맞추어 그 사람을 쓸 것인지, 어떤 목표를 위해 그 사람의 역량을 향상시킬 것인지를 판단해야 한다. 학생을 가르치는 교사는 학생의 역량에 맞는 문제와 학생이 고심하고 노력하여 자신의 역량을 향상시켜야 할 문제를 적정 비율로 가르쳐야 한다. 마찬가지로 정치지도자도 국민의 수준에 맞추어 따라가면서, 동시에 국민의 수준을 향상시키는 방향으로 이끌어가지 않으면, 그 사회에 발전이란 없게 된다.

정치지도자나 기업인이 대중에 영합하여, 대중의 역량에 맞추려고만 든다면, 그 나라나 그 기업이 성장하고 발전하기는커녕 정체되거나 퇴보할 위험에 빠지고 만다. 어느 정도 대중의 역량보다 한 단계 높이 목표를 설정하여 이끌어 갈 때, 그 조직의 발전이 가능할 것이고, 자신이 더 큰 역량을 발휘했다는 사실을 알게 되면, 그동안 고통스러움이 따랐다 하더라도 큰 보람을 누릴 수 있을 것은 당연한 일이다.

셋째, '하고자 하지만 탐내지 않는다.'는 말은 '어진 덕을 행하고자 하여 어진 덕을 얻는 것'이라 하였다. 무엇을 하고자 한다면, 그곳에는 목적과 동기도 있어야 하고, 성취하고자 하는 의욕과 목표도 있어야 한다. 바로 이 목적이나 동기나 의욕에 사사로운 욕심이 쉽게 끼어들 수 있음을 경계하지 않을 수 없다. 그러나 '어진 덕'(仁) 곧 '사람을 사랑하는 마음'으로 어떤 일을 추구한다면, 어떤 일을 아무리 추구한다 하더라도, 그것은 희생과 봉사의 일이 되지, 이기적 탐욕의 일이 될 수는 없다.

따라서 사람을 사랑하는 마음으로 일을 한다면, 무슨 일을 하거나, 어떤 성과를 거두더라도 그곳에는 내가 먼저 차지하고, 더 많이 차지하겠다는 탐욕으로 얼룩지는 일이 없고, 남을 억누르거나 남에게 피해를 끼치는 일이 없을 것은 당연하다. 심지어 높은 지위에 오르려 하거나, 많은 재물을 얻으려 한다 하더라도, 그 일을 추구하는 바탕에 '사람을 사랑하는 마음'을 잃지 않으면, 결코 사사로운 탐욕에 빠지는 일이 없을 것은 당연하다.

문제는 사람을 사랑하는 '어진 덕'이 진실로 선하고 탐욕을 벗어난다고 하더라도, 여전히 '어진 덕'은 필요조건이지 충분조건은 아니라는데 있다. 정치와 교육과 사업 등 무슨 일에서나, '사람을 사랑하는 마음'으로 하더라도, 올바른 상황판단을 하지 못하면 그 '어진 덕'은 방향을 잃게 되고 만다. 마찬가지로 정의로운 법질서가 세워지지 않으면, 그 '어진 덕'도 혼란과 무질서에서 허덕일 수밖에 없다.

넷째, '태연하면서 교만하지 않는다.'는 말은 '군자는 사람이 많거나 적거나, 일이 작거나 크거나 가리지 않고 감히 오만함이 없는 것'이라 하였다. 여기서 무슨 일에서나 '오만함이 없다'는 것은 군자가 남을 무시하거나 자기를 앞세움이 없는 겸허한 덕을 말해준다. 그러나 '태연함'(泰)에 대한 설명이 없으니, '태연함'과 '교만하지 않음'의 연관성이 무엇인지 알기가 어렵다.

'태연함'이란 겉으로 태연한 척하는 것이 아니다. 태연하기 위해서는 사태의 실상과 변화에 대한 깊은 통찰이 있어서 허둥거리거나 안절부절 하지 않는다는 말이다. 또 자신의 굳센 신념이 가슴 속에 있기 때문에 어떤 돌변의 사태나 위기의 상황에 처하더라도 동요함이 없음을 말한다. 그렇다면 교만하지 않기 보다는 태연하기가 진실로 어려운 일이 아닐 수 없다. 그런데 어찌 '태연함'에 대한 설명은 한 마디도 없는 것일까. 이미 서로 다 알고 있음을 전제로 하는 것이라 이해할 수밖에 없다.

통찰력이 투철하고 중심이 확고하면 저절로 태연하게 되고, 태연한 사람이라면 교만을 부릴 이치가 없다. 속으로 식견이 없고 신념도 없지만 남들 앞에서 자신의 위세를 내세우자니 교만하게 행동하게 된다. 말하자면 '태연함'은 속마음의 충실함이 겉으로 드러난 현상이요,

'교만함'은 속마음의 공허함이 겉으로 드러난 현상이라 할 수 있다. 그렇다면 공자께서 "식견을 넓히고 신념을 확고히 하여 속마음을 충실하게 한다면, 어찌 태연하면서 교만함이 없지 않겠는가."라 설명해주셨더라면, 더 분명하게 이해할 수 있지 않았을까.

다섯째, '위엄이 있지만 사납지 않다.'는 말은 '군자는 옷과 갓을 반듯하게 하고 바라보는 눈길을 존엄하게 하고, 엄숙하여, 사람들이 바라보고서 두려워하게 되는 것'이라 하였다. '옷과 갓을 반듯하게 하는 것'은 밖으로 드러나는 외모를 단정하게 바로잡는 것이요, '눈길을 존엄하게 하는 것'은 안으로 마음을 경건하게 하여 밖으로 대상을 바라보는 눈길을 존엄하게 가다듬는 것이다. 이렇게 안팎으로 자신을 단속하면 그 모습이 저절로 엄숙할 것이요, 이를 바라보는 대중들로서는 어찌 두려운 마음이 들지 않으며, 어찌 존경하지 않을 수 있겠는가.

여기서 공자는 '위엄'(威)이란 겉으로 위세를 드러내거나 엄숙한 표정을 짓는 것이 아님을 보여준다. 밖으로 행동거지는 안으로 마음가짐을 단속하고, 안으로 마음가짐은 밖으로 행동거지를 단속하여, 안팎이 서로 단속함으로써, 일관하게 경건해야 하는 것임을 잘 보여주고 있다. "옷과 갓을 반듯하게 하고, 바라보는 눈길을 존엄하게 한다."(正其衣冠, 尊其瞻視)는 구절은 주자(朱子)가 「경재잠」(敬齋箴)의 첫머리에서 인용하고 있거니와, 몸과 마음을 경건하게 간직하는 것은 수양방법의 기본과제라 할 수 있다.

'위엄'은 자신이 추구하는 것이 아니다. 인격이 닦여진 덕에서 풍겨오는 엄숙함에 대해 대중이 느끼는 두려움에서 저절로 찾아오는 결과이다. 또한 두려움을 느끼면 위엄이 드러나고, 위엄이 있으면 모두가 두려워하게 된다. 따라서 두려움은 상대방의 위세에 눌리는 공포심의 두려움이 아니요, 존경심에서 오는 두려움이다. 이처럼 존경하는 마음으로 두려워하는데, 어찌 무서워하거나 겁내는 '사나움'(猛)이 끼어들 수 있겠는가.

대중을 다스리는 지위에 있는 사람에게 대중을 갈등 없이 순조롭게 이끌어가는 데는 이 '다섯 가지 미덕'(五美)이 매우 소중하다고 하겠다. 다만 그 의미를 잘 이해한다면, 다섯 가지가 모두 지도자 자신의 덕을 닦아야 함을 지적한다는 사실에 유의할 필요가 있다. 자신의 내면에 덕이 쌓이지 않고, 술수나 위세로 대중을 다스리려 하는데서, 온갖 무리수가 나오게 되고, 자칫 파탄의 위기를 초래하게 된다는 사실을 깊이 경계하지 않을 수 없다.

대중을 이끌고 다스리는데 갖추어야 할 덕목이 어찌 다섯 가지만 있고, 물리쳐야 할 악행이 어찌 네 가지만 있겠는가. 다만 그 요긴한 사항을 들었을 뿐이라 하겠다. 그러나 한마디로 요약한다면, 안으로 마음속에 올바른 지혜와 덕을 갖추고, 밖으로 조화롭게 드러낸다면, 어찌 대중이 지도자를 존경하고 화합하여 따르지 않을 것이며, 어찌 대중을 괴롭히는 악행을 저지를 이치가 있겠는가. 우리 사회의 정치지도자만 아니라, 모든 지도층의 인물들이라면, 자신을 돌아보고 대중을 이끌어 가는데, '다섯 가지 덕목'과 '네 가지 악행'을 마음속에 새겨둘 필요가 있을 것이라 본다.

18

사랑의
실천

공자는 인간이 지닌 덕으로 '어짊'(仁)을 가장 중시했었다. 제자 번지(樊遲)가 '어짊'이 무엇인지를 묻자, 공자는 "사람을 사랑하는 것"(愛人.〈『논어』12-22〉)이라 간결하게 대답했다. 예수도 "네 이웃을 너 자신처럼 사랑해야 한다."〈『마르코 복음서』12: 31〉고 가르치지 않았던가. 그러나 가슴 속에는 미움도 있고 노여움도 있는데, 사람이 어찌 모든 사람을 사랑하고만 살 수 있단 말인가.

『대학』에서는 "오직 어진 사람이라야 사람을 사랑할 수도 있고, 사람을 미워할 수도 있다."(唯仁人, 爲能愛人, 能惡人.〈『대학』10:15〉)고 하였으니, 의롭지 못한 것을 미워하는 마음도 사랑하는 마음에 바탕을 두었을 때 정당하다는 것을 보여준다. 아마 예수가 "너희는 원수를 사랑하여라."〈『마테오 복음서』5:44〉고 말한 뜻은 원수에 대한 미움도 사랑하는 마음을 잃지 말아야 함을 보여주는 것이 아닐까 짐작해본다.

그래서 바오로는 진정한 사랑을 그려내면서, "사랑은 참고 기다립니다. 사랑은 친절합니다. 사랑은 시기하지 않고, 뽐내지 않으며, 교만하지 않습니다. 사랑은 무례하지 않고, 자기 이익을 추구하지 않으며, 성을 내지 않고, 앙심을 품지 않습니다."(「코린토 신자들에게 보낸 첫째 서간」13:4~5)라 하였다. 그렇다면 사랑은 결코 달콤하고 행복하기만 한 것이 아님을 알 수 있다. 오히려 괴롭고 안타까운 것인지도 모르겠다.

그러나 사람은 마땅히 다른 사람에 대해 사랑하는 마음을 가져야 하지만, 그 사랑의 마음을 드러내는 태도는 상황에 따라 여러 가지로 나타날 수 있다. 굶주리고 헐벗은 불쌍한 사람들을 위해 자신의 재물을 나누어 도와주는 것은 분명 사랑의 표현이다. 그러나 일상생활에서는 물질적인 도움으로 사랑을 표현하기 보다는 인격적인 대우로 사랑을 표현하는 것이 더 소중한 자세로 보인다. 남에게 친절을 베푸는 것도 사랑의 표현이지만, 남을 높여 공경하는 태도와 자신을 낮추어 겸손한 태도를 지키는 것은 사람과 사람 사이에서 인격적 만남의 모습으로 더욱 소중한 태도라 하겠다.

제자 중궁(仲弓)이 어진 덕에 대해 물었을 때, 공자는 "대문을 나서서 만나는 사람은 누구라도 큰 손님 뵙듯이 하고, 백성을 부리는 일은 큰 제사 받들듯이 해야 한다."(出門如見大賓, 使民如承大祭.《『논어』 12-2》)라 말하기도 했다. 사람을 사랑하는 어진 덕이란 대문을 열고 나가 세상에서 만나게 되는 온갖 종류의 사람들에 대해 큰 손님을 대하듯이 공손해야 하고, 자기가 높은 지위에 올라, 백성을 부리거나 아랫사람을 부리게 되면, 큰 제사를 받들듯이 경건한 자세로 아랫사람을 부려야 한다는 가르침이다.

어른을 공경하고 스승을 존경하는 것만이 아니라, 모든 사람과 사람의 만남에서 상대방을 높여주고 공경하는 마음을 갖는 것은 그 사람에 대한 사랑을 표현하는 방법이라 할 수 있다. 물론 어른이나 스승을 사랑하는 태도로는 공경하는 것이 지극히 당연한 일이다. 그러나 젊은이를 잘 이끌어주거나 제자를 잘 보살피고 아껴주는 것도 사랑하고 공경하는 마음과 다르지 않다.

자신이 윗사람이라 하여 아랫사람에 대해 거만하게 굴거나 함부로 대하여, 공경하는 태도를 잃어버렸다면, 여기에는 아랫사람을 사랑하는 마음이 없는 것이 사실이다. 유교사회에서도 상하질서와 신분질서를 중시하는 풍조가 뿌리를 내려, 아랫사람을 함부로 대하였던 것은 공자의 가르침을 저버렸다는 모순된 현상을 보여준다. 또한 친구들 사이에서도 서로 공경하는 태도가 없다면 함부로 하게 되니, 친구에 대한 사랑이 부족한 것이라 하겠다.

옛 사람들은 부부 사이에서도 서로 공경하여 '손님'을 대하듯이 하도록 가르치고 있다. 부부의 친밀함은 한 몸이라 할 만큼 가깝지만, 너무 가깝다 보면, 공경하는 마음을 잃게 되고, 쉽사리 방자하게 되기도 한다. 가장 가까운 부부사이에서도 서로 공경함을 잃기 쉬워, 심하면 서로 미워하고 원망하거나 원수처럼 여기게 되니, 부부 사이에서도 공경이야 말로 사랑을 가장 튼튼하게 지켜주는 방법이 되는 것임을 알 수 있다.

'공경'(恭敬)이라는 말은 바로 자신의 행동을 단속하여 공손하게 하고(恭), 마음을 단속하여 경건하게 하는 것(敬)이라 하겠다. 또한 '공경'은 자신만을 내세워 오만하고 방자하게 함부로 행동하거나, 방심하여 제멋대로 행동하는 것을 깊이 경계하는 것이기도 하다. 따라서 공경하려면 끊임없이 자신을 성찰하여 몸과 마음을 단속하는 인격의 수양과정이 있어야 한다. 곧 공경함으로 사랑한다는 것은 결코 누구를 좋아한다는 감정에만 충실하여, 좋아하는 감정이 넘쳐 흐르는 대로 행동하는 것이 아니다.

겸손과 공경이 때로는 너그러움일 수도 있고 때로는 두려움일 수는 있으나, 사랑을 건강하게 지키기 위해서는 겸손과 공경이 따라야 한다. 상대방을 무시하거나 함부로 하거나 오만하게 굴면서 사랑이 지켜질 수는 없을 터이다. 예수가 인간을 사랑하였던 일도 자신을 버리고 희생하였던 사건에서 가장 잘 드러난다. 그렇다면 인간이 하느님을 사랑하는 것도 경건한 마음으로 공경하는데 있는 것이라야 마땅하다 하겠다.

19   남의 말을
잘 알아듣는 법

    제자 공손추가 스승 맹자에게 선생께서 무엇을 잘 하시는지를 묻자, 맹자는 자신이 잘 하는 일로 '남의 말을 잘 알아들음'(知言)과 '자신의 툭 터진 기개를 잘 기름'(善養吾浩然之氣)의 두 가지를 제시했던 일이 있었다. '말'(言)의 문제는 나와 남의 관계에서 역할하는 도구라면, '툭 터진 기개'(浩然之氣)는 자기 내면에서 길러지는 대상이라 하겠다.

    공손추가 다시 맹자에게 '남의 말을 잘 알아듣는다.'(知言)는 것이 무슨 말인지 물었을 때, 맹자는 "편벽된 말에서는 그 가려진 바를 알고, 방탕한 말에서는 그 빠져 있는 바를 알며, 도리에 벗어난 말에서는 그 어긋난 바를 알며, 빠져나가려고 꾸미는 말에서는 그 궁색한 바를 알 수 있다."(詖辭知其所蔽, 淫辭知其所陷, 邪辭知其所離, 遁辭知其所窮.〈『맹자』3-2:12〉)고 대답했다.

    사실 말이란 의사소통의 수단이니, 남의 말을 잘 알아듣는 일은 사람과 사람이 어울려 살아가는 세상에서 반드시 갖추어야 하는 매우 소중한 능력이다. 사람과 사람 사이에 서로 남의 말을 잘 알아듣지 못하면, 소통이 원활하지 못하여 단절감에 빠지거나, 오해를 불러일으켜 불화(不和)하게 되기 마련이다. 이에 비해 남의 말을 잘 알아들으면, 말을 하는 사람에게는 큰 기쁨이 일어나고, 말을 듣는 사람에게는 상대방에 대해 깊은 친밀감을 느끼게 될 수 있다.

'남의 말을 잘 알아듣는 것의 구체적 내용으로, 맹자는 남의 말에서 '편벽된 말'(詖辭), '방탕한 말'(淫辭), '도리에 벗어난 말'(邪辭), '빠져 나가려 꾸미는 말'(遁辭)의 네 가지 경우를 들어, 이러한 말을 잘 알아듣는 방법을 제시하였다. 여기서 먼저 이런 말들은 거짓되고 간교한 말들이라는 사실이 눈에 띈다.

물론 남의 말 가운데는 공평하고 정당한 말이나, 진실하여 거짓이 없는 말도 있다. 이런 올바른 말들도 잘 알아들어야 한다. 다만 올바른 말에는 속임을 당하거나 미혹될 위험이 없는 것으로 보아, 맹자가 언급하지 않은 것이라 생각된다. 이에 비해 맹자가 들고 있는 네 가지 경우의 말은 현혹되거나 속임을 당할 위험이 매우 높으니, 특히 주의 깊게 살펴야 함을 강조하였던 것이라 하겠다.

사람이 주고받는 말에 진실하고 감동적인 말이라면 깊은 신뢰를 얻을 수 있고, 또 이런 말은 그대로 받아들여도 아무 탈이 없다. 그러나 거짓되고 간교한 말은 분명하게 살펴서 판단하지 않으면 큰 낭패를 볼 수 있기에, 그 거짓되고 간악함의 요소를 세밀하게 가려낼 줄 알아야 할 것을 요구하고 있다. 겉으로는 정직하고 아름답게 보이는 말에도 그 속을 잘 들여다보면 거짓되고 교활함이 숨겨져 있을 수 있음을 주의하지 않으면 안되는 것이 사실이다.

맹자가 남의 말을 주의깊고 올바르게 듣도록 요구하면서 이에 어긋나는 말로 네 가지 경우의 말을 들고 있는데, 여기서 먼저 그 네 가지 말이 지닌 뜻을 음미해볼 필요가 있다.

첫째, '편벽된 말'(詖辭)에 대해서는 그 가려진 바를 알아야 할 것을 요구하고 있다. 편벽됨은 어느 한 쪽에 치우치는 것이니, 따라서 한쪽에 대해서는 세밀하고 밝아도, 다른 쪽에 대해서는 가려져 어둡기 마련이다. 곧 한쪽에 치우치게 되면, 다른 쪽을 무시하거나 거부하게 된다. 따라서 전체를 포괄하여 균형있게 바라보는 시야를 잃어버리는 편견의 병통이 있음을 지적하였다.

둘째, '방탕한 말'(淫辭)에 대해서는 그 빠져 있는 바를 알아야 할 것을 요구하고 있다. 방탕하다는 것은 절제력을 잃고 기분에 도취되거나 욕심에 이끌려 함부로 행동하게 되는 것을 말한다. 그렇다면 절제를 잃고 내뱉는 방탕한 말 속에서 그 말이 어떤 감정이니 욕심에 빠져 있는 것인지를 파악할 필요가 있다. 방탕한 말을 바로잡으려면 어떤 감정과 욕심에 빠져있는지를 알아야 그 병통을 치료할 수 있기 때문이다.

셋째, '도리에 벗어난 말'(邪辭)이란 도리의 어떤 사항에서 어긋나는 것이므로, 그 어긋나는 대목을 알아야만 어긋남을 바로잡을 수 있다, 한 마디 말이라도 도리에 벗어난다는 것은 마음속에 병통이 자리잡고 있으므로, 심각한 문제를 일으킬 수 있다. 여기서 도리의 어떤 방향에서 어긋나고 어떤 길에서 벗어나고 있는지 그 병통을 확인함으로써, 도리를 따르는 바른 길로 나아가도록 바로잡을 수 있다.,

넷째, '빠져나가려 꾸미는 말'(遁辭)이란 자신의 허물을 감추기 위해 꾸며대거나 변명하는 말이다. 이렇게 숨기려고 꾸며대는 말에는 명쾌하지 못하고 애매하거나 궁색함이 있기 마련이다. 따라서 꾸며대는 말의 허점을 붙잡기 위해서는 그 말의 궁색한 점을 알아야 한다는 말이다.

맹자는 이 네 가지 올바르지 않은 말들은 "그 마음에서 생겨나 그 정치에 해를 끼치고, 그 정치에서 발생해 그 사업에 해를 끼치는 것이다."(生於其心, 害於其政, 發於其政, 害於其事.〈『맹자』3-2:12〉)라 하였다. 올바르지 않은 말이 마음에서 나오는 것으로 그치는 것이 아니라, 그 정치를 그르치게 하고, 나아가 사람이 추구하는 모든 사업에 해를 끼친다는 사실을 강조하였다.

맹자가 올바르지 않은 말을 인식하도록 강조하고 있었던 까닭은 그 그릇된 말이 정치와 사업에 해를 끼치기 때문이었음을 알 수 있다. 그런데, 올바르지 않은 말의 병통이 무엇인지를 알기 위해서는, 먼저 올바른 말이 무엇인지를 분명하게 알아야만 한다. 올바른 말이 무엇인지를 모르고서는 말의 어디에 병통이 있는지를 알 수가 없는 것이 사실이다.

올바른 말이란 거짓됨이 없이 진실한 말이요, 진실한 말은 그 사람의 행동과 일치되는 말이라야 한다. 공자는 "옛 사람이 말을 함부로 내놓지 않는 것은 자기의 행실이 미치지 못함을 부끄러워하였던 것이다."(古者言之不出, 恥躬之不逮也.〈『논어』4-22〉)라 말했던 일이 있다. 말만 앞세우는 빈말이 아니라, 말과 행실이 일치하는 진실한 말을 강조하고 있다.

또한 공자는 "말을 알아듣지 못하면 사람을 알 수 없다."(不知言, 無以知人也.〈『논어』20-3〉)고 말하기도 하였다. 말은 사람 사이에 의사소통을 하는 기본 방법이므로, 상대방의 말을 잘 알아듣지 못하면 상대방의 생각과 사람됨을 알 수 없는 것은 당연한 귀결이다. 우리 속담에 "말 한마디로 천 냥 빚도 가린다."라는 말이 있거나와, 진실한 말은 사람을 감동시킬 수도 있으니, 천 냥에 그치겠는가. 말 한마디가 한 사람의 인생을 바꿔놓기도 한다.

물론 우리가 하는 말은 한 마디 한 마디를 진실하고 거짓됨이 없도록 신중하게 함이 옳다. 가능하면 의미가 깊고 감동을 줄 수 있는 말을 하는 것이 소중하다. 이와 더불어 남의 말을 듣는 태도도 맹자가 말하는 것처럼 남의 말 속에 감추어져 있는 거짓됨을 잘 가려내는 것도 중요하지만, 남의 말에 담긴 의미를 깊이 있게 알아듣고, 그 진실성을 찾아내는 것이 기본이요, 더 중요한 일이라 하겠다.

20

독선을
넘어서

어떤 사물에나 볕들어(陽) 밝은 부분과 그늘져(陰) 어두운 부분의
두 측면이 있기 마련이다. 한 쪽 부분이 없어지면 다른 쪽 부분도 유지
될 수 없으며, 그 존재자체도 존립될 수 없다. 마치 겨울날 따뜻한 햇
볕을 너무 좋아하고 추운 그늘이 싫어한다하여, 그늘을 베어낼 수는
없거니와, 무더운 여름날 시원한 그늘을 너무 좋아한다하여 햇볕을
끊어낼 수 없는 것과 같다. 무슨 일에나 한 쪽 부분이 사라지면, 전체
도 허물어진다는 사실을 깊이 되새길 필요가 있다.

전쟁의 참혹함을 겪으면서 평화를 갈구하지만, 평화로운 태평성대
가 오래가면 그 사회는 풀어지고 부패하여 혼란으로 빠져들기 마련이
다. 그래서 긴장(緊張)과 이완(弛緩)이나, 사랑과 미움도 균형을 잃고
한 쪽으로 쏠리게 되면, 파탄이 일어나게 될 것이다. 마찬가지로 포상
과 처벌이나 배척과 포용도 적절하게 적절함을 얻지 못하면, 방자하
게 되거나 원망이 깊어져 화합이 깨어질 수밖에 없다. 무슨 일에서나

균형과 조화를 잃지 않을 수 있다면, 이것이 바로 '중용'(中庸)의 도리를 실현하는 길이라 하겠다.

이상주의나 현실주의, 또는 진보주의나 보수주의는 각각 나름대로 정당성을 지니고 있다. 그러나 어느 한쪽으로 과도하게 치닫기 쉬운 것이 현실이다. 송(宋)나라 때 일어난 도학(道學: 朱子學)은 '인간의 욕망'(人欲)을 억제하고 '하늘의 이치'(天理)를 높여야 한다는 뜻으로 '존천리, 알인욕'(尊天理, 遏人欲)을 표방하면서, '인간의 욕망'이라는 현실을 지나치게 억제하려 들었고 '하늘의 이치'라는 이상을 추구하는데 과도하게 기울어졌다. 그 결과 백성들이 빈곤에 빠지는 것을 방치하고 말았으니, 이상을 추구하는데 매몰되어 현실을 무시하고 말았다.

사실 모든 종교는 현실에서 이탈하여 이상을 추구하는 경향을 지녔으니, 이상주의가 초래하는 한계와 문제를 안고 있다. 이상(理想)이 비록 숭고하지만, 현실을 외면하는 순간, 그 이상은 환상에 빠질 위험이 있다. 그 반대로 이상을 잃은 현실이란 탐욕에 빠져, '진흙탕에서 싸우는 개'(泥田鬪狗)의 꼴이 되기 쉽다. 그러나 현실을 외면한 이상은 밤하늘의 별을 살피며 걷다가 땅바닥의 돌부리에 걸려 넘어진 희랍의 철인 탈레스(??)의 모습을 보여주게 된다.

진리는 거짓과 단절되어 홀로 드러나는 것이 아니다. 거짓을 끊임없이 넘어서면서 진리에 도달할 수 있다. 서로 상반된 주장을 화합시키고, 자신의 주장과 상반된 견해까지 포용할 수 있는 조화의 길에 진리가 드러날 수 있는 것이라 하겠다. 여러번 과오를 저지른 뒤에 올바른 길을 찾을 수 있고, 실패를 거듭 겪은 뒤에 성공을 할 수 있는 것과 같다. 그렇다면 올바른 도리는 무수한 과오가 피어내는 꽃이라 할 수 있고, 영광스러운 성공은 고통스러운 실패들이 기초가 되어 이루어지는 것이 아니겠는가.

오직 하나의 진실만 있어야 하고, 그와의 다른 모든 견해는 허위라 주장할 수 있는 것은, 혹시 자연과학에서의 진실로서 가능할지도 모르겠다. 그러나 사회현실이나 인간의 사유에서는 하나의 진실만 있는 것이 아니라, 여러 가지 다른 견해가 각각의 진실성을 가질 수도 있다. 따라서 자신의 주장만을 진리라 확신하면서, 자신의 주장과 다른 모든 견해를 거짓으로 배척한다면, 그 진리란 독선(獨善)에 지나지 않을 것이다. 어떤 의미에서 순도 100%의 진리란 없는 것인지도 모른다.

특히 종교적 신념은 자기 종파의 교리가 절대적이고 완전한 진리요, 다른 종파의 교리는 거짓되거나 불완전한 것이라 배척하는 현상을 자주 볼 수 있다. 부처는 "천상천하(天上天下)에 유아독존(唯我獨尊)"이라 하여, 오직 자신만이 존귀함을 강조하였고, 예수는 "나는 길이요 진리요 생명이다. 나를 거치지 않고서는 아무도 아버지께 갈 수 없다.(『요한 복음서』14:6)고 하여, 자신만이 진리임을 주장하였다. 그러나 부처는 귀가 큰 분이라 누구의 어떤 말도 들을 수 있는 포용력을 전제로 하고 있으며, 예수도 원수까지 사랑할 수 있는 '사랑'을 중시하였으니, 결코 남이 자신과 다르다고 배척하는 일은 없었을 것이다.

모든 종교적 신앙이나 신념은 자신의 진실성에 대한 확신을 갖고 있기 때문에, 자신을 따르지 않거나, 자신의 신앙이나 신념과 다른 집단에 대해 심한 비판과 배척을 하는 경향이 있다. 신앙이 다른 집단 사이에 자신이 믿는 신(神)의 이름으로 이른바 성전(聖戰)이라는 전쟁을 일으켜 무참한 살륙을 저지르는 일도 빈번히 일어난다. 그러나 자신의 신앙과 산념을 실현하는 참된 길은 자신과 다른 신앙이나 신념을 배척하는 것으로 찾을 수 수 있는 것이 아니라, 자신의 신앙이나 신념이 다른 사람들의 마음에 절실한 호소력이 있고, 깊은 감동을 줄 수 있을 때에 그 진실성을 실현할 수 있는 것이라 하겠다.

이러한 호소력과 감동은 자신의 신앙과 다른 신앙을 가진 사람들을 향해서도 열린 마음, 화합하는 마음으로 포용하는 자세에서만 가능하다. 자신의 신앙이나 신념이 더 진실하다거나 더 우월하다는 마음가짐으로서는 다른 신앙이나 신념을 가진 사람들을 포용할 수 없다. 신라말기의 최치원(孤雲 崔致遠)은 하동 쌍계사(河東 雙溪寺)에 있는 「진감선사대공탑비」(眞鑑禪師大空塔碑)의 비문(碑文)에서 "도(道)는 사람에 멀리 있지 않고, 사람은 나라에 따라 다르지 않다."(道不遠人, 人無異國)라 하여, 진리가 인간 심성(心性)의 보편성을 벗어나는 것이요 나라에 따라 달라지는 것이 아님을 강조하였다. 따라서 어느 종교가 진리고 어느 종교가 거짓된 것이 아님을 지적하여 종교간의 대립을 극복하려 하였다.

자신의 신앙과 신념이 절대로 옳다고 주장하면서 다른 신앙과 신념을 거부하는 것은 '독선'(獨善)이지, 진리가 될 수 없음을 받아들일 때, 종교 사이의 화합이 가능해질 수 있다. 어떤 인터뷰에서 성공회(聖公會) 윤종모 주교가, "'오직 예수'가 배타성을 띨 때 우상이 된다."고 발언한 사실을 전해듣고, 그 포용적 의식에 신선한 충격을 받았던 일이 있다. 자기만이 옳다는 '독선'은 신앙에서 어떤 경우에서도 진리에 역행하는 각성할 때, 우리 사회나 우리의 삶이 화합의 길을 갈 수 있을 것이다. 2019.6.3.

21

신앙과
봉사

신앙이야 가장 단순하게 말하면, 신(神)이나 궁극적인 존재를 믿고, 그 가르침을 따르는 삶이라 할 수 있다. 그런데 어떤 신앙집단에서나 신자도 성직자도 믿음은 있겠지만, 그 가르침을 따르기 보다는 자신의 욕심을 충족시키는데 더 관심이 깊은 것으로 보인다. 신자들은 자신이 믿는 존재에게 복을 달라고 빌며, 성직자는 자신이 운영하는 교단의 교세를 넓히거나 성전을 더 크고 더 화려하게 꾸미는데 관심을 쏟고 있는 것이 사실이다.

세상은 어지럽고 대중은 빈곤에 허덕이더라도 교회나 사찰은 더욱 많아지고 더욱 크고 화려해지는 것이 사실이 아닌가. 교단이나 성전은 하느님이나 부처님을 섬기기 위한 도구인데, 그곳을 거대하게 짓고 금칠을 하는 것이 하느님이나 부처님을 받드는 방법인가. 성전을 장엄(莊嚴)하게 하는 방법이 거대하고 화려하게 꾸미는 것인가. 내가 잠시 미국을 여행하면서 텅빈 교회를 여러 곳에서 보았고, 내가 살고 있는 원주에도 한 시대에 명성이 높았던 절의 허물어진 자리, 폐사지(廢寺址)가 몇 곳 있다. 빈 교회를 둘러보면서 하느님의 뜻이 무엇인지 생각하게 되고, 폐사지에 가서 거닐다 보면, 부처님의 뜻이 어디에 있는지 다시 생각하게 된다.

그래도 절에서는 스님이 부처님 말씀을 풀어서 설법을 하고 있으며, 교회에서는 신부나 목사가 성경을 끌어들여 설교를 하고 있지만, 성직자들은 어떻게 하면 절이나 교회를 더 키우고 신도를 더 많이 끌어들일까 하는 생각에 골똘하고, 신도들의 가슴 속에 들끓고 있는 생각은, 어떻게 하면 나 자신과 내 가족이 건강하고 세상에서 성공하고 부유하게 될 수 있을까 하는 것이다. 그러니 "자비로워라."고 가르치는 부처님 말씀은 공염불이 될 것이요, "이웃을 네 몸같이 사랑하라."는 예수님 말씀은 공허한 설교가 되고 말지 않겠는가.

기도는 온갖 일에 축복을 내려달라고 끊임없이 요구하고 있으니, 하느님이나 부처님은 인간을 보살피며 인간을 위해 봉사하는데 얼마나 바쁘고 지치셨을까. 사람이 부처님이나 예수님을 위해 봉사하는데 나서보면 어떨까. 그 일이란 부처님이나 예수님의 말씀을 따라 실행하기만 하면 되는 지극히 간단하고 단순한 일인데, 어찌 그리 어렵다는 말인가. 모두가 욕심을 버릴 수 없기 때문이다. 사람이 욕심 없이는 살 수가 없겠지만, 욕심을 적절하게 통제할 수 있는 도덕적 신념이 미약하다면, 무슨 일에나 욕심에 끌려갈 수밖에 없다. 신앙생활도 욕심에 끌려가면, 부처도 예수도 자신의 욕심을 충족시키기 위한 도구가 되고 말 위험에 놓이게 될 것이다.

"마음을 비운다."(虛心)는 말은 신념이나 자만심에 따른 고집을 버리라는 말이면서, 동시에 가슴속에 들끓는 욕심을 버리라는 말이기도 하다. 주장이 강한 사람과는 더불어 대화하기가 어렵고, 욕심이 많은 사람과는 함께 일을 도모하기가 어렵다. 고집이 강한 사람은 누구의 말도 공이 돌담에 튕겨나가듯 들어갈 길이 없고, 욕심이 많은 사람은 무슨 말도 수렁에 빠져 흔적이 없어지듯 사라지고 말 것이다.

고집과 욕심을 버려서 마음을 비우면, 그제야 비로소 부처의 말씀도 예수의 말씀도 가슴속에 깊이 울릴 수 있을 것이다. 독선에 빠진 신앙인은 경전에 적혀 있는 말도 오직 자기가 이해하는 의미로만 받아들일 뿐이요, 욕심에 빠진 신앙인은 하느님도 자기 요구대로 움직이기를 바랄 뿐이다. 어찌 부처나 예수의 말씀에 담긴 깊은 뜻을 이해할 수 있으며, 그 말씀의 뜻을 알아듣기 위해 귀기울이고 따르고자 하겠는가.

공자가 "사람이 '도'를 넓힐 수 있는 것이지, '도'가 사람을 넓힐 수 있는 것이 아니다."(人能弘道, 非道弘人.〈『論語』15-29〉)라 말했던 일이 있다. 곧 '도'(道)란 진리요 원리를 의미하는데, 사람이 '도'를 따르고 받든다고 하지만, '도'가 사람을 넓혀주고 변화시켜주는 것이 아니라, 그 사람의 생각과 삶이 '도'를 진실하게 밝힐 수도 있고 거짓되게 변형시킬 수도 있음을 지적한 말이다. 종교적 신앙에서도 신이나 성인의 말씀이 신앙인을 선하고 올바르게 바꾸어주는 것이 아니라, 신앙인의 선하고 아름다운 생각과 행동이 신이나 성인의 말씀을 진실하고 의미 깊게 드러내준다고 할 수 있을 것이다.

세상은 혼란에 빠져 있고, 사람들의 마음은 간교하기만 한데, 종교단체는 더욱 융성해지고 있다면, 이것을 어찌 신의 축복이라 할 수 있겠는가. 그것은 사회적 질병현상이라 할 수 밖에 없을 것이다. 교단도 신앙인도 자신을 부유하고 호화롭게 유지하는데 열중하고 있으면, 아마 신은 등을 돌리고 돌아보려고도 하지 않으려 하지 않겠는가.

웅장하고 큰 교회나 큰 절을 보면, 비만증에 걸려 몸도 못가누는 모습 같아서 보기도 답답하다. 오히려 잠자리 날개처럼 가볍고 작은 교회에 예수가 찾아들려 하고, 작은 절에 부처가 머물고 싶어 할 것 같다. 자기만 과시하려 들지 말고, 약한 이웃을 도와줄 줄 알며, 어려운 처지의 다른 사람을 보살필 줄 아는 마음이 가장 아름답고 거룩한 절이요 교회가 아닐까.

신도들의 헌금을 많이 모아들여 웅장하고 화려하게 꾸미고 있는 부유한 교단이 그 모아들인 재물을 예수나 부처를 위해 쓰고 있다고 말하기는 어려울 것이다. 자신을 살찌우고, 자기 성전을 화려하게 꾸미는 것이 아니라, 어려운 이웃을 돕는 봉사활동을 할 때에 부처나 예수가 생기와 빛을 되찾을 수 있으리라 믿는다. 교단이 봉사활동을 하는 경우도, 여인이 화장하듯 자신을 아름답게 보이려는 꾸밈인 경우가 허다하다. 봉사의 실적을 나열하여 자신의 선행을 드러내는 일은 신이나 성인 앞에서 부끄러운 일이 아니겠는가.

남을 위해 봉사하는 일이란, 가난하고 고통받는 사람들의 욕구를 잠시 충족시켜 주는 것으로 끝나지 않는다. 도움을 받은 사람의 마음에 감사와 행복감이 일어날 수 있어야 한다. 혜택을 주는 사람이 위에 올라앉아서 혜택을 내려주면 혜택을 받더라도 감사하는 마음이 일어나기 어렵다. 같은 자리에서 돕거나 오히려 더 낮은 자리에서 섬길 때, 그들은 진심으로 감사할 수 있고 행복할 수 있을 것이다. 권위있는 교단이 아니라, 겸허한 교단, 비대해진 교단이 아니라 날렵한 교단, 복을 파는 교단이 아니라 봉사하는 교단을 보고 싶다.

22

실행이
동반하는 말

 고매한 문제를 논의하거나 심원한 경지를 토론하면서, 눈앞에 마주하고 있는 현실을 외면한다면, 그 주장이 아무리 고상하고 거룩하다 해도 공허한 말의 장식품임을 드러내줄 뿐이다. 입으로는 아무리 선량하고 고상한 말을 쏟아내더라도, 남에게 내미는 손짓이 무례하거나 발길이 거칠다면, 남을 무시하거나 속이는 것임을 누구나 쉽게 알아차릴 수 있음은 당연한 일이다.

 선거철이 되면 거리에서는 후보자들이 허리가 꺾어지도록 인사를 하고, 만나는 사람마다 악수를 청하면서, 간과 쓸개를 모두 내놓을 듯이 마냥 겸손하다. 그러나 막상 자리에 오르고 나면, 사람들은 안중에서 사라지고, 권력을 이용하여 자신의 이익을 챙기기만 하는 모습을 자주 본다. 그러니 그 말과 행동은 전혀 실지와 일치하지 않는 것을 어찌 하랴. 목청을 다하여 남을 위해 봉사하겠다고 하늘과 땅에 걸고 조상에 걸어 거듭 맹서하지만, 막상 자리에 오르고 나면 꿈이나 꾸고 난듯 다 잊고 말아, 공약(公約)은 언제나 공약(空約)이 되고 만다.

거액의 수표를 마구 발행하듯, 자신을 바쳐 온몸으로 봉사할 것을 약속하면서, 자신의 말을 믿어달라고 간곡하게 호소한다. 그러나 그 약속은 하나같이 이행된 적이 없다. 이들은 일찍부터 신용을 쌓은 일이 없으니, 그 약속은 모두 공수표(空手票)요 부도수표(不渡手票)일 뿐이다. 어찌하랴. 그래도 믿고 싶은 마음이 아직도 남았으니, 그 믿음도 허공에 뜬 누각의 모습이 아닌가.

선거가 끝나고 얼마 안가서 선량들은 벌써 그 많은 약속들을 까맣게 잊어버리고, 권세를 키우고 이권을 차지하기 위해 사방으로 뛰고 있는 모습을 부끄럼 없이 보여주고 있다. 이제까지 여러 번 번번이 속아왔으니, 정치가의 약속이란 으레 모두가 허황한 거짓말인줄 알고 체념할 수밖에 없었다. 이러고도 민주주의라는 이름이 무슨 의미가 있는 것인지 의심스럽기만 하다.

평소에 아무에게도 봉사하여 덕을 쌓은 실적이 없는데, 높은 자리를 차지했다고 탐욕에 젖은 인물들이 갑자기 성인군자로 변할 이치가 없는 것은 당연하다. 입으로는 국민과 나라를 위한다고 하지만, 한결같이 권력욕을 성취하기 위해 몸부림치고 있을 뿐이다. 더 높은 자리를 차지하면 더 큰 힘을 휘두르면서 더 많은 이익을 거둬들이기 위해 달리고 있을 뿐이다.

우리는 누구나 작은 일이나 낮은 곳을 보살피는 일을 소홀히 하면서, 큰 일 곧 나라와 백성에 대해 말하기 좋아하는 병이 있는가 보다. 간판에다 커다랗게 '민주'라는 말을 써붙여 놓은 국가의 정부라도, 시민의 기본권을 외면하고 표를 얻기 위해 선심행정을 시행하는데만 열중하고 있다면, '민주'라는 말은 장식물에 지나지 않는다. '사회정의'

를 부르짖는 대학생들이 대학의 시설과 잔디밭을 마구 파괴하고 있다면, 아마 그 '사회정의'도 공허한 관념에 불과할 위험이 있다.

우리 사회에는 너무나 아름답고 좋은 말이 많다. '자유', '민주', '정의', '민생', '환경', '평화', '통일' 등등. 그러나 이 좋은 말들이 난무하고 홍수를 이루었지만, 이 말들을 모두 쓸어다 쓰레기통에 버린다 한들 백성들의 삶에 무슨 차이가 있을까 의심이 든다. 말은 분명 사람을 현혹시키는 힘이 있다. 그래서 말만 듣고서도 감동을 받거나 희망을 품기도 한다.

그렇지만, 그 아름다운 말들이 그 말을 입으로 쏟아내는 사람조차 실행하지 않는 말들이라면, 그 말은 껍질만 남은 빈 말이요, 그 말은 무게는 사라져 티끌처럼 가벼운 말일 것이다. 옛말에 '남아일언 중천금'(男兒一言重千金)이라 했으니, 말 한마디가 천금보다 더 무겁다고 했다. 그런데 이렇게 무거운 말을 언제 들어보았던지 어디서 들어보았던 일이 있었는지 아무 기억이 없다.

말을 하면 그 말이 반드시 실행이 되어야 한다. 그래서 공자는 "옛사람이 말을 함부로 내놓지 않는 것은 자기의 행실이 미치지 못함을 부끄러워하였던 것이다."(古者言之不出, 恥躬之不逮也.〈『논어』4-22〉)라 하였다. 또 군자란 "말하기에 앞서 실행하고, 그 다음에 말이 따라가야 한다."(先行其言而後從之.〈『논어』2-13〉)고도 하였다. 실행할 자신이 없는 말은 하지 않아야 한다는 마음가짐, 실행을 먼저하고 그 행한 사실을 말한다는 마음가짐이라면, 말과 행동이 어찌 서로 어긋날 수 있겠는가.

실행이 따르지 않는 말은 거짓말이거나, 공허한 말일 뿐이다. 이렇게 실행을 하지 않고 내뱉는 말은 믿음을 잃어버린다. 믿음을 뜻하는

'신'(信)자는 '사람의 말'(人+言)을 의미한다. 사람의 말이란 믿음이 있어야 하는데, 사람이 실행을 벗어난 말을 자꾸만 한다면, 사람의 말을 뜻하는 '신'(信)자는 언젠가 '못믿을-신'자가 될 지도 모르는 일이다. 마찬가지로 '거짓-위'(僞)자는 글자의 원래 뜻이 '사람의 행동'(人+爲)을 가리키는 글자인데, 사람의 행동에 거짓이 많다보니 마침내 '거짓-위'(僞)자가 되고 만 것이다.

믿어달라고 호소한다고 믿어지는 것은 아니다. 그 행실이 진실하다면 아무 말을 하지 않아도 그 사람에 믿음이 간다. 오늘날 사람들은 말을 잘하는 것을 그 사람의 장점이나 미덕으로 삼는 경우가 많다. 그래서 '웅변'(雄辯)을 장려하고 있는지도 모른다. 그러나 옛 사람들은 유창한 '달변'(達辯) 보다는 말이 어눌한 '눌변'(訥辯)이 차라리 더 낫다고 생각했던 것 같다.

달콤한 말 곧 '감언'(甘言)과 이로운 조건에 관한 말 곧 '이설'(利說)을 좋아하는 사람들이 많은 것은 사실이다. 그러나 '감언이설'(甘言利說)은 남의 마음을 미혹시키려는 속임수이니, 오히려 경계해야 할 말이다. 이런 말들은 언제나 실지와 어긋나기 마련이다. 이에 비해 귀에 거슬리는 쓴 충고의 말, 곧 '고언'(苦言)은 듣기 괴롭더라도 자기 자신에게 유익하다. 그것은 마치 '몸에 좋은 약이 입에 쓰다'(良藥苦口)는 경우와 마찬가지이다. 그만큼 실지의 효과가 있는 말이다.

진실한 말이란 언제나 실행을 동반한다. 그만큼 진실한 말은 드물수밖에 없다. 따라서 진실한 말을 얻고자 하면, 말에 귀 기울이기 전에, 그 행동하는 실지를 살펴야 한다. 실행이 말의 진실을 보장하지만, 아름다운 말이 실행과 실지를 보증하지는 않기 때문이다. 지식(知)과 실행(行) 사이에는 새의 두 날개처럼 병진(竝進)하거나, 걸을 때 두

다리가 차례로 앞서가듯 호진(互進)하기를 요구한다. 그러나 말(言)
과 행동(行)이나 지식(知)과 실행(行) 사이에 어긋남이 있으면, 언제
나 행동이 기준이 되어야 하고, 앞서가야 하는 것임에 틀림없다.

23

자희(自喜)와
욕속(欲速)의 폐단

퇴계(退溪 李滉)는 고봉 기대승(高峰 奇大升)과 사이에 이른바 '사단칠정논쟁'(四端七情論爭)을 벌이고 있을 때, 기대승에게 보낸 두 번째 답장에 붙인 '별지'〈『퇴계집』, 권16, 「答奇明彦[論四端七情第二書], 別紙」〉에서, "학문에 종사하는 자들도 대부분 스스로 기뻐하거나 빨리 이루려 하는 폐단이 있다."(從事於學者, 率多有自喜欲速之弊)는 옛사람의 말을 끌어들이면서, 그 뜻을 풀이하여, "스스로 기뻐하면 남의 말을 듣지 못할 것이요, 빨리 이루고자 하면 많은 이치를 탐구하지 못할 것이다."(自喜則不聽人言, 欲速則不究衆理)라 하여, 학문하는 자세에 대해 진지하게 충고를 하고 있음을 보여준다.

여기서 퇴계는 그가 말한 학문하는 자가 빠지기 쉬운 폐단의 두 가지 양상으로서, '스스로 기뻐함'(自喜)과 '빨리 이루려 함'(欲速)의 경우, 그 어느 한쪽에라도 빠지면, '뒷걸음질 치면서 앞으로 나아가기를 구하는 것'(卻步而求前)과 같다고 깊이 경계하였다. 사실 나 자신은

이 두 가지 폐단의 양쪽 모두에 빠져 있다는 사실을 깨달은지 이미 오래 되었으니, 어찌 답답하고 한심하지 않을 수 있겠는가. 그래도 스스로 반성하고 자신을 채찍질하고 있을 뿐이지, 쉽게 고쳐지지 않는 것이 안타까울 뿐이다.

먼저 '스스로 기뻐함'(自喜)이란 자신의 생각에 쉽게 만족하여 기뻐함이요, 자기 확신(自己確信)에 빠지거나 자기도취(自己陶醉)에 빠져있는 모습이라 하겠다. 스스로 만족하는 사람은 남의 말에 귀를 기울이지 않는 사실은 누구나 경험하고 있다. 심하면 남의 말에서 그 뜻이 무엇인지를 찾으려하지 않을뿐만 아니라, 자기 견해와 다른 남의 주장에 대해서는 격렬하게 반박하거나, 자기만이 옳다는 확신에 차서 독선(獨善)에 빠지기 쉽다. 이러한 정신에서는 다른 사람과 대화에서도 '닫힌' 상태일 뿐이요, '열린' 상태의 대화가 아니라 할 수 있다.

이렇게 스스로 기뻐하여 독선에 빠지면, 다른 사람의 말에 대해 사실상 귀를 닫게 되고, 또 다른 사람의 생각에 대해 마음의 문을 닫아버린다. 이런 상태에서는 상호적인 대화나 토론이 제대로 이루어지기 어렵다. 오직 일방적인 훈계가 가능할 뿐 우호적 소통은 불가능하게 된다. 오직 자신의 주장을 따르기를 요구하거나, 아니면 상대방에 대해 비난과 적대적 증오를 퍼붓는 일이 일어난다. 스스로 기뻐하는 사람은 남들이 자기를 칭찬하거나 동의해주기만 바라고, 어떤 다른 의견이나 비판도 받아들이려하지 않는 경향을 보인다.

조선시대 주자학자들이 흔히 저지르는 과오는 주자의 이론이 진리라 확신하여, 주자는 정통(正統)이요, 주자의 이론에 한 글자 한 구절이라도 어긋나는 경우는 이단사설(異端邪說)이나 사문난적(斯文亂賊)으로 배척하고, 심하면 상대방을 죽음으로 몰아가기도 하였던 것이 사실이다. 학자들 만이 아니라, 많은 종교인들이 자기 교조의 가르침만이 진리라는 독선에 빠져, 다른 종교의 교리에 대해 전혀 이해하려들지 않고 다만 비판하거나 공격하는 일이 허다하다. 이들은 모두 '스스로 기뻐함'(自喜)에 빠진 폐단을 드러내고 있는 것이라 하겠다.

다음으로 '빨리 이루려 함'(欲速)이란 목표를 성취하기 위해 지나치게 서두르는 모습을 말한다. 서두르다보면 앞만 보고 달리게 되고, 그때는 뒤도 돌아보지 못하고 좌우도 둘러보지 못해, 자신이 가고 있는 길이 올바른 길인지 확인하지 못하게 되기 쉽다. 훌륭한 목표를 설정했다 하더라도, 그 길이 올바르고 안전한 길인지 끊임없이 검정하고 디져가야 온전한 길이 될 수 있다. 그렇지 않으면 잘못된 길로 들어서서 전혀 엉뚱한 곳에 도달할 수도 있고, 위태로워 넘어지다 보면 끝까지 가기 어려울 수도 있기 때문이다.

목적달성에 매몰되어 수단과 방법을 무시하고 제대로 갖추지 않으면, 처음에야 빨리 가는 것처럼 보이겠지만, 도중에 장애에 부딪치게 되기 마련이다. 어찌 그 목포에 도달하기가 순조로울 수 있겠는가. '빨리 이루고자 하면' 주변을 돌아보지 못하여, '많은 이치'(衆理) 곧 많은 조건들을 충족시키기 어렵다. 그래서 높은 건물을 지어놓거나, 긴 다리를 설치했지만, 그 외형은 온전하여도, 그 내용이 부실하여 무너지는 경우를 우리 주변에서 목격한 일이 자주 있었다.

한국인의 특성을 '빨리 빨리'라고 특징지우는 말을 듣기도 한다. 빨리하면 경비나 인력 등 많은 이익이 따르는 것은 분명하다. 그러나 빨리 해놓고 하자(瑕疵)가 자꾸 발생하면, 이를 고치는데 오히려 더 많은 경비와 시간이 들어갈 수 있다. 더구나 빨리 가다보면 깊어지기가 어렵고, 단단하게 다져지지도 않으며, 빠뜨리는 것이 많아진다. 학문만 아니라 우리 일상생활 모든 일이 서두르지 말고 차분히 살피며 가는 것이 지혜로운 행동이다.

나는 퇴계의 이 말씀을 좋아하여, 효강(曉岡 朴得鳳)이라는 서예가의 글씨로 쓴 것을 얻어 액자에 넣어 거실 벽에 걸어 놓고, 수시로 소리내어 읽으며 자신을 돌아보고자 하였다. 예서(隸書)의 글씨도 아름다웠지만, 이 말씀은 바로 나의 병통에 핵심을 절실하게 깨우쳐주는 말씀이라, 소중하게 간직하였다. 그렇다고 나 자신이 이 병통을 치유하여 학문하는 자세를 온전하게 이루었던 것은 아니다. 머리로는 알지만 실제로 고치기가 결코 쉽지 않음을 안타까워하고 있다.

24   시기(時)와
                                                            형세(勢)

　사람은 누구나 자신이 이루고자 하는 소망을 지니고 이를 실현하기 위해 노력하며 살아간다. 큰 부자가 되려는 꿈을 꾸거나, 높은 벼슬에 오르려는 꿈을 꾸거나, 행복한 가정을 이루려는 꿈을 꾸기도 한다. 인생의 목표가 무엇이거나 이를 이루기 위해서는 안으로 자신의 지혜로운 판단력이 있어야 하고, 끈질긴 노력이 필요하다. 이와 동시에 밖으로 유리한 기회를 만나야하고 적합한 환경이 주어져야 한다.

　한낱 나무나 풀도 성장하려는 생명력이 있다 하더라도 적당한 토양과 물과 햇볕을 만나지 못하면 말라죽거나 제대로 클 수가 없기 마련이다. 어떤 사람이 큰 꿈을 가졌다 하더라도 일제 말기에 징용에 끌려나가 심한 고초를 겪고 구사일생으로 살아났는데, 6.25때 다시 전쟁터에서 심한 부상을 입고 불구가 되어 아무 일도 할 수 없게 되었다면, 그는 시대를 잘못 타고났다고 탄식할 수 밖에 없다.

　또 어떤 사람이 천재적 재능을 가졌더라도 부모는 무능한데 형제자

매가 많아서 극심하게 빈곤한 집안에서 태어나서, 교육도 제대로 못 받고, 가족을 부양하느라 막노동을 하며 세월을 보내고 말았다면, 그는 환경이 열악했다고 탄식하지 않을 수 없을 것이다. 그래서 '때를 만나면' 자신의 재능을 발휘할 수 있는 지위를 얻을 것이요, '때를 만나지 못하면' 빈곤한 처지에 떨어져 고난 속에 살아갈 수밖에 없는 것이 현실이다.

맹자가 "옛 사람은 뜻을 얻으면 혜택이 백성에게 더해지고, 뜻을 얻지 못하면 자신의 덕을 닦아 세상에 드러내었다."(古之人, 得志, 澤加於民, 不得志, 修身見於世.〈『맹자』13-9:3〉)고 말한 것도, 때를 만나 뜻을 이루었느냐, 때를 만나지 못해 뜻을 이루지 못하였느냐에 따라 어떻게 처신할 것인지 모범을 보여주고 있다. 맹자가 제시한 처신의 모범은, 때를 만나 출세를 하더라도 사사로운 욕심에 빠지지 말아야 하고, 때를 만나지 못해 곤궁하더라도 실의(失意)에 빠져 방탕해서는 안 된다는 경계를 하고 있는 것이다.

『주역』(周易)은 세상의 변화현상과 그 원리를 제시한 유교경전인데, 변화에는 바로 때(時)와 세(勢) 곧 시기(時機)와 형세(形勢)가 가장 중요한 조건임을 주목하고 있다, 곧 정이천(程伊川)은 "시기를 알고 형세를 알아차리는 것이 역(易)을 배우는 큰 도리다."(知時識勢, 學易之大方也.〈『易傳』, 夬卦)라 하여, 변화의 현실을 인식하는데는 시기(時機)와 형세(形勢)를 아는 것이 핵심과제임을 밝히고 있다.

또한 정이천은 시기와 형세의 구체적 내용을 제시하여, "역(易)을 말하는 자는 형세가 무거운지 가벼운지와 시기가 변해가고 바뀌는 것을 인식하는 것이 귀중하다."(言易者, 貴乎識勢之重輕,時之變易.〈『易傳』大過卦〉)이라 했다. 곧 '시기'(時)은 사태가 변해가는 계기와 바뀌는 방향을 분명하게 알아야 하며, 형세(勢)는 무엇이 중대한지 무엇이 경미한지를 명확히 인식하고 선택해야 함을 강조하고 있다.

'때'를 안다는 것은 마치 농사꾼이 봄에 볍씨를 때에 맞게 뿌리고, 모내기를 때에 맞게 하고, 여름 내내 물 대거나 빼기를 때에 맞게 하고, 가을에 때에 맞게 거두어들이듯이, 무슨 일에나 때에 맞게 일을 처리해야만 뜻하는 바를 제대로 이룰 수 있는 것임을 말한다. 만약 때에 맞지 않은데도 무리하게 자신의 뜻을 펴려고 한다면, 그것은 이치에도 어긋나는 것으로 실패하지 않을 수 없다.

물이 흐르다가 굽이치며 돌듯이, 역사의 흐름에도 변화의 때가 있다. 한 왕조의 역사도 창업(創業)의 시기, 수성(守成)의 시기, 경장(更張)의 시기를 구별해 보기도 한다. 여기서 창업의 시기에 새 왕조의 질서와 법도를 수립하지 않거나, 수성의 시기에 그 질서와 법도를 잘 지켜서 안정시키지 못하거나, 경장의 시기에 누적된 모순을 개혁하지 않는다면, 그 왕조는 심한 혼란에 빠지거나 붕괴할 수밖에 없다.

무슨 일에나 '그 때에 마땅함'(時宜)이 있다. '때의 마땅함'을 정확하게 알아차려, 적합하게 대처할 수 있어야, 그 일이 성공을 거둘 수 있을 것이다. 조선왕조는 태조와 태종이 '창업'의 군주로 그 역할을 제대로 했고, 세종과 성종이 '수성'의 군주로서 그 역할을 제대로 했지만, 선조(宣祖)는 경장이 요구되는 시대에 경장을 시도조차 하지 않았고, 정조(正祖)는 경장을 요구하는 시대의 요구에 따라 경장을 시도했으나 보수적 유교기반에 걸려 개혁에 좌절되었고, 고종(高宗)은 이미 경장의 때를 잃어버려 나라가 붕괴하는 파국을 맞고 말았다고 할 수 있다. 결과적으로 경장이 요구되는 시대에 경장을 행하지 못하였으니, 그 나라를 붕괴의 비극을 맞을 수 밖에 없었던 것으로 보인다.

안정된 이후에는 타성에 젖기 쉬워 '경장'해야 할 때에 경장해야 하는데, 그 '때'를 놓치기가 쉽다. '경장'이란 거문고를 오래 타다보면 거문고 줄이 늘어져 음이 맞지 않게 되는데, 제때 거문고 줄을 풀어서 다시 매어 팽팽하게 조여 주는 일을 뜻한다. 이처럼 '때'의 변화는 매우 미묘한 것이니, 귀 밝은 사람이라야 음이 틀리는 때를 알 수 있고, 눈 밝은 사람이라야 빛깔이 변하는 미세한 차이를 알 수 있다. '때를 안다'(知時)는 것은 변화가 일어나는 때를 알고, 그 때의 변화에 알맞게 대응할 수 있는 능력을 말한다.

시기(時)가 시간 속에서 일어나는 변화의 계기라고 한다면, 형세(勢)는 어떤 상황 속에서 힘이 어느 방향으로 얼마나 강하게 작용하는지를 인식하는 일이다. 무슨 일에 부딪치거나 그 속에는 저항하는 힘과 밀고나가는 힘이 있기 마련이다. 강물에 뛰어들어 헤엄을 치는 사람에게는 물의 저항과 물살의 힘을 느끼게 된다. 형세에 맞서서 부딪쳐 싸우려하면 엄청난 저항을 받게 되지만, 그 형세를 알고 잘 순응하면 오히려 더 큰 힘을 얻을 수 있는 것도 사실이다.

시기의 변화를 잘 알아야 적합하게 대응할 수 있고, 형세의 힘을 잘 알아야 적절하게 이용할 수 있다. 사실 '시기의 변화'와 '형세의 힘'을 아는 것이야 말로 자신의 뜻을 펴고 일을 성공시킬 수 있는 살아있는 지혜이다. 그러나 현실에서 우리는 시기가 변화하는 조짐을 발견하거나 변화를 예측하기는 참으로 어려운 일이다. 또한 형세를 이용한다는 것도 결코 말처럼 쉽지 않다. 그만큼 큰 지혜가 요구된다는 말이다.

금장태

- 1943년 부산생
- 서울대 종교학과 졸업
- 성균관대 동양철학과 박사과정 수료(철학박사)
- 동덕여대 · 성균관대 한국철학과, 서울대 종교학과 교수 역임
- 현 서울대 종교학과 명예교수
- 저서 : 비판과 포용, 귀신과 제사, 퇴계평전, 율곡평전, 다산평전 외

꽃보다 붉은 단풍

초 판   인 쇄 ｜ 2021년 7월 16일
초 판   발 행 ｜ 2021년 7월 16일

지 은 이 금장태

책 임 편 집 윤수경

발 행 처 도서출판 지식과교양
등 록 번 호 제2010-19호
주   소 서울시 강북구 우이동 108-13, 힐파크 103호
전   화 (02) 900-4520 (대표) / 편집부 (02) 996-0041
팩   스 (02) 996-0043
전 자 우 편 kncbook@hanmail.net

ISBN 978-89-6764-173-3   93810   정가 17,000원